El apartamento

Danielle STEEL

El apartamento

Traducción de
Laura Rins Calahorra

PLAZA  JANÉS

Papel certificado por el Forest Stewardship Council®

Título original: *The apartment*
Primera edición: febrero de 2018

Printed in Spain – Impreso en España

ISBN: 978-84-01-01972-2
Depósito legal: B-26.353-2017

Compuesto en Comptex&Ass., S. L.

Impreso en Liberdúplex
Sant Llorenç d'Hortons (Barcelona)

L019722

Penguin
Random House
Grupo Editorial

A mis queridos hijos,
Beatrix, Trevor, Todd, Nick,
Sam, Victoria, Vanessa, Maxx y Zara.
Mis plegarias por cada uno de vosotros
tienen un final feliz,
con las personas y las parejas adecuadas.
Que tengáis una existencia dulce,
y que la vida sea amable con vosotros.
Os deseo paz, felicidad y amor,
con todo mi corazón y todo mi cariño.

Mamá/D. S.

1

Claire Kelly subió corriendo la escalera con dos bolsas de la compra llenas, hasta la cuarta planta del apartamento en el que vivía desde hacía nueve años, en el barrio neoyorquino de Hell's Kitchen. Lucía un vestido corto de algodón negro y unas extremadas sandalias de tacón alto con cintas que se entrelazaban hasta la rodilla. Formaban parte de un muestrario y las había adquirido en una feria comercial que se había celebrado en Italia el año anterior. Era septiembre, el martes después del día del Trabajo, y hacía mucho calor. A Claire le tocaba comprar la comida para las cuatro chicas que compartían el apartamento. De todos modos, aunque no hubiera hecho calor, había que subir cuatro pisos hasta el loft. Vivía allí desde los diecinueve años, cuando estudiaba segundo curso en la Escuela de Diseño Parsons, y ahora lo compartía con tres chicas más.

Claire trabajaba como diseñadora de zapatos para Arthur Adams, una marca de calzado clásico de línea ultraconservadora. Los zapatos eran buenos pero de lo más aburridos, y truncaban por completo su sentido creativo. Walter Adams, hijo del fundador de la empresa, creía a pie juntillas que los zapatos de diseño eran una moda pasajera, y descartaba por sistema los modelos más innovadores de Claire, así que sus jornadas de trabajo eran una constante fuente de frustración. El negocio no iba mal pero tampoco crecía, y Claire tenía la sensación de que ella le podría sacar más partido si él se lo permitiera. Sin embargo, Walter ponía continuos impedimentos a cualquier propuesta suya. Ella estaba segura de que tanto el negocio como los beneficios aumentarían si su jefe la escuchara, pero Walter tenía setenta y dos años, estaba convencido de que la empresa marchaba bien y no creía en los zapatos de diseño, por mucho que su diseñadora insistiera en hacer alguna prueba.

A Claire no le quedaba más remedio que obedecer a los deseos de su jefe si quería conservar el empleo. Su sueño era diseñar zapatos extremados y modernos como los que a ella le gustaba llevar, pero en Arthur Adams, Inc. no había lugar para eso. Walter detestaba los cambios, para gran desilusión de Claire. Y sabía que mientras permaneciera en la empresa tendría que diseñar zapatos clásicos y prácticos. Para su gusto, incluso los modelos planos resultaban demasiado conservadores.

De vez en cuando Walter le permitía aportar un toque de fantasía a las sandalias de verano destinadas a clientes que partían hacia los Hamptons, Newport, Rhode Island o Palm Beach. No se cansaba de repetir que su clientela la formaban personas adineradas, conservadoras y de cierta edad que sabían qué esperar de la marca, y nada de lo que Claire pudiera decir iba a cambiar eso. Walter no deseaba captar clientes jóvenes sino que prefería confiar en los de toda la vida. No había nada que discutir al respecto. No había sorpresas entre las mercancías que exportaban año tras año. Claire estaba frustrada, pero por lo menos tenía un empleo, y ya llevaba cuatro años en la empresa. Antes había trabajado para una marca de calzado barato cuyos artículos eran originales pero de bajo coste, y el negocio había quebrado al cabo de dos años. Arthur Adams era el máximo exponente del diseño tradicional de calidad, y mientras ella siguiera sus directrices, tanto la marca como su empleo tenían garantizada la continuidad.

A sus veintiocho años, a Claire le habría encantado añadir por lo menos unos cuantos modelos extremados a la línea de calzado y probar algo nuevo, pero Walter no quería ni oír hablar de ello y la reprendía con dureza cada vez que insistía, cosa que seguía haciendo, pues no renunciaba a dar un toque estiloso a lo que hacía. La había contratado porque era una diseñadora seria, responsable y con una buena formación, que sabía cómo diseñar unos zapatos cómodos y fáciles de producir. Los fabricaban en Italia, en las mismas instalaciones que se utilizaban en época del padre de Walter, en una pequeña población llamada Parabiago, cerca de Milán. Claire viajaba hasta allí tres o cuatro veces al año para tratar cuestiones relativas a la producción. Era una de las fábricas de mayor renombre y fiabilidad de Italia, y producía varias líneas de calzado mucho más atrevidas que la suya. A Claire se le iban los ojos cada vez que visitaba la fábrica, y se preguntaba si algún día tendría la oportunidad de diseñar zapatos que le gustaran, un sueño al que no pensaba renunciar.

Cuando llegó a la cuarta planta con sus zapatos de tacón alto, su lacia melena rubia se le había pegado a la nuca, aunque estaba más que acostumbrada a subir escaleras y según ella la ayudaba a mantener las piernas en forma. Había encontrado aquel apartamento por casualidad paseando por el barrio cuando vivía en la residencia para estudiantes de Parsons, en la calle Once. Un día cruzó Chelsea sin rumbo fijo y continuó hacia el norte hasta adentrarse en la que había sido una de las peores zonas de Nueva York, donde poco a poco se había ido alojando gente acomodada. Desde sus orígenes en el siglo XIX, Hell's Kitchen había tenido fama de ser un barrio de tugurios y bloques baratos, de peleas callejeras y asesinatos en manos de bravucones irlandeses, italianos y más tarde puertorriqueños, que vivían allí con ganas de pelea. Sin embargo, todo eso había pasado a la historia cuando Claire llegó desde San Francisco para ingresar en la misma escuela donde su madre, de joven, había estudiado interiorismo. El sueño de Claire siempre había sido estudiar diseño de moda en Parsons, y su madre, a pesar de los escasos recursos de que disponía, se había esforzado por ahorrar penique a penique para que su hija entrara en aquella escuela y viviera en la residencia de estudiantes el primer año.

Durante el segundo semestre, Claire anduvo buscando un apartamento y le hablaron de Hell's Kitchen, pero no se aventuró a acercarse allí hasta la tarde de un sábado de primavera. El barrio, que se extendía desde los últimos números de la calle Treinta hasta la Cincuenta, en el West Side, y desde la Octava Avenida hasta el río Hudson, se había convertido en el hogar de actores, dramaturgos y bailarines por su proximidad con el distrito teatral, el renombrado Actors Studio, el Baryshnikov Arts Center y el Alvin Ailey American Dance Theater. Muchos de los antiguos edificios seguían en pie, entre ellos fábricas y almacenes que habían sido transformados en apartamentos. Sin embargo, a pesar de las modestas mejoras, el barrio conservaba buena parte de su aspecto original, por lo que las construcciones tenían un aire decadente.

En una ventana, Claire vio un pequeño rótulo que anunciaba un apartamento en alquiler, y esa misma noche llamó al número indicado. El propietario le dijo que tenía un loft disponible en la cuarta planta. El edificio era una antigua fábrica que treinta años atrás había sido transformada en un bloque de viviendas. También le dijo que era de renta protegida, así que mejor que mejor. Cuando al día siguiente fue a verlo, quedó maravillada al descubrir que era inmenso. Constaba de una sala de estar enorme y diáfana con las paredes de ladrillo y el suelo de cemento pintado de color arena, cuatro habitaciones que podían usarse como dormitorios, dos baños modernos e impecables y una cocina sencilla con cuatro muebles básicos de Ikea. Claire no necesitaba tanto espacio, pero el apartamento era luminoso y soleado, y estaba en condiciones aceptables ya que el edificio, aunque carecía de lujos, había sido restaurado.

El alquiler costaba exactamente el doble de lo que podía permitirse, y no se imaginaba viviendo allí sola. Los pasillos del edificio eran un poco oscuros y el ambiente del barrio —el bloque estaba situado en la calle Treinta y nueve, entre la Novena y la Décima Avenida— seguía siendo algo peligroso. El propietario le explicó con orgullo que cuarenta años atrás aquella calle había sido una de las peores de Hell's Kitchen, aunque ya no quedaba ni rastro. Para Claire tenía un aspecto un pelín destartalado y cierto aire industrial, pero el loft le encantaba. Solo tenía que buscar un compañero de piso que pagara la mitad del alquiler. A su madre no le comentó nada, no fuera a darle un ataque al pensar en los gastos. Calculó que si encontraba a alguien, le saldría incluso más barato que la residencia.

A la semana siguiente, en una fiesta, conoció a una chica que estudiaba escritura creativa en la Universidad de Nueva York. Tenía veinte años, uno más que Claire, y vivía en Los Ángeles. Si Claire era alta, Abby Williams era muy bajita. Tenía el pelo moreno y rizado y los ojos casi negros, mientras que la melena de Claire era rubia y lisa y sus ojos azules. Parecía agradable y le apasionaba la escritura. Le explicó que escribía relatos cortos y que cuando se graduara quería escribir una novela, y mencionó de pasada que sus padres trabajaban en televisión. Más adelante Claire supo que el padre de Abby era el renombrado director de una importante cadena y que su madre había escrito y producido una serie de shows televisivos de éxito. Tanto Abby como Claire eran hijas únicas y centraban su atención en sus estudios y sus ambiciones, decididas a cumplir con las expectativas que sus respectivos padres habían depositado en ellas. Visitaron el apartamento juntas, y a Abby también le robó el corazón. No tenían ni idea de cómo iban a amueblarlo, a menos que fueran tirando de ventas de garaje, cosa que les encajaría con su presupuesto. La cuestión es que al cabo de dos meses, con el beneplácito de sus prudentes padres y tras firmar el contrato del alquiler, se trasladaron al apartamento.

Habían vivido allí las dos solas durante cuatro años, pero

después de graduarse, para no estar tan atadas a sus padres, ganar independencia y recortar gastos, decidieron compartir el piso con dos chicas más con la idea de reducir el coste.

Claire conoció a Morgan Shelby en una fiesta del Upper East Side organizada por un grupo de jóvenes agentes de bolsa que alguien le había presentado. La fiesta era un aburrimiento, llena de tipos muy pagados de sí mismos, y Morgan y ella habían empezado a charlar. Morgan trabajaba en Wall Street, compartía un apartamento que no se podía permitir con una compañera a la que detestaba y estaba buscando alojamiento en una zona más céntrica y cercana a su trabajo. Intercambiaron los números de teléfono, y al cabo de dos días, tras comentarlo con Abby, Claire la llamó y la invitó a acercarse y echar un vistazo al apartamento de Hell's Kitchen. Su única preocupación era que Morgan fuese demasiado mayor. En aquel momento tenía veintiocho años, cinco más que ella, y un buen empleo en el campo de las finanzas. Morgan era guapa, morena, con un estiloso corte de pelo y unas piernas largas. En aquel momento Claire trabajaba para el fabricante de zapatos que luego quebró y andaba escasa de dinero, y Abby era camarera en un restaurante a la vez que trataba de escribir su novela, por lo que ambas se preguntaban si Morgan se consideraría demasiado madura para vivir con ellas. Sin embargo, se enamoró del apartamento en cuanto lo vio y prácticamente les suplicó que le permitieran mudarse allí. La ubicación resultaba idónea trabajando en Wall Street. Cenaron juntas dos veces, y Morgan les cayó bien. Era inteligente, tenía un empleo y un gran sentido del humor, y buenas referencias, de modo que al cabo de seis semanas se trasladó al apartamento. El resto era previsible: llevaban viviendo juntas cinco años y se habían hecho amigas del alma.

Abby conoció a Sasha Hartman gracias a un amigo de un amigo que estudiaba con ella en la Universidad de Nueva York, dos meses después de que Morgan se hubiese instalado en el apartamento, cuando todavía buscaban a una cuarta compañera de piso. Sasha estudiaba medicina y deseaba especializarse en ginecología y obstetricia, por lo que la ubicación del apartamento también le resultaba idónea. Le cayeron bien las tres y les aseguró que no pararía mucho por el loft porque siempre estaba en clase, en el hospital o estudiando en la biblioteca para los exámenes. Era una joven de voz suave procedente de Atlanta, y comentó que tenía una hermana en Tribeca, aunque olvidó mencionar que eran gemelas idénticas, lo que causó un buen revuelo el día del traslado, cuando de repente apareció la hermana con una melena rubia como la suya y unos vaqueros y una camiseta iguales, y las tres amigas creyeron que veían doble. Valentina, la gemela de Sasha, se divertía confundiéndolas y no había dejado de hacerlo durante los cinco años transcurridos desde entonces. Las hermanas estaban muy unidas y Valentina disponía de una llave del apartamento. Sin embargo, eran la noche y el día. Valentina era una modelo de éxito con contactos en las altas esferas, mientras que Sasha consagraba su vida a la medicina: cinco años después de llegar a la ciudad había empezado a trabajar como residente en el Centro Médico Langone de la Universidad de Nueva York, así que su guardarropa constaba sobre todo de uniformes de hospital.

Las cuatro compañeras de piso eran una especie de plato exquisito a base de una combinación de ingredientes exóticos e inesperados. Se ayudaban mutuamente, se habían convertido en amigas íntimas y se querían un montón. Fuera cual fuese la receta, sus vidas y sus personalidades eran tan distintas que combinaban la mar de bien. Eran la familia que habían elegido ellas, y el loft de Hell's Kitchen se había convertido en su hogar. Llevaban un estilo de vida que resultaba perfecto para las cuatro. Andaban todas muy liadas, entre sus ocupaciones y sus exigentes empleos, y disfrutaban de los ratos que pasaban juntas. Y las cuatro seguían convencidas de que el apartamento que Claire había encontrado nueve años atrás era un hallazgo y una joya. Les encantaba vivir en Hell's Kitchen por su historia e incluso por su aire ligeramente cutre, y porque a pesar de todo era un lugar seguro. La gente decía que se parecía mucho a Greenwich Village cincuenta años atrás. La cuestión es que les habría sido imposible encontrar un apartamento de doscientos ochenta metros cuadrados por ese precio en cualquier otra parte de la ciudad. La zona no tenía nada que ver con la elegancia, la categoría y los alquileres astronómicos del SoHo, del distrito Meatpacking, del West Village, de Tribeca e incluso de Chelsea. Hell's Kitchen gozaba de un realismo que en otros lugares había perdido intensidad o había desaparecido. Las cuatro adoraban su hogar y no deseaban vivir en ninguna otra parte.

Ocupar un piso alto en un edificio sin ascensor tenía sus inconvenientes; no obstante, a ellas no les importaba. Se encontraban a una manzana de uno de los parques de bomberos más emblemáticos de la ciudad, el Engine 34/Ladder 21, y por las noches, cuando había movimiento, oían aullar las sirenas de los vehículos que abandonaban el edificio, aunque ya se habían acostumbrado a su sonido. Además, entre todas habían comprado unos aparatos de aire acondicionado que eran un poco lentos porque la sala de estar era muy amplia, pero al final conseguían enfriar el espacio. En invierno, la calefacción funcionaba bastante bien y sus pequeños dormitorios resultaban cálidos y acogedores. Así que gozaban de todas las comodidades que necesitaban y deseaban.

Cuando se trasladaron a aquel apartamento, cada una llevó consigo sus sueños, sus esperanzas, su carrera y su propia historia, y poco a poco fueron descubriendo los temores y secretos de las demás.

Claire se había trazado un claro camino profesional. Quería diseñar zapatos increíbles y algún día llegar a ser famosa en el mundo de la moda. Sabía que eso no ocurriría jamás mientras trabajara para Arthur Adams, pero no podía correr el riesgo de renunciar a un empleo que necesitaba. Para ella, el trabajo era sagrado. Lo había aprendido de su madre, quien, al casarse con su padre, había abandonado un prometedor empleo en una importante firma de diseño de interiores de Nueva York para trasladarse a San Francisco, donde su marido fundó una empresa que sobrevivió a trancas y barrancas durante cinco años y acabó por quebrar. El padre de Claire jamás quiso que su esposa volviera a trabajar, pero ella aceptaba pequeños proyectos de decoración en secreto para no herir el amor propio de su marido. Necesitaban el dinero, y sus ahorros celosamente guardados habían permitido que Claire estudiara en una escuela privada y luego en Parsons.

El segundo negocio de su padre había corrido la misma suerte que el primero, y a Claire se le cayó el alma a los pies cuando oyó que su madre lo animaba a intentarlo una tercera vez tras los fracasos anteriores; hasta que acabó por dedicarse al mercado inmobiliario, cosa que detestaba, y se volvió hosco, huraño y resentido. Claire había visto cómo su madre abandonaba sus sueños por él, aparcaba su carrera profesional, dejaba pasar oportunidades de oro y ocultaba sus habilidades para apoyarlo y protegerlo.

Por eso, Claire había decidido con férrea determinación no poner jamás en peligro su carrera por un hombre, y durante años afirmó que no se casaría nunca. Claire había preguntado a su madre si se arrepentía de haber abandonado la carrera profesional que le esperaba en Nueva York, y Sarah Kelly le respondió que no. Amaba a su marido y hacía cuanto estaba en su mano con lo que tenía, cosa que a Claire le pareció especialmente triste. Habían pasado la vida entera sufriendo estrecheces, privándose de lujos e incluso a veces de vacaciones para que Claire pudiera ir a una buena escuela que habían pagado gracias a los fondos secretos de su madre. Para Claire, el matrimonio era sinónimo de sacrificio, de renuncia a uno mismo y de penurias, y se prometió que jamás permitiría que le ocurriera una cosa así. Ningún hombre interferiría con su carrera ni le arrebataría sus sueños.

Morgan compartía el mismo temor de Claire. Ambas habían visto cómo la vida de sus respectivas madres se arruinaba por culpa del hombre al que amaban, aunque el caso de la madre de Morgan había sido más dramático que el de Sarah Kelly. El matrimonio había sido un desastre. La madre había abandonado una prometedora carrera en el Boston Ballet cuando se quedó embarazada de Oliver, el hermano de Morgan, y poco después de ella. Se arrepintió toda la vida de haber dejado de bailar, tuvo serios problemas con la bebida y básicamente el alcohol la mató cuando Morgan y su hermano se marcharon a estudiar a la universidad, y poco después el padre sufrió un accidente y también murió.

Morgan terminó la carrera de administración de empresas, y acababa de liquidar el crédito que había servido para pagar sus estudios. Estaba convencida de que a su madre le había arruinado la vida el hecho de haber sacrificado su carrera de bailarina para casarse y tener hijos, y Morgan no estaba dispuesta a permitir que le ocurriera lo mismo. Todo cuanto recordaba de su infancia eran violentas discusiones entre sus padres y a su madre bebiendo hasta perder el conocimiento o borracha a su regreso del colegio.

El hermano de Morgan, Oliver, era dos años mayor que ella y había dejado Boston para instalarse en Nueva York tras graduarse en la universidad. Se dedicaba a las relaciones públicas. La empresa para la que trabajaba estaba especializada en equipos deportivos, y era la pareja de Greg Trudeau, el famoso portero de hockey sobre hielo procedente de Montreal que se había convertido en la estrella de los New York Rangers. A Morgan le encantaba asistir con Oliver a los partidos para animar a Greg. Había invitado a sus compañeras de piso a unirse a ellos varias veces, y lo habían pasado de maravilla. Ellos visitaban con frecuencia el apartamento, y ellas los adoraban.

La situación familiar de Sasha era más complicada. Sus padres se habían divorciado por las malas después de que Sasha se graduara en la universidad y Valentina empezara a trabajar de modelo en Nueva York; su madre jamás lo superó. Su padre se había enamorado de una joven modelo que conoció en uno de los grandes almacenes de su propiedad, y se había casado con ella al cabo de un año. Del nuevo matrimonio habían nacido dos hijas, y la madre de las gemelas se puso aún más furiosa, hasta tal punto que quedó claro que la furia del infierno no es nada comparada con la de una mujer a la que el marido abandona para casarse con una modelo de veintitrés años. Sin embargo, siempre que las gemelas veían a su padre les parecía un hombre feliz y que adoraba a sus hijas de tres y cinco años. Valentina no sentía ningún interés por ellas y consideraba que la situación era ridícula, pero para Sasha, que había mantenido una estrecha relación con su padre tras el divorcio, sus hermanastras eran una ricura.

La madre vivía en Atlanta, era abogada matrimonialista y tenía fama de ser una auténtica fiera en los juicios, sobre todo desde su propio divorcio. Sasha viajaba a Atlanta lo mínimo, y temía las conversaciones telefónicas con su madre porque seguía haciendo comentarios despiadados sobre su padre incluso años después de que él hubiera vuelto a casarse. Hablar con ella le resultaba agotador.

Los padres de Abby seguían casados y se llevaban bien. Sus trepidantes carreras en televisión les habían impedido estar muy pendientes de Abby, pero siempre la apoyaban y secundaban su pasión por la escritura.

La trayectoria profesional de las cuatro chicas había ido avanzando paso a paso durante los cinco años que llevaban viviendo juntas, en el caso de Claire, con los dos fabricantes de zapatos. Soñaba con trabajar para una marca más sofisticada, pero ganaba un buen sueldo a pesar de no estar precisamente orgullosa de los zapatos que diseñaba.

Morgan trabajaba para George Lewis, uno de los genios de Wall Street, que a sus treinta y nueve años, había construido su propio imperio para la gestión de inversiones privadas. A Morgan le encantaba asesorar a los clientes sobre sus inversiones y volar en el avión de George a otras ciudades para tomar parte en emocionantes reuniones. Admiraba muchísimo a su jefe, y con treinta y tres años veía sus objetivos cumplidos.

Sasha era obstetra residente y deseaba obtener la doble especialidad de embarazos de alto riesgo e infertilidad, así que tenía por delante unos cuantos años de frenético ritmo laboral. Cuando por fin terminaba la jornada y regresaba al apartamento para relajarse y dormir, le encantaba charlar con sus amigas y sentirse acompañada.

La vida de Abby era la única que había sufrido recientes cambios significativos. Había dejado su novela a medias hacía tres años, cuando se enamoró de Ivan Jones, un productor de teatro independiente que no trabajaba para Broadway, que la había convencido para que escribiera para él obras experimentales. Tanto sus compañeras de piso como sus padres preferían su narrativa de ficción a lo que escribía para Ivan. Sin embargo, el productor le aseguraba que sus obras actuales eran mucho más importantes y vanguardistas, y probablemente mucho más útiles para hacerse un nombre como escritora que esas chorradas comerciales que había escrito antes. La cuestión es que ella le creía. Ivan le había prometido que llevaría sus obras a escena, pero tres años después aún no lo había hecho; se dedicaba a producir tan solo las propias. Las compañeras de piso de Abby sospechaban que le estaba tomando el pelo, pero Abby estaba convencida de su talento y sinceridad, y de que era un genio. Ivan tenía cuarenta y seis años, y Abby le hacía de ayudante: limpiaba el teatro, pintaba los decorados y se encargaba de la taquilla. Llevaba tres años siendo su esclava a todas horas. Ivan no se había casado nunca, pero había tenido tres hijos con dos mujeres distintas, a los que nunca veía porque, según él, la relación con las madres era demasiado complicada y perjudicaba su inspiración artística. A pesar de las mil excusas baratas, Abby creía que algún día Ivan produciría sus obras, y lo consideraba un hombre de palabra aunque saltaba a la vista lo contrario. Estaba ciega y no veía sus pecados ni sus defectos, entre ellos el de romper promesas constantemente. Abby siempre estaba dispuesta a creerle y a darle otra oportunidad, para consternación de sus amigas. Ivan era como una máquina tragaperras que jamás daba premio, y ellas habían perdido la paciencia con él hacía tiempo. No lo encontraban atractivo, pero Abby sí. Ella confiaba en él, lo amaba y se aferraba a cada una de sus palabras. Sus compañeras ya no discutían sobre el tema porque acababan todas disgustadas. Ivan la había hechizado, y Abby estaba sacrificando su tiempo y su vida escribiendo para él sin obtener nada a cambio.

Sus padres le habían pedido que regresara a Los Ángeles y retomara su novela, o que por lo menos les permitiera ayudarla a encontrar un trabajo como guionista de cine o televisión. Ivan le dijo que si lo hacía se convertiría en un mediocre fenómeno comercial igual que ellos, e insistía en que tenía mucho más talento y merecía algo mejor; de modo que Abby se quedó con él, a la espera de que llevara a escena una de sus obras. No era estúpida, pero sí fiel, dependiente e ingenua, y él sacaba tajada de todo ello. Iván no caía bien a las compañeras de piso de Abby, que detestaban lo que le estaba haciendo a su amiga. Sin embargo, no servía de nada comentarlo. Sabían que no había devuelto ni un céntimo del dinero que ella le había prestado varias veces, convencida de que lo haría cuando las cosas le fueran mejor. Tampoco pasaba pensión a sus hijos. Las madres eran actrices y se habían hecho famosas tras su aventura con Ivan, por lo que podían mantener a los pequeños mejor que él, decía. Era un hombre que siempre eludía las responsabilidades. Abby estaba encandilada, sin embargo todos tenían la esperanza de que pronto abriera los ojos. Aun así habían pasado tres años, y por el momento no daba señales de despertarse de aquella pesadilla llamada Ivan. Sus compañeras de piso se daban cuenta de todo, y odiaban a Ivan por la forma en que la utilizaba y le mentía.

Con todo, aquella no era la primera relación problemática de Abby, que era la coleccionista de pajarillos heridos. En los cinco años que llevaba viviendo en el loft, primero había salido con un actor sin blanca incapaz de encontrar trabajo ni siquiera como camarero, que se había pasado un mes entero durmiendo en el sofá del apartamento hasta que las demás se quejaron. Abby estaba enamorada de él, y él estaba enamorado de una chica que llevaba seis meses en rehabilitación. Luego habían pasado por su vida escritores, varios actores e incluso un brillante aristócrata inglés venido a menos que no paraba de pedirle dinero prestado, además de toda una serie de perdedores, aspirantes a artista y tipos que la decepcionaban una y otra vez hasta que se daba por vencida. Por desgracia, aún no había llegado al límite con Ivan.

Claire solo tenía citas informales desde hacía años. Andaba tan ocupada que apenas tenía tiempo para salir, y no le importaba. Trabajaba hasta tarde, incluso los fines de semana. Su carrera de diseñadora le importaba más que cualquier hombre. Ambicionaba conseguir lo que su madre no había tenido jamás, y nada ni nadie se lo arrebataría; de eso estaba segura. Era extraño que siguiera saliendo con alguien tras unas cuantas citas. Nunca se había enamorado en serio, excepto de los zapatos que diseñaba. A los hombres les sorprendía descubrir la pasión con que se entregaba a su trabajo y lo inaccesible que se volvía en cuanto le demostraban su interés. Claire creía que tener pareja constituía una amenaza para su carrera y su equilibrio emocional. Tenía una mesa de dibujo en un rincón de la sala de estar del apartamento, y solía quedarse allí sentada después de que sus amigas se hubieran acostado.

A Sasha tampoco le quedaba tiempo para citas, ocupada como estaba con los estudios y el trabajo de obstetra residente. De vez en cuando mantenía una relación breve, pero llevaba un ritmo y unos horarios que prácticamente anulaban su vida personal. O bien le tocaba trabajar, o estaba agotada, o dormía. Era un bellezón, pero no tenía tiempo material para los hombres y se pasaba la vida vestida con el uniforme del hospital, a diferencia de su gemela, igual de atractiva, que no paraba de ir de fiesta en fiesta. A Sasha le gustaba la idea de casarse y tener una familia, pero lo veía a años luz. De hecho, solía pensar que sería más sencillo permanecer soltera, pues los hombres con quienes había salido acababan cansándose de tanta exigencia al cabo de unas semanas.

De las cuatro compañeras de piso, solo Morgan tenía pareja estable, y por suerte caía bien a todas, puesto que muchas veces pasaba la noche en el apartamento. Max Murphy tenía un piso de propiedad en el Upper West Side, pero el de Morgan le resultaba más cómodo para desplazarse hasta el trabajo, ya que regentaba un restaurante al doblar la esquina. Las cuatro amigas lo habían conocido la misma noche, un año después del traslado de Morgan y Sasha, cuando salieron a probar el restaurante. Max había comprado un bar cochambroso y lo había transformado en un local de moda de ambiente animado y comida deliciosa. Morgan y él habían empezado a salir juntos tres días después. Habían pasado cuatro años, Max's estaba en pleno auge y era un éxito en el barrio. El negocio tenía a su dueño ocupado día y noche. Trabajaba todos los días hasta las dos de la madrugada, y a las diez de la mañana volvía a estar en el restaurante para que a la hora de comer todo estuviera a punto.

Max era un chico estupendo y todas lo adoraban. Le encantaba practicar deporte, la cocina se le daba de maravilla y trabajaba como el que más. Era una persona fantástica en todos los sentidos, y pertenecía a una numerosa familia irlandesa cuyos miembros se pasaban la vida discutiendo pero por encima de todo se querían muchísimo. A sus treinta y cinco años, Max deseaba casarse y tener hijos, pero Morgan le había dejado muy claro desde el principio que el matrimonio y la maternidad no formaban parte de sus planes. Max creía que acabaría adoptando una postura más flexible, pero llevaban cuatro años juntos y no había sido así. Sin embargo, no la presionaba. Morgan solo tenía treinta y tres años, y Max imaginaba que aún les quedaba tiempo por delante. Él andaba muy ocupado con el restaurante. Además esperaba abrir al menos un local más y eso supondría un gasto importante, por lo que tampoco tenía prisa. Sin embargo, empezaba a darse cuenta de hasta qué punto Morgan oponía resistencia a la idea de casarse y tener hijos. Su relación era sólida y cercana, pero para Morgan su carrera profesional lo era todo y no tenía ninguna intención de arriesgarla.

Claire llegó a casa del trabajo y se puso unos pantalones cortos, una camiseta y unas sandalias planas. Al cabo de un rato llegó Abby, con un top desgastado y un mono encima manchado de pintura. Cuando Claire levantó la cabeza de su mesa de dibujo y la saludó con una sonrisa, vio que tenía pintura hasta en el pelo y un manchurrón azul en la cara. Morgan solía llegar tarde del trabajo porque muchas veces iba a tomar algo con los clientes después de una reunión, y Sasha salía del hospital a cualquier hora, según el turno que le tocara cubrir, y al llegar se metía en la cama de inmediato.

—Hola —dijo Claire con una cálida sonrisa—. Me imagino lo que has estado haciendo hoy.

—Llevo todo el día respirando pintura —gruñó Abby cansada dejándose caer en el sillón, feliz de estar en casa.

Ivan había tenido una reunión con un posible patrocinador y le había dicho que tal vez la llamaría más tarde. Vivía en un estudio del East Village apenas mayor que un armario, un sexto sin ascensor de renta protegida que un amigo le había realquilado con muebles incluidos.

—Hay algo de comida en la nevera —dijo Claire—. He pasado por el súper de camino hacia aquí. El sushi tiene buena pinta.

Solían turnarse para la compra de alimentos básicos, un método más práctico que intentar adivinar quién se había comido qué. Eran generosas y de buena pasta, y jamás discutían por dinero. Se respetaban las unas a las otras, por eso su convivencia funcionaba tan bien.

—Estoy demasiado cansada para comer —contestó Abby. Además, la pintura le había provocado náuseas. Ivan había cambiado cuatro veces de opinión sobre el color de los decorados. Como era el autor, el director y el productor de la obra, tenía derecho a decidir cómo debía ser la escenografía—. Creo que me daré un baño y me acostaré. ¿Qué tal el día?

Como siempre, Claire pensó en lo agradable que resultaba llegar a casa y encontrar a alguien que se interesaba y se preocupaba por ti. Sus padres no se hablaban; llevaban años sin hacerlo porque así todo era más fácil.

—Largo, llevo todo el día batallando —respondió Claire con expresión desanimada—. Walter detesta mis diseños nuevos y quiere que los modifique para que se adapten a su estilo. Encima ha llegado una estudiante en prácticas, la hija de un amigo suyo que vive en París. Parece que tenga doce años y odia todo lo referente a Estados Unidos. Según ella, en París todo es mejor y aquí nadie lo entiende. Su padre es banquero y su madre trabaja en Chanel. Se cree que con veintidós años lo sabe todo. Walter la tiene para hacerles un favor a sus padres, y a mí me ha tocado cargar con el muerto.

—A lo mejor le apetece pintar decorados —soltó Abby con una sonrisita—. O pasar la aspiradora por el teatro. Le ayudaría a mantenerse en forma.

—Prefiere criticar mis diseños —respondió Claire a la vez que realizaba alguna corrección en su mesa de dibujo.

En ese momento entró Morgan. Se le veían unas piernas larguísimas con los zapatos de tacón alto y la minifalda de lino azul oscuro de su traje. El pelo, de corte moderno, le llegaba por los hombros. Iba cargada con varias bandejas de comida del restaurante de Max y las depositó sobre la mesa metálica de estilo industrial que la madre de Claire había encontrado para ellas en internet a un precio increíble.

—Un día de estos me moriré subiendo las escaleras. Max nos obsequia con pollo asado y ensalada César. —Siempre les mandaba comida preparada, o cocinaba para ellas los domingos por la noche, y a todas les encantaba—. ¿Vosotras habéis cenado, chicas? —preguntó Morgan con una sonrisa, y se sentó en el sofá junto a Abby—. Parece que te ha tocado pintar decorados otra vez —dijo como si tal cosa. Estaban acostumbradas a ver a su amiga con manchas de pintura. Más que una escritora, parecía una pintora de brocha gorda—. Podrías ganarte la vida trabajando para un contratista. Por lo menos formarías parte de un gremio y tendrías un sueldo decente —bromeó mientras se quitaba los zapatos de tacón de una patada y estiraba las piernas—. Esta noche el restaurante estaba hasta los topes —comentó.

—Como siempre —respondió Claire—. Gracias por la comida. —Se levantó de la mesa de dibujo atraída por el delicioso aroma de la comida de Max. El pollo olía de maravilla.

Fueron las tres a la cocina, sacaron platos y cubiertos, y Morgan abrió una botella de vino mientras Abby iba a por servilletas y vasos. Al cabo de un momento estaban sentadas a la mesa riendo y charlando, a la vez que Claire les describía a la estudiante en prácticas. Nada les parecía tan terrible si podían reírse de ello y hablar de sus problemas. Entre ellas el trato era cordial y no había celos. Eran buenas amigas y punto, sin ningún hacha de guerra que desenterrar, y se conocían bien, con sus defectos y virtudes. No les costaba perdonarse, eran tolerantes en las raras ocasiones en que alguna estaba de mal humor y suponían un gran apoyo para los retos a los que se enfrentaban respectivamente. Todas tenían un trabajo exigente que añadía tensión a su día a día.

Acababan de terminar de cenar cuando entró Sasha. Se había recogido su melena rubia con una cinta elástica y dos bolígrafos sobresalían a ambos lados. Llevaba un fonendoscopio alrededor del cuello. Iba calzada con unos zuecos y lucía el famoso uniforme que constituía su fondo de armario.

Claire no recordaba la última vez que la había visto vestida de calle.

—Hoy he tenido un parto de trillizos —anunció a las tres mientras se sentaba junto a Morgan.

—Por lo menos tú has hecho algo útil —respondió Claire con admiración, y Sasha sacudió la cabeza cuando Morgan le ofreció un vaso de vino.

—Sigo estando de guardia. Puede que más tarde tenga que volver al hospital. Hemos estado a punto de perder a uno de los bebés, y eso que había tres ginecólogos en la sala de partos. Me han dejado suturar tras la cesárea, aunque ha sido bastante impresionante. También había tres pediatras. La madre tiene cuarenta y seis años y los niños habían sido fecundados por FIV. Han nacido dos meses antes de lo previsto pero parece que no habrá complicaciones. No sé por qué hay madres que quieren tener trillizos a esa edad. El padre tiene más de sesenta años, o sea que cuando los niños acaben la universidad será octogenario. Pero los dos son padres primerizos y están como locos. Resulta que se casaron el año pasado y quisieron formar una familia al instante. Ella es un pez gordo de Wall Street y él es director general de no sé qué empresa. A lo mejor a nosotras también nos pasa lo mismo —dijo Sasha con una sonrisa mientras se servía un poco de ensalada César. Se había comido un sándwich en el hospital, pero no podía resistir la tentación de probar la comida que Max les enviaba a través de Morgan. Siempre estaba deliciosa.

—Conmigo no cuentes —dijo Morgan apurando el vino ante la idea de tener gemelos a los cuarenta—. Antes me tiraría de un puente.

—Pues a mí me encantaría tener un bebé —dijo Abby en voz baja—, solo que todavía es pronto.

—Y espero que no sea con Ivan —dijo Morgan con franqueza—, si quieres que el padre te ayude a criarlo. Para tener hijos necesitas un hombre con un empleo, y que sea responsable

Al contrario que Ivan. Sabían que Abby, con veintinueve años, seguía recibiendo ayuda de sus padres, y que se sentía avergonzada por ello. Deseaba ser independiente, pero nadie compraba sus obras.

Claire ganaba un sueldo decente, y Morgan trabajaba mucho para cumplir con las exigencias de George Lewis. Sus padres habían muerto en la ruina, y su hermano y ella habían tenido que ponerse a trabajar desde niños. Sabían muy bien qué significaba pasar estrecheces. Abby y Sasha, en cambio, procedían de familias ricas, o como mínimo acomodadas. Aun así, las distintas circunstancias que habían rodeado la infancia de cada una no marcaban distancias entre las cuatro compañeras de piso. Tenían una mentalidad abierta respecto a su situación familiar y su historia, y eran muy conscientes de que, con o sin dinero, la vida de uno nunca es tan fácil como parece desde fuera.

—En realidad, no quiero tener hijos hasta dentro de mucho tiempo —dijo Abby pensativa.

—También tú podrías tener un hijo a los cuarenta y seis años —observó Sasha con una sonrisa mientras se servía un trozo de pollo. A las cuatro se las veía bien juntas, compartiendo la cena y disfrutando de un rato de relax al acabar la jornada.

—Me parece demasiado tarde —respondió Abby con aire pensativo. Lo tomaba todo al pie de la letra, por eso también se tragaba las mentiras de Ivan.

—¿No me digas? —soltó Sasha, y se echó a reír—. Cuando esté a punto de cumplir los cincuenta, recordadme que no es edad para tener hijos. —Sin embargo, tampoco se imaginaba con críos mucho antes. Le quedaban por delante unos cuantos años de estudio a causa de la especialidad que había elegido—. No sé cuál es la solución. La vida pasa muy deprisa, y un día levantas la cabeza y te das cuenta de que eres demasiado mayor. No puedo creer que tenga casi treinta y dos años, si parece que haga cuatro días que cumplí los dieciocho.

—Sasha sacudió la cabeza mientras daba vueltas a esa idea.

—No me vengas con lloriqueos, que yo tengo un año más que tú —le soltó Morgan sin rodeos, y miró a las demás muy seria—. Vosotras aún sois unas niñas. —Tenía cinco años más que Claire y cuatro más que Abby—. El tiempo vuela, y tengo mucho por hacer para llegar a donde quiero. —Había prosperado con rapidez desde que se graduó en administración de empresas y, para los estándares de la mayoría de la gente, estaba muy bien situada, pero Morgan siempre se ponía el listón muy alto.

Sasha se levantó de la mesa con un bostezo y fue a la cocina para poner el plato en el lavavajillas.

—Será mejor que me acueste por si luego me llaman —dijo, y al cabo de unos instantes, tras darle las gracias a Morgan por la cena, se metió en su habitación.

Abby fue a darse una ducha para tratar de quitarse las manchas de pintura. Poco después Morgan se fue a la cama a leer sobre un tema de trabajo y Claire regresó a su mesa de dibujo. Habían pasado una velada agradable. Era raro que las cuatro estuvieran en casa a la hora de cenar, pero cuando coincidían, la jornada les parecía menos fatigosa y los tropiezos menos desagradables. Claire sonrió para sí pensando en sus compañeras de piso. Todas tenían muy buen fondo y, dejando aparte a su madre, eran las personas más importantes de su vida. Se ofrecían apoyo en sus proyectos, como debería hacer toda familia, pensó Claire justo cuando modificó un detalle de uno de sus bocetos del que se sintió muy satisfecha. Lo mejor era que aquella familia no les correspondía por nacimiento sino que la habían elegido, y todas se sentían muy a gusto.

Claire continuaba dibujando y dando vueltas a aquella idea. Ojalá vivieran juntas para siempre, pensó, o al menos durante mucho, mucho tiempo. En el apartamento reinaba el silencio. A esas horas todas dormían menos ella, la noctámbula del grupo. Le encantaba quedarse a trabajar hasta tarde. Habían dado ya las dos de la madrugada cuando apagó la luz y se fue a su dormitorio. Se lavó los dientes, se puso el camisón y al cabo de unos minutos se acostó. No había previsto que ocurriera, pero la cuestión era que tenía el hogar y la familia que siempre había deseado. Nadie vivía amargado, nadie se enfadaba y nadie decepcionaba a nadie. Nadie hacía sacrificios que debiera lamentar en silencio el resto de sus días. El apartamento de Hell's Kitchen era el paraíso seguro que necesitaban para lanzarse a conquistar sus sueños.

2

Al día siguiente, de camino a casa en el metro, Morgan vio un anuncio del restaurante de Max en la sección «Page Six» del *New York Post*, y al leerlo sonrió para sí. Las breves líneas alababan la comida y el ambiente, y citaban varios de los actores, escritores, bailarines y deportistas famosos que lo frecuentaban. Siempre mencionaban a Greg, por supuesto. Todas las mañanas, después de acudir religiosamente al gimnasio a las seis, leía *The Wall Street Journal* y *The New York Times*, y le encantaba echar un vistazo al *New York Post* y a los cotilleos de «Page Six». Además, sabía quién debía de haberles facilitado la información sobre el restaurante. Llamó a su hermano en cuanto salió del metro para dirigirse a la oficina. También ese día hacía calor. Vestía una minifalda negra, una blusa blanca recién planchada y zapatos de tacón, y los hombres la miraban al pasar.

—Bien por el anuncio —lo felicitó Morgan cuando Oliver contestó al móvil.

Oliver Shelby se dedicaba a las relaciones públicas desde que se graduó en comunicación por la Universidad de Boston doce años atrás, y en la actualidad era el vicepresidente de una importante empresa de Nueva York que contaba con clientes de renombre, la mayoría procedentes del mundo del deporte. Como Max le caía bien, siempre que podía le hacía un favor. Uno de sus clientes, un lanzador de los Yankees, también aparecía en «Page Six» esa mañana.

—Ha sido todo un gesto por tu parte —añadió Morgan. Se llevaba bien con su hermano. Era el único miembro de su familia que seguía con vida, y desde la muerte de sus padres cuando los dos eran muy jóvenes, habían estado muy unidos.

Oliver residía en un bonito apartamento del Upper East Side junto con su pareja, y disfrutaba metiéndose con su hermana por vivir en Hell's Kitchen. Sin embargo, a la pareja le gustaba ir a visitarla al loft y caía muy bien sus compañeras. Oliver le había dicho que era gay tras la muerte de sus padres, y añadió que no se habría atrevido a confesarlo si su padre siguiera con vida. El hombre era constructor, cuando trabajaba, y siempre había arremetido abiertamente contra los gays, tal vez porque sospechaba de la condición de su hijo. Con todo, Oliver se sentía cómodo en su piel. Había cumplido treinta y cinco años y llevaba siete con Greg.

También Greg tenía problemas con su familia. Era uno de los cinco hijos de una sencilla familia católica de Quebec. Cuatro se dedicaban al hockey profesional, y a su padre se le había caído el alma a los pies cuando confesó que era gay. Le había dicho sin tapujos que lo sabía desde que tenía nueve o diez años. Le gustaban los chicos, sin más, y su padre había ido haciéndose a la idea poco a poco, aunque le entristecía. Greg y Oliver se amaban de veras, y también Max se sentía a gusto en compañía de la pareja. A veces, cuando disponía de tiempo libre, Morgan y él iban a esquiar con Oliver y Greg, que bromeaba acerca de sus perros para hacer rabiar a Oliver, pues era uno de los pocos temas en los que no se ponían de acuerdo. Tenían dos Yorkshire y un chihuahua diminuto por el que Greg sentía debilidad, al que vestía con un uniforme de los Rangers confeccionado por encargo.

—Por el amor de Dios, pesas ciento quince kilos y eres portero de hockey. ¿No podemos tener un perro de tamaño normal, como un labrador o un golden retriever? ¡Estos son muy de gay! —se quejaba Oliver, y Greg se echaba a reír.

—Es lo que somos —le recordaba a Oliver con una sonrisita.

Oliver protestaba sin reparos, y solía amenazar a Greg con comprar un san bernardo, aunque él también adoraba a los perros. Ninguno de los dos disimulaba su condición. Greg era uno de los deportistas más importantes que había reconocido abiertamente que era gay.

—¿Queréis venir a cenar al restaurante el sábado? —le preguntó Morgan a su hermano al llegar al edificio donde estaba su oficina.

—Se lo preguntaré a Greg. Me comentó algo de un cumpleaños en Miami. Si estamos aquí, me encantará ir. Ya te diré algo.

—Me parece bien.

Tras mandarle un beso colgó, y de inmediato se concentró en el trabajo. Esa mañana George y ella tenían programada una reunión con un cliente que deseaba invertir una buena suma de dinero. Su jefe llevaba meses haciéndole la pelota. Había realizado unas cuantas inversiones muy suculentas para un amigo del cliente potencial, y Morgan había cumplido con su cometido y había preparado una larga y detallada explicación sobre los planes que George tenía para él. También había incluido varias propuestas adicionales que habían sido del agrado de George y que él mismo pensaba plantear en la reunión. Formaban un buen tándem. El jefe siempre decía que Morgan era un genio de los números, y que era capaz de leer una hoja de cálculo con mayor rapidez que sus contables y detectar un error que a todo el mundo le había pasado por alto.

George era un soltero muy atractivo y con éxito, pero su relación con Morgan siempre se había limitado al estricto terreno profesional. Jamás mezclaba el placer con el trabajo, y ella lo respetaba. A sus treinta y nueve años, todas las arpías de Nueva York lo perseguían sin tregua, y también unas cuantas mujeres muy atractivas, algunas forradas, pues se sentían a salvo porque George disponía de una fortuna propia. Se había enriquecido en los últimos años, y Morgan lo tenía en buena consideración por ello. George era brillante y se había ganado el éxito a pulso. Ella había aprendido mucho con él en los últimos tres años. Nunca se veían al margen del trabajo, pero le encantaba viajar con él. Iban a lugares maravillosos para visitar clientes o comprobar el estado de las inversiones, como París, Londres, Tokio, Hong Kong y Dubái. Su vida laboral era un sueño.

Comprobó los datos en el ordenador, organizó los documentos de su escritorio para la presentación e hizo algunas llamadas hasta que a las diez apareció el nuevo cliente. Era un hombre muy conocido, de cincuenta y tantos años, que había ganado una fortuna gracias al auge de la alta tecnología puntocom; se decía que era multimillonario. Se mostró interesado en todas las sugerencias de Morgan y George, quien le propuso que añadiera varias inversiones a su cartera, algunas de alto riesgo, que no parecieron intimidar al cliente. George le planteó las novedades que había incorporado Morgan e incluso reconoció su autoría; siempre jugaba limpio. En cuanto el cliente se marchó, Morgan le dio las gracias, y él pareció complacido, pues el hombre se había mostrado receptivo ante cada una de las propuestas.

—Lo tenemos —dijo George con una sonrisa.

Trataba a los clientes con guante de seda, y ella adoraba observarlo. Lo suyo era puro arte.

Morgan regresó a su despacho. El día pasó volando entre reuniones y comprobaciones varias tras la visita del cliente. Siempre cumplía con sus tareas y llevaba a cabo las investigaciones con meticulosidad. George sabía que podía contar con ella. Al final de la jornada Morgan le dio la información que esperaba.

Por la noche había quedado con un analista de acciones para tomar algo. Quería comentarle un par de ofertas, para ver qué decía, ya que una le planteaba ciertas dudas. El sueño de Morgan era tener su propio grupo de clientes selectos. No era tan agresiva ni le iba tanto el riesgo como a George, pero conocía a fondo su campo, empleaba métodos de investigación sólidos y la avalaban seis años de experiencia en una buena empresa desde que había acabado los estudios. Iba por buen camino, aunque jamás llegara a estar a la altura de los logros estelares que George había alcanzado a lo largo de su deslumbrante carrera. Claro que... quién sabía. Morgan tenía por delante un gran futuro profesional. Su vida iba bien encaminada.

Claire tuvo que hacer frente a otra estresante jornada en la que discutió con Walter acerca de la cantidad de pares de zapatos que debían fabricar para la colección de primavera. Él siempre quería ir sobre seguro, tanto en lo relativo a cantidades de producción como a diseño. Ella deseaba que le diera más libertad de acción, pero no había manera. Walter no cedía jamás, y Monique, la nueva empleada en prácticas, la incordiaba todo el día. Claire tenía la sensación de estar cuidando a una niña caprichosa, y no tenía tiempo para estar por ella. Cuando regresó al apartamento, estaba furiosa y habría deseado tener agallas para dejar la empresa. Sin embargo, necesitaba el dinero, y no quería arriesgarse a estar demasiado tiempo sin trabajo mientras buscaba otro empleo, o a que Walter la echara si llegaba a enterarse. Estaba entre la espada y la pared. Lo único que quería era diseñar zapatos más extremados.

Tras dejar las llaves en el mueble del recibidor y echar un vistazo al correo —facturas y propaganda, pues todo lo demás le llegaba por e-mail o por Facebook—, reparó en que Sasha se encontraba en casa. Estaba tumbada en el sofá, descalza y en pantalón corto, leyendo una revista. Levantó la cabeza y sonriendo dio un sorbo a una copa de vino, señal de que esa noche no le tocaba guardia, un alivio porque apenas disponía de tiempo libre. Claire ni siquiera recordaba la última vez que la había visto leyendo una revista.

—¿Por fin te han dado fiesta? —Claire se alegraba por ella.

—Esta semana no trabajo —dijo Sasha con aire distraído saboreando el vino.

—Desde ayer. A eso apenas se le puede llamar vacaciones.

Sasha se echó a reír, y se incorporó en el sofá.

—He tenido un día de mierda —se quejó Claire—. Es posible que acabe matando a la chica francesa, si antes no mato a Walter. Empiezo a tener fantasías sobre el tema. Estoy hasta el gorro de diseñar zapatos para mujeres sin gusto ni imaginación.

—Pues lárgate —soltó Sasha sin más—. Mándalos al cuerno. ¿Qué sentido tiene pasarlo mal en el trabajo?

—Ya, pero... ¿Y yo qué? Necesito el dinero. No soy una rica heredera. ¿Qué hago si luego me paso seis meses sin trabajo? Podría ocurrir —dijo preocupada.

—Siempre puedes prostituirte —respondió Sasha en un tono frívolo para sorpresa de Claire, que reparó en que no era propio de ella decir algo así.

Sasha siempre se había mostrado sensible ante sus temores relacionados con el trabajo y el futuro, por lo que Claire se la quedó mirando fijamente con los ojos entornados.

—Sonríeme —dijo con voz enigmática a la imponente mujer del sofá. Sasha poseía una belleza natural imposible de disimular, incluso despeinada o vestida con el uniforme del hospital.

—¿Por qué? —respondió.

—Da igual por qué, sonríeme.

Sasha obedeció y en su cara se dibujó una amplia sonrisa que dejó a la vista unos dientes perfectos, impecables. Ni siquiera había llevado aparatos. Era perfecta de nacimiento. Claire se echó a reír nada más ver su sonrisa.

—Por Dios. Vosotras dos tendríais que llevar un cartelito o tatuaros el nombre en la frente.

Solo cuando sonreían era posible detectar el ínfimo detalle que distinguía a las gemelas. Aunque tenían el mismo aspecto, pues eran dos gotas de agua, había una diferencia casi microscópica entre sus sonrisas. Claire lo había notado desde el principio, pero Valentina seguía confundiéndola muchas veces, sobre todo cuando se lo proponía, cosa que sucedía a menudo. Tenía mucha más picardía que su gemela, y lo achacaba a que Sasha era tres minutos mayor y por tanto más seria. Valentina se consideraba la hermana pequeña. Y ahí estaba medio tumbada en el sofá bebiendo vino.

—Creía que eras Sasha —explicó Claire, pero Valentina ya lo había notado y la miraba con expresión divertida. Le encantaba confundir a las chicas. En cierto modo, se comportaba como una niña traviesa, en contraste con su hermana, más responsable.

—Sasha me había asegurado que a esta hora estaría en casa, pero acaba de llamar para decir que tiene que quedarse a trabajar hasta tarde. Hay una mujer de parto. No sé por qué no eligió una especialidad mejor, como por ejemplo la cirugía plástica.

—Pues a mí los liftings me parecen más desagradables incluso que los partos —repuso Claire con sinceridad, y se sirvió una copa de vino. Valentina había abierto una de las mejores botellas de vino blanco que tenían en casa sin pensarlo dos veces, aunque prefería el champán.

Los hombres con los que salía la malcriaban. Todos estaban forrados y la mayoría le doblaban la edad, y Valentina los deslumbraba, como era de esperar. Había adoptado los malos hábitos de una niña mimada, a diferencia de Sasha, a quien sus compañeras de piso adoraban. A Valentina más bien la toleraban. Un ratito resultaba divertida, pero a ninguna le habría gustado convivir con ella, ni siquiera a Sasha. Cuando eran jovencitas, Valentina la volvía loca, aunque siempre habían mantenido esa estrecha relación característica de las gemelas.

Valentina entró en el dormitorio de su gemela y al cabo de pocos minutos salió vestida con una falda preciosa que Claire no había visto lucir a su compañera de piso en todo el año.

Valentina disponía siempre de cuanto quería, sin pedir permiso jamás a su hermana.

—Ella no tiene tiempo de llevar estas cosas —le dijo a Claire mientras se sentaba y se servía otra copa de vino—. De todas formas, a mí me sienta mejor. Se está adelgazando de tanto trabajar, todo le queda grande.

Claire no notaba ninguna diferencia, ni en su peso ni en ningún otro aspecto, a excepción de la sonrisa.

Charlaron durante un rato. Luego Valentina siguió leyendo el *Vogue* hasta que media hora después llegó Sasha. Se sorprendió al ver a su hermana vestida con su falda.

—¿Por qué llevas eso? —No parecía muy contenta, y por lo visto tenía prisa.

—Tú no te la pones nunca. Te la cojo prestada unos días.

«Y luego te olvidarás de devolvérmela», se dijo Sasha para sus adentros. Su padre le había mandado aquella falda, de un conocido diseñador, de una de sus tiendas de Atlanta porque sabía que nunca tenía tiempo para ir de tiendas. Valentina, en cambio, no tenía problemas a la hora de comprarse ropa o cogerle a su hermana la que le gustaba. Además, después de las sesiones de fotos se quedaba con un montón de ropa.

—Es un regalo de papá —dijo Sasha para darle a entender que para ella la falda era importante. Pero Valentina se encogió de hombros. No se llevaba bien con su padre y su segunda mujer le caía fatal, y no se esforzaba en disimularlo—. Voy a salir —anunció Sasha a su hermana cuando se apalancó de nuevo en el sofá con la falda prestada.

—¿Vuelves al trabajo?

—He quedado con un chico —respondió Sasha con timidez—. Se me había olvidado. Acaba de llamar para recordármelo.

—¿Quién es? —Valentina estaba sorprendida, y Claire también. Sasha no había salido con ningún hombre durante meses.

—Lo conocí el mes pasado. Creo que me tomó por ti. Se

comportaba como si me conociera, y entonces me di cuenta de que nos había confundido.

—¿Y aún cree que eres yo? —Valentina parecía divertida y Sasha molesta.

—Por supuesto que no. Se lo expliqué, pero me pidió que nos viéramos de todos modos. Es actor, y modelo de ropa interior para Calvin Klein.

—Debe de ser una monada —dijo lanzándole una mirada a su hermana.

—Sí, no está mal. No pensaba salir con él, pero ha montado un número porque creía que se me había olvidado, y no he querido reconocer que tenía razón. Va a llevarme a la inauguración de una exposición y luego a cenar. —No parecía la típica cita de Sasha, que solía salir con otros médicos, con gente que conocía en congresos de medicina o en el trabajo. Un actor y modelo no era su tipo, ni siquiera el de Valentina—. Le he dicho que nos encontraríamos dentro de media hora. —Lamentó que Valentina le hubiera cogido la falda; no sabía qué ponerse.

—Ponte algo provocativo —le aconsejó Valentina. Sasha se marchó a su habitación, rebuscó en el armario y dio con un vestido de algodón blanco que arrojó sobre la cama. Al cabo de un momento, Valentina entró en el dormitorio y sacudió la cabeza—. Con eso parece que vayas a la playa. En el fondo del armario tienes una falda negra de tubo y un bustier plateado. Póntelos.

Sasha vaciló unos instantes, y luego asintió. Valentina entendía de ropa mucho más que ella. Corrió a la ducha y al cabo de diez minutos estaba vestida, con la larga cabellera rubia todavía húmeda.

—Sécate el pelo, maquíllate y ponte zapatos de tacón —le recomendó su gemela.

Sasha regresó al cuarto de baño. Diez minutos más tarde salió, arreglada para una cita pero descalza, porque no había encontrado unos zapatos apropiados en su armario. Claire le prestó unas sandalias de tacón alto. Por suerte, tenían el mismo número.

Sasha tenía un aspecto fantástico con la ropa elegida por su hermana y los zapatos de su amiga.

—¡Eso sí que es estar buena! —exclamó Valentina sonriéndole. De pronto, Sasha era igualita a su gemela, aunque apenas podía andar con los zancos de Claire.

—¿No puedo ponerme unas sandalias planas? Creo que el chico era bajito, no me acuerdo muy bien.

—No, no puedes —respondieron Valentina y Claire al unísono

Al cabo de cinco minutos Sasha bajó la escalera taconeando, con la impresión de ir disfrazada y la esperanza de no romperse la crisma con aquellos zapatos.

Se sentía una pobre imitación de su hermana, que era seguramente con quien quería salir el chico. Toda la vida se había repetido la misma historia, así que se intercambiaban los papeles: Sasha escribía las redacciones y hacía los exámenes de Valentina, y a veces Valentina salía con chicos haciéndose pasar por su hermana.

Sasha paró un taxi en la Décima Avenida y le dio al taxista la dirección de una galería de Chelsea donde se suponía que encontraría a su acompañante. Lo vio nada más entrar. Él fue directo hacia ella.

—¡Uau! Estás preciosa. —Llevaba el teléfono en la mano y le hizo una foto antes de que ella pudiera impedírselo.

—¿Por qué has hecho eso? —Sasha se sentía fuera de lugar y bastante molesta.

—Cuelgo en Instagram todo lo que hago —le dijo Ryan Phillips.

Aquella idea la hizo sentirse incómoda, pero lo siguió hasta el interior de la abarrotada galería, donde él parecía conocer a todo el mundo.

Ryan era un hombre atractivo más o menos de su edad. Las mujeres empezaron a apiñarse a su alrededor. Sasha se sentía desnuda con aquel bustier que se había puesto siguiendo los consejos de su hermana. No era ella misma, sin el uniforme del hospital. Unos cuantos hombres se acercaron a hablar con ella, y Ryan fue muy atento, pero seguía teniendo la impresión de ser una pobre imitación de Valentina. Cuando salieron de la exposición y tomaron un taxi, Sasha estaba agotada. Se dirigieron a un restaurante del Soho donde había mucho ruido y movimiento, y todo el mundo conocía también a Ryan. Una vez sentados a la mesa, fue prácticamente imposible mantener una conversación, y él le hizo otra foto con el móvil. Sasha se puso aún más nerviosa. Se preguntaba si aquel chico quería hacer creer a todo el mundo que había salido con la famosa supermodelo Valentina en lugar de con su gemela. Con él se sentía como una impostora, pero estaba convencida de que le sentaría bien romper con la rutina. No le habían pedido una cita en meses, y tenía remordimientos por no hacer el esfuerzo de conocer a gente nueva y salir. Sin embargo, en aquel momento se le hacía todo muy raro. El chico era atractivo pero no tenían nada en común, y dudaba que volviera a pedirle una cita.

—Así que... ¿a qué te dedicas? —le preguntó Ryan después de pedir la cena, levantando la voz por encima del bullicio del restaurante.

Sasha reparó en su marcada musculatura bajo la camiseta negra, a juego con unos vaqueros negros. Su forma física era magnífica. Era evidente que hacía ejercicio todos los días.

—Soy médico —contestó a voz en cuello—. Obstetra.

Ryan se quedó perplejo ante aquella respuesta.

—Creía que eras modelo, como tu hermana.

Sasha negó con la cabeza sonriendo.

—No, soy ginecóloga residente en el hospital de la Universidad de Nueva York. Traigo bebés al mundo.

Aquello dejó al chico sin habla unos instantes, luego asintió.

—Imagino que eso está muy bien. —No tenía ni idea de a qué se dedicaba Sasha cuando le pidió la cita. Le gustaba su aspecto y punto, y llevaba meses deseando a Valentina. Sasha no lo comentó, pero a Ryan le faltaba edad y dinero para salir con su hermana, quien solo se codeaba con hombres muy ricos y mayores. Ryan no tenía nada que hacer—. ¿Te gusta ser médico? —No sabía qué decirle.

—Mucho. ¿Y a ti te gusta ser actor?

—Sí, puede que me den un papel en una película en Los Ángeles. Estoy esperando que me llamen. Me presenté al casting la semana pasada. Ya he actuado en algunas telenovelas, y con los anuncios de Calvin Klein me va muy bien.

Sasha asintió. En aquel momento les sirvieron la cena. El ruido de voces aumentó y les impidió seguir conversando hasta que salieron a la calle. Ryan la rodeó con el brazo y le dirigió una mirada insinuante.

—¿Quieres venir a mi casa? Está a pocas manzanas de aquí.

El problema no era la distancia. Sasha no lo conocía, y era evidente que esperaba acostarse con ella a cambio de la cena. Por muy atractivo que fuera Ryan, no le apetecía tener relaciones con un extraño.

—Mañana entro a trabajar a las seis. Debería irme a casa —respondió sin saber qué decir. «¿Estás de broma?» habría sonado insolente, y no quería parecer una estrecha.

—Muy bien, de acuerdo. Ya lo repetiremos —dijo él sin demasiada convicción. Estaba claro que si no se acostaban juntos, para él no tenía sentido volver a quedar con ella.

Al cabo de cinco minutos le pidió un taxi, y mientras se alejaba le dijo adiós con la mano. Sasha se sentía aturdida. La velada había sido ruidosa, aburrida y frustrante, y no había averiguado nada sobre el chico que no supiera cuando se conocieron, salvo que tal vez le darían un papel en una película en Los Ángeles. Tenía la sensación de que el objetivo de esa clase de citas, con tipos como aquel, no era conocerse mejor sino arreglarse, salir, cenar acompañado, conseguir fotos de cara a la galería y, a ser posible, echar un polvo. Prácticamente ninguna de esas cosas le llamaba la atención, era todo tan superficial que incluso los shows televisivos resultaban más profundos. Tenía la impresión de haber malgastado una noche, y le dolían los pies por culpa de los ridículos zapatos de tacón que le había prestado Claire. Nada había valido la pena, y le parecía una humillación y una estupidez haber tomado parte.

Oyó sirenas en la distancia cuando el taxi se aproximaba a su calle. Vio media docena de camiones de bomberos y un coche de policía aparcados de cualquier manera, y varios agentes que bloqueaban el paso al tráfico. El taxista se detuvo, observó lo que ocurría y se volvió para decirle que no podía acceder a aquella calle.

—No pasa nada. —Sasha le pagó el importe del trayecto y le dio una buena propina—. Iré andando desde aquí.

Sin embargo, un escalofrío le recorrió la espalda en cuanto puso los pies en el suelo. Además de los bomberos y la policía, una ambulancia y dos vehículos sanitarios bloqueaban el paso. Un agente la detuvo cuando intentó enfilar la calle.

—No puede pasar, señorita. Hay varios edificios en llamas y es demasiado peligroso. Tendrá que esperar aquí. —Señaló el cordón policial. Sasha estiró el cuello para ver cuáles eran los edificios en llamas.

Al parecer, el foco activo se encontraba en el tramo central de la manzana, donde se veía a hombres corriendo. Los bomberos, cargados con el equipo, el casco y la máscara, recorrían la calle a toda velocidad. Sasha vio que desplegaban escaleras de mano frente a dos edificios, y reparó en que el suyo estaba muy cerca del fuego. El corazón le latía con fuerza mientras contemplaba la escena preguntándose dónde se encontrarían sus amigas. En principio, esa noche tenían que estar todas en casa. A lo mejor estaban esperando en el otro extremo de la calle Treinta y nueve, en la Décima Avenida. Sacó el móvil y las llamó para comprobarlo. En aquel momento vio que del Engine 34, el parque de bomberos situado a tan solo una manzana de su casa, salían dos camiones hacia el lugar del incendio.

Sasha observó la frenética actividad que recorría la calle y alcanzó a ver las llamas de los dos edificios. Había bomberos en el tejado que intentaban agujerearlo con hachas para liberar parte del calor mientras otros disparaban agua a las llamas. El humo que salía del edificio era espeso y negro, lo que significaba que el fuego seguía vivo. Cuando estuviera bajo control, se volvería blanco, pero todavía no lo era.

—¡Joder! —exclamó Sasha aturdida y nerviosa cuando Claire contestó al teléfono—. ¿Qué ha pasado? ¿Por qué no me habéis llamado?

—No podías hacer nada, y no queríamos estropearte la cita. Tuvimos que salir de casa media hora después de que te marcharas. Hubo un incendio en un edificio y se propagó al de al lado hará cosa de una hora. Al parecer no pueden controlarlo.

—Mierda, solo hay dos edificios entre el fuego y nuestra casa. ¿Dónde estáis?

—En la Décima Avenida. Morgan ha ido al restaurante de Max a por botellas de agua. El calor llega hasta aquí.

Y el humo saturaba el ambiente. Sasha observaba la escena y vio que dos bomberos con máscaras bajaban la escalera acarreando personas envueltas en sábanas. Una de ellas no se movía y la otra era una anciana que se la veía aterrada mientras el bombero descendía por la escalera con ella en brazos. A juzgar por la humareda que salía del edificio, era obvio que dentro no debía de quedar gran cosa a esas alturas. Y lo que no fuera pasto de las llamas quedaría arrasado por la potencia de los chorros de agua contra el edificio. Todo apuntaba a que se quedarían sin el apartamento, pero por algún motivo el fuego avanzó hacia el oeste en lugar de hacerlo en su dirección, y de pronto, ante los ojos de todos, se incendió otro edificio del otro extremo de la calle. Claire se sintió culpable por alegrarse de que el fuego se alejara de su casa, pues le sabía mal por los vecinos que vivían en el edificio que había estallado en llamas.

—Esto se está poniendo muy feo —observó Sasha con tristeza—. Acaban de sacar a una anciana, le han colocado una máscara y la han llevado a una ambulancia, y ahora están sacando a dos más.

—¿Vas a ofrecerles ayuda? —preguntó Claire mientras Sasha lo observaba todo con los ojos como platos.

—No me necesitan, a menos que alguna de esas mujeres esté a punto de tener un bebé. Disponen de tres furgonetas con médicos que saben mejor que yo lo que hay que hacer.

Dos de las ambulancias acababan de pasar por su lado a toda pastilla con la sirena puesta. Claire y Sasha siguieron hablando durante una hora, ya que ni la una ni la otra quería marcharse de donde estaba para no perder detalle de lo que pudiera suceder. Los primeros indicios de humo blanco emergieron por fin de los agujeros del tejado y de las ventanas de los tres edificios. El incendio estaba controlado. Sasha había perdido la cuenta de las ambulancias que habían pasado junto a ella, y apenada había reparado en dos camillas con un cuerpo sin vida cubierto por sábanas y también en un bombero herido al que llevaban hasta una ambulancia después de que un compañero suyo lo sacara de uno de los edificios. Habían acudido camiones y vehículos de toda la ciudad.

Eran las dos de la madrugada cuando la cosa empezó a calmarse, aunque los bomberos seguían sacando a gente de los tres edificios. Sasha oyó declarar a la policía que por el momento había siete víctimas mortales y cinco heridos, además del bombero que habían rescatado. Volvió a llamar a Claire. Morgan y Abby estaban con ella. Morgan propuso que se reunieran en el restaurante de Max, a media manzana de donde se encontraban en dirección al otro extremo de la calle. Su casa ya no corría peligro, pero les habían dicho que transcurrirían todavía un par de horas antes de que les permitieran entrar. Sasha estaba segura de que apestaría a humo. Sin embargo, esa noche podrían haber perdido su hogar si el viento hubiera cambiado de dirección, y pensó entonces en las personas que habían muerto, mientras rodeaba la manzana para encontrarse con sus compañeras en la Décima Avenida. Guardaron silencio de camino a Max's. Hacía media hora que el restaurante había cerrado, y Max estaba cuadrando la caja mientras el personal de cocina y los camareros limpiaban el local. Max había salido a la calle varias veces para ver qué ocurría y para llevarles más agua, y luego volvía al trabajo. Había sido una noche de lo más movidita.

—Menudo incendio —comentó cuando las cuatro chicas entraron en el restaurante con aspecto de estar agotadas.

Sasha seguía haciendo equilibrios sobre los tacones de Claire. En cambio, sus compañeras llevaban camiseta, pantalones cortos y zapatos planos y daba la impresión de que se habían vestido a toda prisa.

—Han muerto siete personas —anunció Sasha con tristeza—. Creo que casi todos eran ancianos, a causa de la inhalación de humo.

No conocían a ninguna de las víctimas personalmente, pero las cuatro compañeras de piso habían reconocido a alguno de los vecinos a quienes de vez en cuando saludaban por la calle. Resultaba trágico pensar en la forma en que aquellas vidas habían tocado a su fin. Ese era uno de los riesgos de vivir en un edificio tan antiguo. Uno de los bomberos le había dicho a Morgan que la causa del incendio era un cortocircuito. Se había producido en un edificio que, a diferencia del suyo, no había sido restaurado, y como era de renta protegida, algunos de los inquilinos originales seguían viviendo allí.

Compartieron una botella de vino en Max's hasta que, a las tres y media, les permitieron regresar al apartamento. El edificio apestaba a humo. Abrieron las ventanas y encendieron los aparatos de aire acondicionado para aumentar la ventilación, aunque supusieron con acierto que aquel olor tardaría varios días como mínimo en desaparecer. A tan solo dos puertas de distancia, los edificios seguían en llamas y los bomberos los regaban por dentro y por fuera. No quedaría nada de nada.

—Madre mía, qué cerca —exclamó Morgan cuando se sentó en el sofá con Max—. Podríamos haberlo perdido todo.

Con las prisas, no se habían llevado ningún objeto, salvo Abby, que había cogido el portátil con su novela. Y Claire se había guardado unas cuantas fotografías de sus padres en el bolso. El resto carecía de importancia, pero les habría dado mucha rabia perder su hogar. Habían instalado detectores de humo en el loft años atrás, aunque en el barrio no había habido ningún incendio tan cercano como aquel. Pensar en ello resultaba inquietante y deprimente, sobre todo al saber que había habido muertos.

Aún no se habían ido a la cama cuando les dieron las cinco de la madrugada. Justo antes de acostarse, Claire se dirigió a Sasha.

—Por cierto, ¿qué tal la cita? —Con el susto del incendio, Sasha la había olvidado por completo.

—Ridícula —respondió—. Una absoluta pérdida de tiempo. Habría hecho mejor quedándome en casa con vosotras, o trabajando, o durmiendo —añadió con un bostezo—. El chico es un regalo para la vista, pero no teníamos nada que decirnos.

—Por ahí hay tíos que valen la pena —comentó Morgan ante la expresión escéptica de Sasha.

Claire negó con la cabeza.

—Creo que el último te lo has llevado tú —apostilló sonriendo a Max, que se disponía a irse a la cama para dejar que las chicas charlaran sobre la cita de Sasha.

—Pero, por favor, ¿qué esperabas de un modelo de ropa interior? —preguntó Morgan.

—No ha parado de hacerme fotos para enviarlas a sus seguidores de Instagram —explicó Sasha—. Seguro que les ha dicho que iba a salir con Valentina.

Morgan y Sasha sospechaban que tenía razón. No era la clase de hombre a quien impresionaría la trayectoria profesional de Sasha, y en cambio si sus amigos sabían que había salido con Valentina se quedarían de piedra. Al enterarse de que estaba enviando fotos de la cita a sus seguidores de Instagram, Morgan refunfuñó.

—Por lo menos lo has intentado —la animó.

Sasha se volvió hacia Claire.

—¿Se puede saber cómo demonios te las apañas para caminar con esos zapatos? Tenía miedo de caerme y romperme el fémur.

—No puedes salir de noche con los zuecos del hospital o Crocs —repuso Claire, y todas se echaron a reír.

—¿Por qué no? Con mi último ligue lo hacía. Era traumatólogo residente, y salíamos del trabajo vestidos con el uniforme. Y la verdad es que duramos bastante tiempo, hasta que me confesó que estaba prometido pero que no tenía claro si seguir con su novia. Por eso salía con otras chicas, para saber qué sentía por ella en realidad.

—Qué bonito —comentó Morgan.

—Supongo que yo no era su tipo. Me enteré de que se había casado el Cuatro de Julio. Ella es enfermera de urgencias, y él pensaba que tal vez debería haberse casado con una doctora. A lo mejor es que están todos locos. Gracias a Dios yo no tengo tiempo para citas, no sé por qué me he molestado en salir esta noche.

Lo había hecho para no perder la costumbre, y creía que era lo lógico. Su hermana siempre le decía que no tenía vida personal. Valentina no se equivocaba, pero a Sasha le traía sin cuidado.

—Que te haya ido mal en dos ocasiones no es motivo para vivir como una monja. Y tú no tienes excusa —le dijo Morgan a Claire—. No podéis pasaros la vida solas, chicas. Encontrar al hombre adecuado requiere cierto esfuerzo.

—Y luego ¿qué? ¿Te casas y tu marido y tú os odiáis hasta

el fin de vuestros días? —dijo Claire en un tono negativo. Sus padres no se odiaban, pero en su opinión su padre había arruinado la vida de su madre. Y lo peor, su madre se lo había permitido.

—No siempre es así —insistió Morgan, aunque sí lo era en el caso de sus padres, que jamás deberían haberse casado. Sin embargo, su generación era más prudente, y más cautelosa a la hora de decidir con quién se casaba y por qué. O simplemente se convivía sin casarse, como era lógico. Los motivos por los que la gente se casaba en la época de sus padres ya no tenían sentido. Dejar de lado la propia vida, la carrera profesional o el lugar de residencia por un hombre les parecía a todas una idea equivocada y solo podía desembocar en una vida triste como la de los padres de Claire y de Morgan.

—Bueno, me parece que por el momento voy a dar una tregua a las citas —dijo Sasha con alivio.

—Tampoco es que te hayas matado para conseguir una —la reprendió Morgan—. No puedes darte por vencida porque te haya salido mal una vez. Es ridículo.

—Lo que es ridículo es salir con chicos con los que no tengo nada en común.

No obstante, Sasha estaba demasiado cansada para darle vueltas al tema, así que les dio las buenas noches a sus amigas y se fue a la cama. A las seis de la mañana tenía que estar de vuelta en el trabajo para traer niños al mundo. Su vida era demasiado emocionante para preocuparse por tipos como Ryan, y no estaba tan desesperada por salir a cenar. Una vez acostada, cerró los ojos un minuto y el chico desapareció de su mente y cayó en el olvido, donde debía estar. Había sido una noche muy larga, muy angustiante para quienes habían corrido el riesgo de perder la casa y muy trágica para quienes habían perdido la vida, por lo que, en comparación, aquella cita no tenía la menor importancia. Cayó en un sueño profundo, agradecida de poder descansar aunque fuera media hora, y sobre todo de que su hogar estuviera a salvo.

3

Abby estaba otra vez pintando decorados en el teatro e Ivan había salido a comer con un representante teatral cuando entró una preciosa jovencita con aire de andar un poco perdida. Tenía unos pechos enormes que casi se le salían de la camiseta, de tipo imperio, y llevaba unos vaqueros tan ajustados que parecían una segunda piel. Su larga melena rubia estaba alborotada como si acabara de levantarse de la cama. Abby se preguntó si Ivan habría concertado alguna entrevista, pero no había ningún papel disponible para una chica de esa edad en la obra que se estaba representando ni en la siguiente.

Abby dejó de pintar y se la quedó mirando.

—¿Puedo ayudarte en algo?

—Mmm... Traigo una cosa para Ivan Jones. Me dijo que podía dejársela en el teatro. ¿Está aquí?

Abby negó con la cabeza y vio que la chica sostenía un grueso sobre de papel manila contra su pecho.

—Es... una obra que he escrito. Me dijo que le echaría un vistazo. Estoy en el Actors Studio. Soy actriz de cine pero llevo dos años dedicándome al teatro. Creo que me hace falta un poco de ayuda, y él se ha ofrecido a echarme una mano. Me llamo Daphne Blake.

A Abby le resultaron familiares las palabras de aquella chica. También ella había llegado al teatro con un sobre tres años atrás, la primera vez que Ivan la convenció para que intentara escribir una obra de teatro en lugar de una novela y se comprometió a llevarla a los escenarios. Una alarma se disparó en su cabeza e intuyó el peligro.

—¿Eres escenógrafa? —preguntó la chica con interés.

—No, también escribo obras de teatro. Aquí todos hacemos de todo: pintar decorados, vender entradas en la taquilla antes de las representaciones y limpiar el teatro. ¿Quieres dejarme el sobre a mí? Se lo daré a Ivan cuando vuelva —se ofreció Abby con serenidad, intentando no parecer nerviosa ni desconfiada.

No había motivo para preocuparse. Ivan tenía todo el derecho del mundo a leer obras de otros autores. Claro que luego solo producía las suyas, unas obras vanguardistas que nunca recibían buenas críticas ni atraían la atención de la prensa. Lo que más enfurecía a Ivan era que ignoraran todas y cada una de las obras que producía y dirigía. Ni siquiera los críticos que no trabajaban para Broadway mencionaban su trabajo, y ese era el mayor de los insultos. Contaba con un pequeño círculo de seguidores que le proporcionaban el dinero justo para salir adelante y que creían en su trabajo. Sin embargo, jamás usaba los fondos para llevar a escena una obra de Abby.

—¿Te importa que espere? —le preguntó la chica a Abby con el sobre todavía pegado al pecho, como si temiera que alguien fuera a arrebatárselo.

Abby también solía sentirse así cuando se trataba de un trabajo suyo, y más con aquella novela inacabada que con las obras experimentales que Ivan quería que escribiera. En todo aquello había algo que seguía resultándole forzado, poco natural, pero confiaba en él.

—Para nada, pero puede que tarde, tal vez bastante —respondió—. Creo que de paso iba a hacer unos recados.

Era un poco molesto tenerla allí de pie aguardando a que llegara el mesías o a que hablara el oráculo. Abby se sentía igual con respecto a Ivan. Su particular estilo de escritura era extraño y poco consistente, pero parecía saber tanto de todo lo relacionado con el teatro experimental que Abby lo consideraba una de las figuras no reconocidas de su tiempo. Y al parecer aquella chica opinaba lo mismo. Se sentó en la segunda fila del teatro y se dispuso a esperar mientras Abby pintaba decorados con mano trémula; estaba coloreando un demonio enorme para usarlo en el segundo acto y se había puesto perdida de pintura roja; parecía que tuviera gotas de sangre en el pelo.

La chica permaneció allí dos horas sin hacer el más mínimo ruido, leyendo un libro que llevaba consigo. Abby casi se olvidó de su presencia, aunque no del todo. Entonces llegó Ivan con su aire despreocupado y sonrió a Abby acercándose al escenario.

—¿Cómo está quedando? —preguntó refiriéndose al demonio—. Horroroso, espero. —Le dedicó una sonrisa radiante cuando sus ojos se encontraron y Abby notó que le flaqueaban las rodillas, como siempre que él la miraba. La tenía embelesada, y habría hecho cualquier cosa por él.

Los dos dieron un respingo cuando la chica habló en voz baja desde la segunda fila del teatro en penumbra. Abby había bajado la intensidad de la luz pero había dejado encendidos los focos del escenario para ver lo que hacía, y había olvidado que la joven estaba allí. Ivan se volvió de golpe al oír aquella voz y se quedó de piedra al reparar en que la chica lo miraba con adoración. Abby también se dio cuenta y no le hizo ni pizca de gracia. Se respiraba un aire que no presagiaba nada bueno.

—¿Qué estás haciendo tú aquí? —Era obvio que estaba sorprendido.

—Dijiste que podía traerte mi obra y que la leerías —le recordó ella.

—Ah, sí —respondió como si se le hubiera olvidado, y le sonrió.

Morgan siempre lo comparaba con Rasputín en relación con las mujeres, mientras que Sasha lo consideraba un simple adulador. En cambio Abby veía algo en Ivan que las demás no percibían, al igual que la joven que estaba hablando con él.

—La leeré entre el domingo y el lunes, cuando el teatro esté cerrado, y ya te diré algo. —Entonces se le ocurrió una idea—. ¿Quieres que vayamos a tomar un café y en un momento me cuentas de qué va? —fue la propuesta—. Ya que me has estado esperando, puedes explicarme la idea que tenías en mente al escribirla, así podré seguir bien el hilo.

Abby sabía tan bien como él que una obra de teatro no debería requerir explicación alguna por parte del autor, debía hablar por sí misma. Sin embargo, no dijo nada y se limitó a seguir pintando decorados y a fingir que no estaba escuchando.

La chica aceptó la propuesta al instante y salieron del teatro al cabo de unos minutos, enfrascados en una conversación sobre la obra cuyo mensaje ella trataba de explicar. Por un momento Abby sintió náuseas. Había oído todo aquello antes. Ivan llevaba tres años diciéndole lo mismo a ella. También lo había visto tontear con otras chicas, ya fueran actrices que se presentaban a un casting o jóvenes directoras que buscaban trabajo. Abby nunca se lo había tomado en serio, ni lo consideraba una amenaza. Sin embargo, esta vez, por alguna extraña razón, era distinto. La chica tenía un aire inocente pero resuelto, y él le hablaba con mucha vehemencia.

Ivan regresó al cabo de una hora, acompañado de la chica, y le explicó a Abby lo sucedido durante el encuentro para que no se preocupara. No quería que se molestara.

—Su padre está forrado, y está dispuesto a soltar mucha pasta si alguien lleva a escena una de las obras de su hija. No creo que sea capaz de ganarse la vida escribiendo, pero podemos sacar partido a ese dinero, y si el ricachón de su padre nos ayuda a salir adelante, pienso leerme todo lo que escriba con tal de que este teatro siga en pie. No perdemos nada. —Por lo menos eso explicaba por qué se había mostrado tan dispuesto a hablar con la chica y tan interesado en su obra—. A veces tienes que prostituirte un poco por el bien común. No se trata de hacer como tus padres y venderse a las masas, porque eso es de lo más despreciable, pero a veces aparece un ángel en tu vida... Puede que ese hombre nos proporcione el respaldo que necesitamos.

Abby suspiró tras escucharle. Quería creer que la razón que aducía para leer la obra era cierta. No estaba segura del todo, pero estaba dispuesta a concederle el beneficio de la duda. Por otra parte, a Ivan le encantó el demonio que había pintado, aunque la pintura roja más bien había ido a parar a su blusa y a su pelo. Ivan le preguntó si quería ir a su casa esa noche después de cenar con un amigo que quería hablar de sus problemas con una mujer.

—¿A medianoche es demasiado tarde? —le preguntó acariciándole el pelo y dejando que la mano resbalara hasta su pecho. Abby se derritió al sentir su contacto.

—No, está bien. —A esas horas estaría muerta de sueño, pero la perspectiva de acurrucarse entre sus brazos después de hacer el amor era demasiado tentadora para resistirse. Ivan era un amante habilidoso que comprendía a la perfección el cuerpo de las mujeres. Con él el sexo era como una droga y le haría olvidar todo lo demás: el tiempo que llevaba esperando a que le produjera una de sus obras e incluso a la niña rica que se había pasado la tarde en el teatro—. Iré a tu casa a medianoche —susurró mientras él la besaba.

Entonces se acordó de que sus compañeras habían propuesto ir al restaurante de Max el sábado por la noche y se preguntó si Ivan querría unirse a ellas después de la función. No le había dicho nunca que le cayeran mal sus amigas, pero se le notaba. Además era un sentimiento mutuo. Ivan las evitaba siempre que podía, y cuando Abby lo invitó a ir al restaurante el sábado, se fue por las ramas.

—La obra me restará muchas energías, no estaré en condiciones de verme rodeado de gente en un restaurante saturado de ruido. De todos modos, gracias. Otro día, ¿vale? —Abby asintió con la cabeza y no insistió. Sabía que Ivan se dejaba la piel cuando se representaba una obra—. Ve tú con ellas, si quieres. Yo me iré a casa, a dormir.

Había sido una invitación improvisada, por si no tenía planes. En cambio, las cenas que celebraban todos los domingos por la noche en el loft se habían convertido en una tradición y acudía todo el mundo.

—¿Quieres venir a cenar al apartamento el domingo por la noche? —le preguntó con timidez. Ivan se mostraba distante con las chicas y casi nunca participaba en aquellas cenas de ambiente familiar. Siempre tenía una excusa para faltar.

—He quedado con el contable —se apresuró a responder—. Y tengo que leer la obra de esa chica para que su padre nos eche un cable con el dinero. Saldremos a cenar tú y yo la semana que viene —prometió.

Sin embargo, los planes de Ivan siempre caían en saco roto; nunca se acordaba de las veladas que le prometía. Para estar un rato juntos tenía que ser de improviso, cuando estaba de humor y la obra que estaba escribiendo o representando no le absorbía la mente. Abby no se sorprendió cuando rechazó la invitación; estaba acostumbrada. Era un espíritu creativo hasta la médula y nada fácil de atar, así que desistió.

Lo dejó en el teatro y se marchó a casa para asearse y tratar de quitar la pintura de la ropa antes de encontrarse con él a medianoche. A Ivan no le gustaba la falta de intimidad del apartamento, y cuando quedaban, prefería pasar la noche en su estudio. Era pequeño y caótico, pero estaban a solas cuando hacían travesuras en la cama.

Volvió a besarla antes de que se marchara, y a Abby la chica de aquella tarde le pareció insignificante. Era tan solo un medio para conseguir un fin: dinero para el teatro. Y él lo necesitaba con desesperación. Hasta sus patrocinadores habituales habían recortado los fondos. Además, el teatro vanguardista no generaba dinero. La sala solía estar medio vacía durante las representaciones, pues poca gente comprendía sus obras; eran demasiado complejas.

Ivan le había pedido a Abby dinero prestado unas cuantas veces para pagar el alquiler del teatro cuando estaba sin blanca, y ella había accedido, por lo que también había andado corta de dinero durante las semanas siguientes. No quería pedir dinero a sus padres para dárselo a él, ya que Ivan no veía con buenos ojos el trabajo de ellos y los criticaba abiertamente. Lo que le prestaba era de sus ahorros. Aun así, a Ivan le molestaba que los padres de Abby no patrocinaran su teatro, siendo tan ricos. Abby no le había dicho nunca que su padre estaba convencido de que él era un farsante, y sus obras un sinsentido que no tenía éxito ni lo tendría jamás; quería que Abby volviera a escribir obras normales y no esa basura de teatro experimental. En cuanto a Ivan, los padres de Abby no le caían mucho mejor que él a ellos.

Abby llegó al estudio de Ivan a medianoche y lo encontró dormido como un tronco. Ivan abrió la puerta. Su pelo rojizo salpicado de canas estaba revuelto. Al verla se sorprendió, y acto seguido la abrazó. Iba desnudo y no le importaba, pues esa noche hacía calor y en el estudio no había aire acondicionado. A Abby le faltaba el aliento tras subir siete tramos de escalera, y más le faltó cuando Ivan le quitó la ropa y empezó a acariciarla antes incluso de llegar a la cama. Hicieron el amor toda la noche. Al amanecer se quedaron dormidos el uno en brazos del otro. Noches como aquella mantenían a Abby atada a Ivan y disipaban todas sus dudas y sinsabores. Era un artista elevándola por los aires, cautivando su mente y haciendo vibrar su cuerpo como si fuera un arpa.

Sasha estaba de guardia el sábado, pero a la hora de la cena se acercó al restaurante de Max. Morgan ya había llegado. Claire no tenía planes, así que había acompañado a Sasha, y Abby había dicho que tal vez se dejara caer por allí al volver del teatro. Los planes del sábado por la noche siempre eran poco precisos e improvisados, y Max les reservaba una mesa por si acaso.

—¿Va a venir Ivan? —preguntó Sasha a sus amigas con la esperanza de que la respuesta fuera negativa.

—No —respondió Claire—. Abby dice que estará demasiado cansado después de la representación. Menos mal.

Sasha rezaba para que no la reclamaran esa noche en el hospital, pero por si acaso no pensaba beber. Oliver y Greg habían dicho que pasarían luego por el restaurante, y Sasha había invitado a Valentina, pero ese fin de semana estaba en Saint Barth con un novio nuevo. Era francés y, según ella, un tío estupendo. Tenía sesenta años, era multimillonario y acababa de mudarse a Nueva York. Todos los hombres con los que salía tenían edad suficiente para ser su padre, de modo que Sasha no se sorprendió. Valentina se había distanciado de la figura paterna, y parecía desesperada por sustituirla de diferentes maneras.

Mientras las tres amigas charlaban tranquilamente, aparecieron Oliver y Greg, bronceados y con aire relajado tras pasar el mes de agosto en los Hamptons, donde habían compartido casa con unos amigos. Todos se alegraron mucho de volver a verse.

Pidieron vino, excepto para Sasha. Max ordenó que les sirvieran unos entrantes, y en el restaurante reinó un ambiente animado mientras se ponían al día y comentaban lo del reciente incendio en el barrio, que les había puesto los pelos de punta. Claire volvió a quejarse de la estudiante en prácticas, Morgan dijo que tenía un montón de clientes nuevos, Sasha esperaba poder incorporarse a una clínica de fertilidad en los meses siguientes y estaba muy emocionada ante la idea, y entre todas decidieron comprar un sofá de cuero que les había recomendado la madre de Claire. Oliver anunció que ese año Greg y él querían ofrecer una cena de Acción de Gracias en su casa para quienes no pensaran celebrarlo en familia. Se pusieron al corriente de las últimas noticias e hicieron planes juntos para el otoño, y Morgan propuso que un fin de semana alquilaran una cabaña en Vermont para ir a esquiar, y a todos les pareció una buena idea. A Max y a Morgan les encantaba esquiar, al igual que a Oliver y a Greg, y Sasha dijo que a ella también le apetecía, siempre y cuando no le tocara trabajar. Claire no había esquiado nunca, pero iría de todos modos para estar con ellos. Prometía ser muy divertido, aunque mucho hablar del tema pero eran incapaces de encontrar una fecha que les cuadrara a todos.

Para cenar pidieron sus platos favoritos y probaron algunas novedades del menú por recomendación de Max. La cena no decepcionó a nadie. Sasha les hizo reír al relatarles su cita con el modelo de ropa interior. No esperaba volver a tener noticias suyas, y le daba completamente igual. En el momento en que ponía fin al episodio, Abby entró en el restaurante un tanto aturdida. Se disculpó por llegar tarde y también en nombre de Ivan, que según ella estaba exhausto y se había ido a dormir. A él no lo echaban de menos, pero se alegraban de ver a Abby. Dijo que la representación había ido bien, aunque a nadie le importaba. El camarero retiró los platos vacíos de la mesa. Pidieron el postre y unos capuchinos. Sasha arrugó la nariz al recibir un mensaje de texto.

—La carroza acaba de convertirse en calabaza —anunció a sus amigos. La habían llamado para que asistiera un parto de gemelos. La madre había ingresado en el centro hacía una semana para evitar un nacimiento prematuro, pero no podían retrasarlo más. Los bebés nacerían un mes antes de lo previsto, y había complicaciones. El mensaje decía que la dilatación avanzaba muy rápido, y querían que Sasha llegara cuanto antes—. El deber me llama —dijo poniéndose en pie. Dio un beso a cada uno antes de marcharse. Llevaba unos vaqueros y un jersey rosa, pero podía ponerse el uniforme en el hospital, de modo que no necesitaba pasar por casa—. Hasta mañana. Por cierto, apuntadme para Acción de Gracias si no trabajo —dijo a Oliver al despedirse con un abrazo—. Ya no soporto que mis padres estén tira y afloja y yo en medio; siempre acaba uno cabreado. Este año me quedaré aquí, aunque es muy posible que ese día me toque guardia. Si no tengo que ir al hospital, contad conmigo. Se lo diré también a Valentina, aunque igual estará en Gstaad o Dubái con el novio de turno.

Hacía años que Valentina no regresaba a casa durante las vacaciones por los motivos que Sasha acababa de exponer. Para ellas era una situación estresante, y sus padres, sin proponérselo, se lo hacían pasar mal. Era como el juego de la cuerda, y Sasha era la cuerda; sus padres, todavía en guerra siete años después del divorcio, tiraban en direcciones opuestas.

—Nos encantará que vengas —le aseguró Oliver. Sasha sabía que, en su casa, la celebración de Acción de Gracias sería cálida y maravillosa.

Oliver y Greg vivían en un apartamento precioso y les encantaba hacer de anfitriones, cosa que además se les daba de maravilla, a diferencia de Morgan, que ni sabía atender invitados como su hermano ni cocinar tan bien como Max, quien los había invitado el año anterior.

Sasha se marchó enseguida, mientras los demás hacían planes para el otoño. En el taxi todavía sonreía: había pasado una agradable velada con sus amigos. Cuando llegó al hospital, cruzó a toda prisa la sección de urgencias y los pasillos interiores hasta un ascensor que la subió a la planta de obstetricia, donde la esperaban para el parto de los gemelos.

En el ascensor, se descubrió pensando en Valentina y se preguntó cómo le iría con aquel hombre en Saint Barth. Sus aventuras solían durar apenas unos meses. Al parecer, ambas carecían de habilidad suficiente para retener a alguien a su lado mucho tiempo. El motivo obvio era la mala relación de sus padres, que seguía siendo tóxica mucho después del divorcio. Valentina, además, era amante de la diversión y poco exigente con los hombres con los que salía, siempre que fueran mayores y ricos. Sasha, por su parte, andaba demasiado ocupada para mantener una relación seria, aunque otros médicos y residentes se las arreglaban para tener pareja y casarse. Sin embargo, Sasha no se veía preparada para una relación y dudaba que algún día lo estuviera. Le daba demasiado miedo que la cosa fuera mal.

Salió del ascensor enfrascada en esos pensamientos y chocó con un médico vestido con bata blanca. Se dirigía a la zona de partos, como ella, y ambos estuvieron a punto de caer al suelo de la embestida.

—¡Lo siento! —exclamó Sasha jadeando mientras él la ayudaba a recuperar el equilibrio. Al levantar la cabeza vio que la cara de aquel hombre le sonaba, pero no sabía de qué. Lo rodeó a toda prisa, fue a desinfectarse y cambiarse de ropa, y al cabo de unos minutos estaba en la habitación junto a la madre de los gemelos.

Se trataba de otro embarazo tardío, aunque el hombre que acompañaba a la mujer parecía mucho más joven que ella. Allí se veía todo tipo de parejas: de un hombre y una mujer, del mismo sexo, con una gran diferencia de edad o con problemas de fertilidad, que daban lugar a embarazos múltiples con óvulos propios o de donante. Existía multitud de opciones y posibilidades, aunque apenas nacían gemelos idénticos como Valentina y ella, ya que solo podían ser fruto de la fecundación natural. Las hormonas usadas en los tratamientos de infertilidad engendraban mellizos, no gemelos, así que eran un regalo de la naturaleza.

—Hola, soy la doctora Hartman. —Sasha sonrió con serenidad a la paciente, que padecía intensos dolores porque no le habían administrado la anestesia epidural.

Se estaban planteando una cesárea, pero aún no lo habían decidido. La madre de los gemelos, de entrada, deseaba un parto natural, pero el dolor de las contracciones era tan insoportable que estaba cambiando de opinión por momentos. Lloraba, y su joven acompañante le acariciaba la cabeza, la tomaba de la mano y le hablaba con dulzura.

—Es mucho peor de lo que creía —consiguió balbucir.

Sasha le aconsejó la epidural. La mujer accedió, y Sasha se dirigió al puesto de enfermería para avisar al anestesista. Cuando llegó a la habitación un par de minutos después, la parturienta sufría otra tremenda contracción y empezó a gritar.

—Enseguida se sentirá mucho mejor, en cuanto le pongamos la anestesia —la tranquilizó Sasha.

En ese momento entró el anestesista de guardia, que por suerte se encontraba en una habitación de aquel pasillo. Preparó a la mujer para la epidural mientras ella seguía chillando de dolor. Al cabo de un cuarto de hora, tiempo que le pareció una eternidad, sonreía aliviada. Observaba las contracciones en el monitor pero no las notaba, y su joven marido respiraba aliviado. Se le veía muerto de miedo cuando había entrado Sasha, pero la doctora tenía la maravillosa capacidad de tranquilizar a sus pacientes y hacerles sentir que todo estaba bajo control. Tomaba decisiones rápidas, acertadas y con fundamento, y su forma de tratar a los pacientes era excelente. Los médicos que la tutelaban quedaban impresionados.

Había que decidir si practicarían una cesárea u optarían por un parto vaginal. A pesar de que a la madre le faltaban cuatro semanas para salir de cuentas, el corazón de los bebés latía con fuerza, un motivo de peso para permitir que nacieran por el canal natural y así obligarlos a respirar cuanto antes.

Sasha comentó las opciones con la pareja, que también deseaba evitar una cesárea. El residente jefe entró en la habitación y aprobó la decisión, de modo que empujaron la camilla hasta la sala de partos seguidos del anestesista, una enfermera de obstetricia, el padre de los bebés y dos médicos más para atender a los gemelos. Allí aguardaban dos pediatras. Sasha reparó en que uno de ellos era el médico con el que se había tropezado al salir del ascensor. También era residente, de la unidad de cuidados intensivos neonatales, dado que los gemelos eran prematuros, aunque un parto doble a las treinta y seis semanas de embarazo era un caso frecuente y la monitorización fetal tanto externa como interna revelaba que los bebés estaban bien.

Rebajaron la dosis de epidural para que la madre pudiera

empujar mejor. La mujer empezó a chillar de nuevo y a quejarse de dolor.

—Saquemos a esos bebés y todo habrá terminado —soltó Sasha sin apartar la vista de lo que se traía entre manos.

En la sala se respiraba un ambiente de muchos nervios y expectación. Sasha le iba diciendo a la madre cuándo debía empujar porque ella ya tenía bastante con llorar y gritar. Sabía que si el parto duraba demasiado tendrían que practicar una cesárea para evitar un sufrimiento excesivo a los bebés. Con seriedad y firmeza ordenó a la mujer que empujara, sin dejar de mostrarse compasiva ante el dolor, hasta que apareció una cabecita entre sus piernas. Con un movimiento ágil y seguro, Sasha sacó los hombros y el cuerpo de la niña, que lloraba a pleno pulmón mientras la madre reía entre lágrimas.

Los alaridos se reanudaron cuando las enfermeras se llevaron al bebé y lo entregaron al pediatra residente, que lo examinó a fondo mientras Sasha ayudaba a nacer al segundo de los gemelos, que era más grande y más difícil de sacar que el primero. Con todo, en cuestión de segundos el niño también estaba fuera. Habían cortado los dos cordones umbilicales y los bebés, al parecer, estaban sanos, en buen estado y respiraban bien, aunque debían permanecer en observación en una incubadora unos cuantos días. El peso, dos kilos setecientos gramos cada uno, era adecuado para ser gemelos y haber nacido a las treinta y seis semanas.

Todo había ido bien, y Sasha notó que el ambiente de la sala se relajaba mientras marido y mujer se besaban, aliviados y llenos de emoción. Permitieron a la madre que cogiera a los bebés y se los acercara al pecho un instante, antes de llevarlos a la unidad de cuidados intensivos neonatales para hacerles más pruebas y ponerlos juntos en la incubadora. Sasha felicitó a la pareja. Cuando se llevaron a los bebés, decidió poner unos cuantos puntos de sutura a la madre y le administró un sedante, porque sufría violentos temblores a causa de lo que acababa de pasar, algo habitual.

Sasha entabló una conversación trivial con la mujer mientras la cosía.

—¿Sabe que yo también tengo una hermana gemela? Somos idénticas. Se llama Valentina. Va a pasarlo muy bien con los bebés.

Sasha siguió hablando para distraer su atención. Después comprobaron las constantes vitales de la paciente y se la llevaron en camilla a una sala donde permanecería en observación hasta que la trasladaran a planta. Sasha la dejó en la sala de observación con las enfermeras, y tras felicitarla de nuevo, le dijo que pasaría a echarle un vistazo al día siguiente.

El marido estaba en la unidad de cuidados intensivos con los bebés, y la mujer se quedó dormida a causa de la sedación. Sasha fue a por un café a la sala de descanso del personal médico, y estaba tomando un sorbo cuando vio entrar al residente de pediatría neonatal con el que había chocado. También él necesitaba un café. Ambos estaban entusiasmados tras el éxito de aquel parto. Eran las tres de la madrugada; el tiempo había volado.

—¿Cómo están? —preguntó Sasha, puesto que él había examinado más a fondo a los bebés.

—Perfectamente. —Le sonrió—. Has hecho un buen trabajo. Daba por sentado que el parto acabaría en cesárea al ver que no empujaba, pero has sabido llevarlo con mucha maestría.

—Gracias. Lo siento por lo de antes, casi te tiro al suelo. Andaba despistada porque quería llegar antes de que diera a luz, aunque al final el parto ha durado más de lo que creía. No era mi intención hacerte volar por los aires.

—Dudo que pudieras —dijo riendo. Era de constitución robusta, con unos hombros anchos, y mucho más alto que ella—. Pero ha sido un buen intento —bromeó—. Jugaba en el equipo de fútbol americano de la universidad.

—Me alegro de que todo haya ido bien —comentó Sasha, relajada. Ambos sabían que no siempre era así, y cuando iba mal, la angustia era terrible. Sasha había asistido a partos en los que el bebé nacía muerto, o moría al nacer. Era la parte que odiaba de aquel trabajo. Sin embargo, esa noche había sido emocionante y divertida, y todo había terminado bien—. Esta semana también hemos tenido un parto de trillizos. Qué miedo. Ese te lo perdiste —dijo tan tranquila.

—Me lo han comentado. Tenía el día libre. Es algo que pasa de vez en cuando, aunque no muy a menudo.

Sasha se echó a reír. Sabía perfectamente de lo que estaba hablando.

—Yo esta noche tenía guardia y estaba cenando con unos amigos cuando me han avisado para que viniera.

Él imaginó que había tenido una cita, pues una mujer con aquel aspecto debía de salir todas las noches.

—Mejor para mí —dijo honestamente con una sonrisa cuando ella se disponía a dirigirse a las taquillas para cambiarse y ponerse la ropa que había llevado durante la cena—. Espero que volvamos a trabajar juntos.

Sasha despareció tras las puertas batientes camino de las taquillas, y él no volvió a verla antes de marcharse a casa.

Hizo un comentario a una de las enfermeras de guardia cuando fue a examinar a los gemelos.

—La residente de esta noche está buenísima —soltó sonriente, y la enfermera se echó a reír. Conocía bien a Sasha.

—No te emociones —le advirtió.

—¿Está casada? —De repente se sintió decepcionado, aunque no le sorprendía. Casi todas las doctoras con las que trabajaba estaban casadas. Debía de haberla cazado un tipo con suerte.

—No sale con nadie del hospital. Cumple con su trabajo y no se anda con tonterías. Es una chica muy seria. Ni siquiera la he visto charlando con los chicos de por aquí.

—A lo mejor tiene novio —dijo él con aire abatido.

—No me sé su vida, pero lo que sí sé es que no cuenta nada. Es una compañera fantástica, pero no intima con nadie.

—Yo me encargaré de vigilarla. —De repente, al disiparse la tensión de aquella noche, se sintió cansado. Se dio cuenta entonces de que no sabía el nombre de la doctora, y se lo preguntó a la enfermera.

—Sasha Hartman. Buena suerte —le dijo guiñándole un ojo.

Al cabo de un rato, el residente de pediatría neonatal también abandonó el edificio. Se llamaba Alex Scott.

Sasha llegó al loft y se acostó, sin dedicarle ni medio pensamiento. Tan solo pensaba en que esa noche había hecho un buen trabajo, y en que lo había pasado bien en el restaurante de Max con sus amigos. No necesitaba ni deseaba nada más.

4

Tal como les había prometido, Max se encargó de la cena en el loft el domingo por la noche. Se llevó los ingredientes del restaurante y preparó pasta de dos tipos, una ensalada enorme y filetes para todos. Tenía varias barras de pan francés, focaccia recién horneada y media docena de quesos distintos, además de una tarta de chocolate que había preparado por la tarde. Todo el mundo estaba de buen humor, y se reunieron en la cocina mientras él cocinaba. Morgan y Claire pusieron la mesa. Oliver abrió el vino para airearlo. Greg preparó el condimento para la ensalada. Abby también estaba, pero Ivan debía reunirse con el contable y después pensaba leer la obra de Daphne Blake, de modo que no acudiría. Sasha llegó del hospital cuando acababan de sentarse a la mesa y se unió a ellos. Greg puso música. Se respiraba un aire festivo mientras Max servía el vino y Morgan iba colocando los platos, con un montón de comida, frente a cada comensal. Era todo un festín, la clase de plan para un domingo por la noche con el que todos disfrutaban. Rieron y charlaron por los codos. Era una reunión familiar de buena gente, de buenos sentimientos en aquel hogar que tanto amaban. Abby, al principio, estaba un poco tensa sin Ivan, pero se relajó tras la segunda copa de vino. Sasha también bebió, pues esa noche no tenía guardia.

—¿Dónde está Valentina? —preguntó alguien desde un extremo de la mesa.

—Sigue en Saint Barth con su nuevo novio —respondió Sasha—. Es francés.

—Y rico —añadió Morgan, y todos se echaron a reír. Estaba sentada al lado de Max, y lo rodeó con el brazo para darle las gracias por la cena. Estaba deliciosa, y no dejaron ni las migas.

Claire preparó café para quienes quisieran, y Abby lo sirvió. Allí colaboraba todo el mundo. Fue una noche perfecta. A las doce Oliver y Greg se marcharon porque Greg tenía entreno a primera hora y a las siete de la mañana Oliver tenía que acompañar a un importante cliente a *Good Morning America*. El resto alargó un poco la velada. Claire y Sasha fregaron los platos mientras los demás charlaban. Nadie quería poner fin a la reunión. Todos dieron las gracias a Max por llevar la comida y encargarse de cocinar, y al final Morgan y él se fueron a la cama. También ella tenía que madrugar al día siguiente.

Entraron en el dormitorio y se quedaron sentados en la cama hablando en voz baja. A Max le encantaba pasar la noche allí, aunque para meterse con Morgan solía decirle que era como dormir en una típica residencia para chicas. Sin embargo, ella adoraba aquel ambiente cálido y acogedor. Era lo que se dice un verdadero hogar y no simplemente un apartamento compartido por cuatro mujeres. Max a veces lamentaba que Morgan y él no vivieran juntos, pero era consciente de que a ambos les gustaba preservar su propio espacio, y además llevaban una vida demasiado activa y ocupada porque así lo exigían sus trabajos.

Se tendió en la cama y la atrajo hacia él.

—Ven, túmbate aquí conmigo. —No habían gozado de un momento a solas en toda la noche, y deseaba hacer el amor con ella en la intimidad del dormitorio.

Morgan pensaba lo mismo. Llevaban cuatro años juntos y durante la semana apenas tenían ocasión de acostarse, o se reunían después de que él cerrara el restaurante y ya no les apetecía porque era tarde. Sin embargo, el domingo por la noche era un momento especial. Los nervios de la semana quedaban atrás, y no eran más que dos personas que se amaban y disponían de tiempo para demostrárselo.

Cuando acabaron, se acurrucaron abrazados. Al cabo de unos minutos él dormía como un tronco y ella lo contemplaba con una sonrisa. Era tan buena persona... No sabía cómo había tenido la suerte de conocerlo, pero sí sabía que era una bendición del cielo. Oliver y ella eran muy afortunados con sus parejas. Habían forjado el tipo de relación que deseaban, nada que ver con el ambiente en el que se habían criado. Su vida con Max era perfecta tal cual, el loft de Hell's Kitchen era su hogar, y sus compañeras las hermanas que jamás había tenido. Max comprendía lo mucho que significaba aquello para ella y nunca más intentó cambiarlo. Aceptaba a Morgan como era: independiente, trabajadora, triunfadora, amable con él y absolutamente contraria al matrimonio.

En el salón, Claire y Abby seguían sentadas en el sofá. Abby le confesó a Claire que estaba preocupada por Ivan y le contó lo de Daphne Blake y su obra de teatro.

—No creo que me engañe, pero ella está coladita, y es superjoven y tiene un padre rico que quiere patrocinar la obra. ¿Y si Ivan cae en la trampa? Ya sabes cómo son los hombres, unos ingenuos.

Claire pensó que «ingenuo» era el último calificativo que podía aplicarse a Ivan, pero lo omitió y trató de consolarla sin dar su opinión sobre aquel tipo.

—No eres ningún vejestorio, por el amor de Dios —repuso Claire. Era frustrante ver qué poco consciente era Abby de sus muchas virtudes y de los igualmente numerosos defectos de Ivan, entre ellos la falta de honradez. Estaba segura de que le había mentido en relación con la chica, pero no quería disgustar a Abby—. Solo tiene cinco años menos que tú, y además ¿a quién le importa si su padre es rico? Ivan está enamorado de ti.

—Ojalá tengas razón —respondió Abby con más calma y seguridad de la que sentía.

Poco después, las dos se fueron a dormir. Claire seguía convencida de que Ivan estaba engañando a su amiga, y posiblemente ya lo había hecho varias veces. Había muchas noches que no pasaban juntos. Él siempre tenía excusas baratas o simplemente no se presentaba a la cita o no contestaba a las llamadas de Abby. Pero ella estaba dispuesta a confiar en él.

Hacía rato que Sasha se había acostado, exhausta de tanto trabajar. Por fin había podido relajarse tras la agradable velada que les había ofrecido Max.

Max se marchó de buena mañana antes de que los demás se levantaran, y le dijo a Morgan al oído que tenía que ir a la lonja del Bronx a por pescado fresco para el menú del día. Le gustaba elegir en persona el pescado, la carne y el resto de los productos. Con frecuencia lo acompañaba el cocinero, y a veces Max le permitía ir solo. Era muy eficiente en su restaurante, y también allí se ganaba la simpatía y el respeto de todo el mundo. Todos le querían.

Morgan llegó a la oficina antes que nadie. Quería prepararse para la primera reunión y todavía debía leer parte de la información que había recopilado y comprobar algunas cifras en su ordenador. George quería realizar una inversión, y ella le había prometido que le daría su opinión antes de encontrarse con el cliente. Estaba echando un vistazo a los datos de su ordenador cuando algo captó su atención. Se trataba de un nombre que aparecía en la lista de directores de la empresa en ciernes en la que se estaban planteando invertir, y le sonaba de algo. Realizó una búsqueda en Google y vio que el hombre había sido acusado por un jurado cinco años atrás, aunque luego habían retirado los cargos. La Comisión de Bolsa y Valores consideraba que había abusado de información privilegiada, pero lo absolvieron y no llegaron a procesarlo. Morgan recordaba su nombre, y no le hizo gracia que fuera uno de los directores de aquella empresa. Sin embargo, cuando más tarde se lo comentó a George, este se echó a reír.

—Todo fue un malentendido, una tremenda coincidencia porque alguien de su familia compró y vendió acciones. No te preocupes, lo absolvieron. Eso sí: te mereces un diez por haber hecho los deberes. —George le sonrió complacido—. Estoy orgulloso de ti.

Sin embargo, a Morgan seguía sin gustarle la idea de invertir en una compañía que tenía en la dirección a alguien acusado de fraude, aunque hubieran limpiado su nombre. Creía a ciegas aquello de que por el humo se sabe donde está el fuego, y no le apetecía tener que dar explicaciones a su cliente. Sin embargo, este no sacó el tema, y George le había dicho antes de la reunión que no valía la pena mencionarlo. Era una de las raras ocasiones en que no estaban de acuerdo, pero él era el jefe, y Morgan hacía lo que le pedía. El cliente estaba entusiasmado con la empresa; se suponía que al cabo de un año empezaría a cotizar en bolsa. Era el tipo de startup tecnológica que podía proporcionarles un montón de ganancias si arrancaba bien.

Después de la reunión, Morgan se olvidó del tema y se ocupó de otros casos que también debía investigar. No volvió a ver a George en toda la mañana, y al mediodía la llamó Claire.

—Siento molestarte en horas de trabajo —dijo en un tono de disculpa.

—¿Ha ocurrido algo malo?

—No... Sí... Llevo un mes discutiendo con mi jefe. Es muy frustrante. Necesito un buen consejo. —Adoptó un tono conspirador—. No sé si quedarme y aguantar o dejar este trabajo y buscar otro. ¿Quieres que salgamos a cenar mañana y lo hablemos?

—Claro. —Morgan se sintió halagada ante la propuesta. Era obvio que Claire lo estaba pasando mal y tenía miedo de lo que pudiera encontrarse en el mercado laboral si dejaba el empleo—. ¿En el restaurante de Max a las siete y media? Le diré que nos reserve una mesa tranquila al fondo del local.

—Gracias —dijo Claire, agradecida y aliviada. Estaba segura de que Morgan la ayudaría a tomar la decisión correcta. Era mejor consejera que Abby o Sasha en cuestiones profesionales, aunque también ellas se habrían mostrado dispuestas a escucharla.

—Será un placer —respondió Morgan, y volvió al trabajo mientras Claire retomaba sus diseños para la colección de primavera.

Daba la impresión de que Walter siempre estaba controlándola, como si no confiara en ella. Y la bobalicona de la estudiante francesa la tenía negra.

Sasha no tenía que trabajar hasta el mediodía después de la cena del domingo, así que podía dormir hasta tarde. Aun así, estuvo a punto de no despertarse a tiempo. De nuevo llegó al hospital corriendo a toda pastilla, vestida con unos vaqueros negros y un jersey blanco, y de un tirón sacó la bata blanca con su nombre de la taquilla. Le sorprendió ver al residente de pediatría neonatal rondando por la sala de descanso otra vez.

—Parece que pasas mucho tiempo aquí. No debéis de tener mucho trabajo en urgencias pediátricas —bromeó Sasha, y él no quiso confesarle que había mirado el horario y estaba matando el rato para esperarla.

—La otra noche no tuve tiempo de presentarme. —Se sentía un poco torpe. Ella era tan guapa que dejaba sin aliento, y además se la veía tranquila y serena—. Soy Alex Scott.

—Sasha Hartman —se limitó a responder ella a la vez que se dirigía hacia la puerta a toda prisa.

Sabía que había tres mujeres de parto, y que una estaba a punto de dar a luz. Se trataba de una madre de alquiler que iba a tener gemelos, y los padres adoptivos pensaban acompañarla durante el nacimiento. Aquello sería todo un espectáculo. La parturienta estaba casada, rondaba la treintena y tenía tres hijos. Era la segunda vez que alquilaba su cuerpo. Lo consideraba una causa noble, y le proporcionaba buenos ingresos. Los padres adoptivos de los gemelos deseaban con locura un bebé, y habrían pagado prácticamente cualquier suma por tener uno.

—¿Puedo invitarte algún día a cenar... o a comer? —soltó cuando Sasha empezaba a alejarse.

Ella se volvió y lo miró con cara de sorpresa. Ni se le había ocurrido quedar con él para cenar ni para nada que no fuera tomar un café en la sala de descanso del personal médico. Le parecía un compañero simpático y lo veía como un simple colega. No tenía ni la más remota idea de que se sintiera atraído por ella.

—Como quieras —dijo Sasha en un tono distante y frío mientras pensaba en los bebés que estaba a punto de ayudar a nacer y de poner en brazos de sus padres legítimos.

—¿Mañana? —se apresuró a preguntar, esperanzado.

—Mañana... ¿qué?

Sasha tenía prisa y él lo notó.

—Si quedamos para cenar.

—Para comer. En la cafetería. Estoy de guardia.

Supuso que era cuanto podría conseguir de momento.

—Me parece bien. Yo también. Te buscaré al mediodía para mirar el horario.

Sasha asintió, lo saludó con la mano al estilo militar y salió volando por la puerta. Alex ahogó un grito de alegría mientras desechaba la taza de café vacía y volvía a la unidad de cuidados intensivos neonatales. Llevaba un día horrible, y tan solo pasaban unos minutos del mediodía. Estaba impaciente por que llegara la hora de comer del día siguiente.

Sasha había llegado a la sala de partos y estaba examinando a su paciente, que soportaba bien las contracciones. Los padres adoptivos lloraban de pura emoción a pesar de que la madre aún no había empezado a empujar; no veían la hora de tener a sus pequeños en brazos. De momento, sin embargo, la paciente era la madre de alquiler, así que Sasha centró su atención en ella. Los bebés estaban bien colocados y las señales de los monitores eran correctas. Nada estaba más lejos de sus pensamientos que Alex Scott.

Los lunes por la noche el teatro estaba cerrado, pero esa tarde Abby pasó por allí. Le quedaban decorados por pintar, y también tenía pendiente un pequeño trabajo de carpintería. Un conserje y ella se encargaban de la limpieza general todos los lunes, y había estado telefoneando a Ivan desde primera hora, pero él no había contestado ni le había devuelto las llamadas. Desde el día anterior, era como si hubiera desaparecido del mapa. Abby regresó al apartamento a las seis de la tarde y se topó con Claire en el vestíbulo del edificio. Estaba muerta de miedo. Mientras subían juntas las escaleras, Abby comentó a su amiga que no había tenido noticias de Ivan en todo el día.

—Estará ocupado, o durmiendo, o leyendo la obra de aquella chica. Ya sabes cómo es. A veces desconecta del mundo varios días —trató de tranquilizarla Claire.

No era la primera vez que Ivan hacía algo así, pero en esta ocasión Abby tenía un mal presentimiento. No le había gustado la mirada embelesada de aquella chica. Además, ¿para qué leía otras obras si aún tenía pendiente llevar la suya a escena?

Las dos estaban sin aliento cuando llegaron a la cuarta planta y abrieron la puerta del apartamento. Las demás aún no habían llegado. Claire sabía que Morgan había salido a tomar algo con un cliente por temas de trabajo, y Sasha tardaría en volver porque había empezado la jornada al mediodía.

—Intenta no preocuparte —le dijo Claire en un tono tranquilizador, apenada por ver a su amiga en aquel estado—. Ya aparecerá, siempre aparece. —«Por desgracia», añadió para sí. Lo mejor que podía sucederle a Abby era que Ivan desapareciera de verdad, estaba convencida, aunque sabía que su amiga lo pasaría muy mal.

Claire se fue a su habitación y se quitó la ropa de trabajo intentando no pensar en los problemas con su jefe. Un poco más tarde llamó su madre para ver qué tal estaba. Claire procuraba hablar con ella al menos una vez por semana, pero a veces andaba demasiado ocupada, o se olvidaba, o la diferencia horaria se lo impedía.

Su madre le explicó que había aceptado otro pequeño proyecto decorativo pero que su padre no lo sabía. No quería que se molestara, porque tan solo consistía en renovar un salón y dos dormitorios para una amiga. Siempre le quitaba importancia a lo que hacía para que pareciera un favor en lugar de trabajo, y así se lo hacía ver a su marido si la sorprendía con muestras o enredada en un proyecto. Llevaba años dando esa imagen de su trabajo como decoradora, a pesar de que lo hacía muy bien y los clientes estaban encantados. No solía pasarse del presupuesto y tenía una habilidad especial para encontrar accesorios y muebles bonitos a precios razonables. Claire y ella habían decorado juntas el loft nueve años atrás, y de vez en cuando añadían un elemento para conservar el aire actual y novedoso. A las cuatro les encantaba cómo trabajaba Sarah. Tenía mucho gusto para combinar colores y encontraba recursos fantásticos en internet. Constantemente enviaba a Claire direcciones de páginas web y a veces incluso le regalaba cosas.

Claire y su madre estaban muy unidas, y desde que era adulta apreciaba todavía más la educación que le había dado, con aquellos informales proyectos de decoración, pequeños pero continuos, que sabía disimular ante las narices de su padre para que no se enfadara. Hacía años que su madre debería haber montado un negocio sin disimulos, prescindiendo de la opinión de su marido. Sin embargo, Sarah no era así. Durante todo su matrimonio no había hecho más que halagar la vanidad de su marido, reforzar su autoestima y animarlo tras los fracasos. Jamás lo había dejado en la estacada, e incluso lo había ayudado con el negocio inmobiliario organizando ella las ventas de antemano. Claire la consideraba una santa.

A Sarah le encantaba recibir noticias de Nueva York a través de Claire. Treinta años después de trasladarse a San Francisco con su marido, seguía echando de menos aquella ciudad y la interesante vida que llevaba allí. Con los años, los días en San Francisco habían sucumbido a la monotonía. Jim sentía vergüenza por sus numerosos fracasos, por lo que ya no quería viajar ni divertirse. La vida de aquel matrimonio era, en opinión de Claire, muy triste. Él detestaba la ópera, los conciertos sinfónicos y los ballets, y su madre, en cambio, los adoraba. Nunca iban al teatro y tenían pocos amigos. Las únicas notas de color en la vida de Sarah Kelly eran su hija y su trabajo, muy poca cosa, según Claire, que deseaba hacer algo más por su madre, recompensar tantos sacrificios por su bien. No obstante, apenas iba a San Francisco, a excepción de los días de Acción de Gracias y Navidad, y siempre volvía desanimada. Quería raptar a su madre y llevarla consigo a Nueva York, para liberarla de su tediosa vida. Se merecía mucho más, aunque ella insistía en que estaba bien. Las cosas no habían salido como esperaba, pero su madre tenía una personalidad jovial y nunca se quejaba. Además, se alegraba de que Claire residiera en Nueva York, justo donde a ella le habría gustado vivir.

—¿Cuándo vuelves a Italia? —preguntó Sarah mientras charlaban. Vivía a través de ella, y le encantaba que su hija fuera a trabajar a Europa.

—No iré hasta dentro de unos meses. Puede que después de Navidad, cuando empiecen a fabricar la colección de primavera. De momento estoy liada con los diseños.

No le dijo lo aburrida e insatisfecha que se sentía en el trabajo, no quería preocupar a su madre; ya tenía bastante con las quejas de su marido. Claire no quería ser una carga más.

Charlaron durante media hora, y cuando Claire colgó el teléfono se sintió feliz de haber hablado con ella. Se dio cuenta entonces de que Abby había conseguido dar con Ivan y lo estaba sometiendo a un intenso interrogatorio, lo cual le pareció un error. No merecía que le dedicara tanta atención después de haber desaparecido y no haberle devuelto las llamadas.

—¿Por qué no me has llamado? —preguntó Abby chillando—. Ayer te dejé seis o siete mensajes en el contestador, y hoy cinco, y también te he mandado mensajes de texto.

—Ya sabes que odio la tecnología —respondió él—. Además, me quedé sin batería en el móvil y no encontraba el cargador. Estaba debajo de la cama.

Abby fue directa al grano.

—Y bien, ¿qué te ha parecido la obra de Daphne? —Estaba celosa e Ivan lo notó enseguida. Claire se estremeció en silencio al oír la pregunta.

—Es muy buena —dijo en un tono serio—. No tanto como la tuya, pero le diré a su padre que tiene talento, y no miento. Lo llamaré mañana, aunque antes quería llamarte y asegurarme de que todo va bien. Estaba preocupado por ti.

Aunque no lo suficiente para llamarla antes. Aun así, Abby se desmoronó al instante. Solo oyó que estaba preocupado, pues era cuanto quería oír: que se preocupaba por ella. Durante su infancia, sus padres siempre andaban muy ocupados y no estaban nunca. La dejaban con la canguro para dedicarse a su carrera profesional, y desde entonces ella mendigaba cariño. Sus padres la querían, pero no tenían tiempo para ella. Incluso ahora tenía que hablar con ayudantes cuando los llamaba. Su padre iba de reunión en reunión, y su madre siempre estaba en el plató donde se rodaba una nueva serie de televisión.

—¿Qué haces esta noche? —preguntó suavizando la voz, con la esperanza de que Ivan quisiera quedar con ella.

—Tengo una reunión con otro posible patrocinador. Necesitamos dinero para pagar el alquiler. —De momento, el teatro no daba beneficios. Nunca los había dado. Ivan pedía dinero a Fulano para pagar a Mengano, tirando siempre de préstamos de sus exnovias o amigos. Le debía a cada uno una fortuna. Con todo, tenía razón: necesitaban urgentemente un ángel de la guarda, y a lo mejor era el padre de Daphne—. Te veré mañana en el teatro —dijo con voz cariñosa, y colgó.

—¿Dónde estaba? —le preguntó Claire, disimulando su enfado al ponerse en la piel de Abby, que por el contrario se sentía aliviada porque tenía noticias de Ivan, y parecía satisfecha con su respuesta.

—Se había quedado sin batería en el móvil y no encontraba el cargador, por eso no recibió mis mensajes. Ha estado leyendo la obra de Daphne, y hoy tiene una reunión con un posible patrocinador.

Sandeces y excusas baratas, pensó Claire. Ivan era un fantasma redomado, y le salían bien las cosas porque Abby quería creer en su palabra y se había acostumbrado a las decepciones continuas. Ya ni siquiera le sorprendían.

—¿Qué le ha parecido la obra?

—Dice que es buena. Y por lo visto el padre de la chica está dispuesto a poner dinero. Ivan necesita de veras esa ayuda.

Para Claire, lo que necesitaba era una buena patada en el trasero, pero se limitó a asentir. No había nada más que decir; ya se lo habían dicho todo durante los últimos años.

Cuando al día siguiente Abby se encontró con Ivan en el teatro, insistió en que había estado muy preocupada.

—Me aterraba pensar que pudieras estar con Daphne —confesó, avergonzada de reconocerlo.

Ivan la estrechó entre sus brazos y la miró a los ojos.

—Es solo una niña. Ya sabes que te quiero a ti.

Sin embargo, Abby era consciente de que aquella niña tenía un tipo imponente y una cara preciosa, además de un padre rico.

—No tenía ni idea de dónde estabas —le susurró.

—Estaba asimilando la obra de Daphne. He tenido que leerla varias veces. Además, esta mañana he pensado que a lo mejor con el dinero de su padre también podemos estrenar tu obra. Hablaré con él.

—¿Cuándo lo verás? —le preguntó con dulzura, todavía acurrucada en aquellos brazos que para ella eran como una droga.

—Seguramente este fin de semana. Estoy esperando noticias suyas, es un hombre muy ocupado. Espero que se dé cuenta del talento que tiene su hija y de que merece que le eche una mano. Pero ya sabes cómo son los tipos de su clase, siempre se equivocan a la hora de establecer prioridades.

Aquello era una crítica velada al padre de Abby, que había dejado muy claro que jamás daría dinero para que llevara a escena la obra de su hija. Había conocido a Ivan en persona y no le gustó. No se dejó impresionar por sus referencias y le pareció arrogante, falso y pretencioso. Lo que el padre de Abby deseaba era que su hija regresara a Los Ángeles y se dedicara a escribir su novela. Sin embargo, tanto él como su mujer creían que Abby era mayorcita para tomar sus propias decisiones y cometer errores. No pensaban obligarla a volver a casa dejando de darle dinero. Tan solo esperaban que algún día se diera cuenta de la realidad.

Su carrera al margen de Broadway no tenía futuro con Ivan. Él le daba mil explicaciones y excusas, y le suplicaba que no se rindiera ni se convirtiera en una escritorzuela de obras comerciales como sus padres. No sentía sino desprecio hacia los guiones de su madre, por mucho éxito que tuvieran. Estaba convencido de que Abby poseía un talento mucho mayor, más puro, y le rogaba que lo demostrara. De momento lo había logrado, pero con veintinueve años se hallaba estancada. Y sus padres sentían lástima por ella y veían con tristeza hasta qué punto llegaba su ingenuidad.

Esa noche Ivan se marchó pronto del teatro para encontrarse con el socio del patrocinador con quien se había visto el día anterior. Abby se sintió aliviada al ver que Daphne no daba señales de vida. Actuaba para él como un ama de llaves y se encargaba de todo, como siempre había hecho. Llegó a casa a medianoche. Sus compañeras se habían acostado. En el loft reinaba el silencio. Antes de irse a la cama, Ivan le mandó un mensaje en el que le decía que la amaba. Todo parecía marchar sobre ruedas otra vez. Daphne ya no le preocupaba, no era más que una vía para conseguir el dinero necesario para el teatro. Ivan la amaba a ella. Sintió un gran alivio. Era lo único que le importaba, el resto acabaría poniéndose en su sitio antes o después. Todo cuanto tenía que hacer era no dejar de creer en sí misma y confiar en él, tal como le había pedido.

5

Alex Scott fue a buscar a Sasha a la zona de partos nada más dar las doce del mediodía del martes. Preguntó por ella en el puesto de enfermería y le dijeron que estaba terminando una cesárea y que calculaban que estaría lista en media hora porque ya había cosido la herida y la paciente iba a pasar en breve a la sala de recuperación. Regresó al cabo de media hora. Sasha se dirigía al puesto de enfermería con expresión satisfecha. Todo había salido bien. Alex la alcanzó justo antes de que llegara al mostrador.

—¿Una mañana movidita? —le preguntó con amabilidad.

Se alegraba de verla, y ese día tenía pocos casos que atender. Por el momento no había emergencias, y varios pacientes del día anterior habían sido trasladados de urgencias a la zona de neonatología.

—No ha estado mal —respondió Sasha a la ligera.

En ese preciso instante no había nadie de parto, tan solo pacientes que ya habían dado a luz y las del día anterior. Era un momento de calma. Tenía a dos pacientes en cama por riesgo de parto prematuro y habían enviado a casa a varias mamás con sus bebés.

—Pues huyamos antes de que la cosa se ponga fea —propuso Alex pensando en su cita para comer—. ¿Sigues queriendo quedarte en la cafetería? Podríamos probar algún sitio de por aquí cerca, si te apetece algo comestible.

—Seguramente me daría un colapso. Me he acostumbrado a la comida de la cafetería. Si vamos a un sitio decente, tendremos que salir pitando a urgencias en cuanto nos sentemos. Me pasa cada vez que intento comer fuera cuando estoy trabajando.

Lo habitual era que no tuviera tiempo de comer nada salvo la barrita energética que siempre llevaba en el bolsillo, a la que echó un vistazo. Sasha tenía una figura esbelta, parecida a la de su hermana modelo, aunque Valentina hacía ejercicio a diario y seguía una dieta más que estricta.

Al cabo de unos instantes subieron en ascensor hasta la cafetería mientras seguían charlando sobre comida. Ella quiso un yogur, una ensalada y una ración de fruta, y acabó por coger una galleta grande de chocolate, mientras que Alex optó por platos calientes. Encontraron una mesa tranquila junto a la ventana, desde donde podían contemplar el mundo exterior. Sasha notó que Alex la miraba fijamente cuando depositó sobre la mesa los platos y la Coca-Cola Light que había pillado de camino.

—¿Estás a dieta? —le preguntó con curiosidad.

—No, pero mi hermana lo estaba siempre, y nos criamos juntas. Ella me enseñó a no comer nada de lo que te gusta para luego no echarlo de menos. Es patético, pero sigo comiendo así. Ella odia la fruta y la verdura, y si pudiera viviría a base de dónuts y galletas. —Le sonrió y él se echó a reír. Sasha se comportaba con soltura. Parecía en su salsa, por lo menos en el hospital—. Es modelo —añadió por si acaso.

—Tú también podrías serlo —dijo él con admiración. Al parecer, Sasha no era consciente de su atractivo físico, ni una creída como la mayoría de las mujeres guapas. Alex había sufrido durante años las consecuencias de su debilidad por los bellezones. Sasha, en cambio, era de una pasta completamente distinta: tenía cerebro y era brillante en su profesión.

—No si quiero conservar la cordura —respondió Sasha a su comentario sobre ser modelo—. Claro que lo que nosotros hacemos también es bastante de locos, pero por lo menos no tenemos que posar en biquini en mitad de la nieve, o con un abrigo de pieles en verano, sobre unos tacones de veinte centímetros. Hacer de modelo no es tan fácil como parece. Además yo puedo llevar zapatos planos. —Le sonrió desde el otro lado de la mesa.

—¿De dónde eres? —Alex notaba el leve deje en su acento, pero no reconocía de dónde.

—De Atlanta. Me trasladé aquí para estudiar en la Universidad de Nueva York, y me quedé para especializarme en medicina. Tuve suerte de que me admitieran. Esto me encanta.

—A mí también. Soy de Chicago. Es una ciudad bonita. —No le dijo que había ido a la Universidad de Yale y que luego se había licenciado en medicina por Harvard. Siempre que lo decía, tenía la impresión de estar fardando. Su padre y su hermano también habían estudiado en Harvard—. Chicago es un poco más benévola que Nueva York.

—Mi madre vivía aquí. Es abogada —se limitó a decir ella, y él asintió.

—La mía también. Es abogada, leyes antimonopolio. A ella le encanta, pero a mí me suena a tostón. Quiere ser juez, y se le dará bien.

—La mía se dedica a los divorcios —dijo Sasha con la boca pequeña; no tenía ganas de explicarle lo complicada que era—. ¿Por qué estudiaste medicina? —preguntó. Le gustaba charlar con él. Casi nunca hacía la pausa de la comida ni tenía tiempo para relacionarse con sus compañeros.

—Mi padre es cardiólogo, y mi hermano es cirujano ortopédico. Ni me planteé dedicarme a otra cosa. ¿Y tú?

—Siempre quise ser médico, incluso de niña. No sabía en qué especializarme, pero creo que la fertilidad y la obstetricia de alto riesgo son lo mío, sobre todo porque últimamente hay muchos embarazos complicados, dada la avanzada edad de las madres, y la fertilidad me parece un campo muy gratificante cuando las cosas salen bien. Me encanta mi trabajo.

—A mí también, aunque creo que cambiaré a pediatría. Trabajar en urgencias con neonatos es fascinante, pero prefiero los niños de menor riesgo.

A continuación le preguntó a Sasha dónde vivía, y ella le habló del loft de Hell's Kitchen.

—Llevo viviendo allí cinco años, y tengo tres compañeras de piso que prácticamente se han convertido en mi familia, ya que apenas voy a casa. Además mis padres se divorciaron cuando yo tenía veinticinco años y desde entonces cada uno va bastante a su aire. La gente se cree que a esa edad ya eres mayor, pero nosotras lo pasamos bastante mal. Mi padre ha vuelto a casarse y tiene dos hijos pequeños. Mi madre en cambio sigue sola. Vive para su trabajo.

Alex le explicó que había amueblado un estudio a una manzana del hospital, donde iba a dormir y punto. El apartamento de Hell's Kitchen que le había descrito Sasha le pareció sensacional, sobre todo si le permitía convivir con personas que le importaban, como era el caso. La mirada de Sasha se llenaba de afecto cuando hablaba de sus compañeras de piso, de los hermanos de estas y demás seres queridos. Parecía, tal como decía ella, una familia elegida.

La familia biológica de Alex era de lo más normal, comparada con la de Sasha. Sus padres seguían casados y tenía un hermano soltero de treinta y seis años, cuatro mayor que él. Como ninguno de los dos estaba casado, solían salir todos juntos los días festivos y en vacaciones, y lo pasaban bien. Por lo que dejaba entrever Sasha, su caso era muy distinto. No había dado detalles, pero se la veía tensa cuando hablaba de sus padres, sobre todo de su madre, y aseguraba que no tenía ningunas ganas de buscar trabajo en Atlanta sino que prefería quedarse en Nueva York, que allí era feliz. Alex le explicó que él aún no se había decidido: no sabía si volver a Chicago y abrir una consulta o quedarse donde estaba. La vida resultaba más fácil en Chicago, dejando aparte el clima, y le apetecía estar cerca de su familia, aunque en avión podía plantarse allí en un momento, si decidía quedarse en Nueva York. De hecho, siempre que podía, iba a pasar el fin de semana con los suyos.

—Las familias como la tuya son poco corrientes hoy en día —comentó Sasha cuando él le habló de su familia. Al escucharlo y ver su expresión afectuosa sintió cierta envidia—. La gente se marcha de una punta a otra del país, lejos de sus padres y hermanos. Mi hermana también vive aquí, y estamos muy unidas aunque somos muy diferentes. Me alegro de tenerla cerca. Suele dejarse caer por el apartamento cuando no está en Tokio, París o Milán. Lleva una vida bastante sofisticada en comparación con la mía —dijo Sasha como excusándose, aunque por nada del mundo querría la vida de Valentina, ni tampoco a los hombres que elegía—. Casi todo el mundo cree que es emocionante vivir así, pero a mí me parece más bien triste. La gente es muy superficial, siempre intentan utilizarte, ¿y qué pasa cuando tu éxito se desvanece? A mí me asusta; mucho destello pero nada es real. A veces me preocupa su situación.

De hecho, le preocupaba con frecuencia. Los hombres que atraían a Valentina solían parecerle muy poco de fiar. Eran justo lo contrario de alguien como Alex, a quien su hermana no se habría molestado en dedicar su tiempo. A Sasha le gustaba porque era una persona normal, según podía apreciar por el momento. Tenía un entorno estable y una familia con la que seguía reuniéndose. Y lo que contaba de su hermano Ben le recordaba sus primeros años junto a Valentina, antes del divorcio, y de que todo se desmoronara. Ya en aquella época su hermana era una top-model, pero a partir de entonces una especie de desesperación guiaba su forma de vivir.

Hubo un tiempo en que jugó con las drogas, lo cual era normal en el mundillo que frecuentaba. En la actualidad, con treinta y dos años, estaba más centrada y seguía con su carrera de top-model, pero un día u otro se acabaría. Sasha no imaginaba a su hermana llevando una vida sosegada junto a un marido y unos hijos. Aquella vida al límite, de ritmo frenético y envuelta de glamour, se había convertido en una necesidad. Para Valentina era una adicción, y a diferencia de Sasha, le encantaba acaparar todas las miradas. Iba a costarle mucho poner un día los pies en la tierra. Además, para ella envejecer era una pesadilla, al igual que dejar de ser atractiva. Siempre que hablaban del tema, había pánico en sus ojos. Cada año dedicaba más esfuerzos a tratar de escapar del futuro y de la realidad.

—¿Y qué te gusta hacer en tu tiempo libre? —le preguntó Alex a Sasha, que se lo quedó mirando unos instantes con expresión perpleja.

—Disculpa, no te he entendido, ¿podrías repetírmelo? —Ambos se echaron a reír; hacía años que apenas gozaban de tiempo libre—. Me gusta trabajar, supongo. Me encanta mi profesión. —Ya lo había dicho antes, y Alex comprendió que era cierto y que, además, se entregaba a ella en cuerpo y alma, lo que no le dejaba tiempo para mucho más—. ¿Y a ti?

—Me gusta ir en barco —respondió de inmediato—. Mi hermano tiene una pequeña embarcación en el lago, y siempre que podemos salimos a navegar. Antes jugaba al tenis, pero aquí no tengo tiempo. De niño hacía mucho deporte, pero mi cuerpo ya no es el que era. —Tenía la misma edad que Sasha, pero le explicó que había sufrido muchas lesiones practicando deporte en la universidad—. Me gusta estar al aire libre. Cuando era jovencito quería ser jugador de béisbol, bombero o guarda forestal; cualquier cosa que no fuera estar entre cuatro paredes.

—Pues yo quería ser médico, enfermera o veterinaria. —Sasha sonrió—. A mí madre le daba algo cada vez que hablaba de ser enfermera. Es una persona muy competente, y una feminista de primera línea. Habría preferido claramente que optara a la presidencia de Estados Unidos, pero lo considero un trabajo muy desagradable. Todo el mundo te odia, critica lo que haces y te hace sentir como una mierda. Creo que a mi madre le gustaría optar a ese cargo, aunque me temo que no obtendría muchos votos; es bastante intransigente. —Alex se alegró de que Sasha no lo fuera. Era evidente que tenía un carácter fuerte, pero también percibía cierta delicadeza, y le gustaba que fuera tan abierta y sincera.

—¿Podemos quedar para cenar? —Al fin había tenido el valor de preguntárselo. Era tan guapa que se sentía intimidado.

Sasha no se dedicaba a flirtear con él ni coqueteaba. Lo trataba como a un igual más que como a un posible ligue, y él no sabía qué pensar. Tal vez no despertaba su interés, o no lo encontraba atractivo. Aún no lo tenía claro, y cuando le pidió que salieran a cenar, Sasha se quedó mirándolo unos instantes con cara de sorpresa, como si no se le hubiera pasado por la cabeza. Alex no sabía si le apetecía o no. Durante la comida no había mencionado ningún novio ni le había hablado de su vida personal; solo de su familia y de su trabajo.

—¿Me estás pidiendo una cita? —Casi se atragantó con las palabras.

—Sí, más o menos —respondió Alex, cauteloso—. ¿Te apetece?

Sasha vaciló antes de contestar.

—No tengo mucho tiempo libre —dijo con sinceridad, pero él tampoco lo tenía y eso no le había impedido pedirle una cita. Quería salir con ella, aunque fuera de vez en cuando y sin orden ni concierto. Estaba acostumbrado a que su vida personal fuera irregular y caótica, tanto durante su época de estudiante de medicina como durante las prácticas. Era lo normal, dada la profesión de ambos.

—Bien tendrás que comer —observó Alex—. Y por lo que veo, sales más bien barata. No comes gran cosa.

Sasha no se había terminado la ración de fruta ni la ensalada; estaba demasiado entretenida charlando con él. Claro que la galleta de chocolate había desaparecido. Se echó a reír y volvió a sentirse relajada.

—Claro. A lo mejor, supongo. ¿Por qué no?

—No puede decirse que te hayas puesto a dar saltos de alegría, pero lo tomaré como un sí. —Le sonrió.

—Es que no tengo claro que quiera salir con nadie ahora mismo. Ya sabes qué vida llevamos. Cada vez que hago planes, tengo que cancelarlos. Me cambian el horario cada cinco minutos o bien estoy de guardia y me reclaman, y entonces tengo que salir volando antes de tener el plato en la mesa. La gente acaba cabreándose y todo acaba como el rosario de la aurora. Además, siempre llevo puesta la bata y los Crocs. Qué sexy, ¿verdad?

No mucho, los dos lo sabían. Sin embargo, Sasha era una mujer guapa e inteligente, y Alex estaba decidido a salir con ella. Le gustaba todo lo que veía en ella, y tenía la absurda sensación de que estaban hechos el uno para el otro. Nunca había conocido a una mujer que le resultara tan atractiva.

—Lo entiendo. Yo también soy médico. Pero algún día llevaremos una vida ordenada —dijo esperanzado.

—O no —respondió ella con total sinceridad—. Será difícil, si sigo en obstetricia.

—Entonces ¿vas a hacer voto de castidad?

Sasha sonrió ante el comentario.

—No, pero no soporto decepcionar a la gente, y siempre lo acabo haciendo. Además, tener citas es agotador.

—Salir a cenar no cuesta nada. Nos entregaremos mutuamente diez vales para cancelar la cita por motivos de trabajo. Y puedes ir con el uniforme y los Crocs. —Lo decía en serio, y Sasha sonrió.

Se lo estaba poniendo tan fácil que costaba negarse. Además, él le gustaba. No sabía qué ocurriría en el futuro, pero le atraía la idea de salir a cenar con él, mucho más que su reciente cita con el actor y modelo. Por lo menos la medicina era un tema que tenían en común, y los dos llevaban unos horarios de locos.

—De acuerdo. Saldremos a cenar con el uniforme y los Crocs. Trato hecho.

—¿Qué te parece el sábado o el domingo? Alguien se las ha arreglado para concentrarme el horario y me han dejado el fin de semana libre.

—Qué suerte. Yo trabajo el viernes, y el sábado me toca guardia. Podemos probar, a ver si no me llaman.

—Perfecto.

Intercambiaron los números de teléfono en el momento en que ella recibía un mensaje de su planta. Una de las madres que guardaba cama se había puesto de parto; acababa de romper aguas y querían que le echara un vistazo. La esperaban en cirugía. Miró a Alex con pesar y le dijo que tenía que marcharse, pero que la pausa para comer había estado bien. Llevaban juntos más de una hora y habían sentado una buena base para una amistad o lo que surgiera. Había sido un placer charlar con él, y para su sorpresa, se sentía muy cómoda en su compañía, más que con la mayoría de los hombres. A ella no le iban los típicos jueguecitos de las citas que muchos hombres parecían esperar. No era coqueta y siempre hablaba sin tapujos, cosa que los asustaba. A Alex, en cambio, no le importaba. Más bien le gustaba. Sasha se preguntaba qué tal se llevaría con Valentina. Él no era su tipo, y sospechaba que lo encontraría aburrido, al contrario que ella. Habían disfrutado de una conversación profunda y animada, y le gustaba el hecho de no observar artificios en él, ni tampoco un gran ego, algo que detestaba de los médicos, que se consideraban semidioses y eran engreídos, al menos unos cuantos. Alex era capaz de reírse de sí mismo, y se había mostrado bastante modesto y respetuoso con ella.

Salieron de la cafetería. Alex la acompañó hasta la zona de partos, donde Sasha le dio las gracias por la comida, y se dispuso a dirigirse a la unidad de cuidados intensivos neonatales, que estaba en la misma planta. También a él acababan de enviarle un mensaje. A los dos los llamaba el deber.

—Hasta el sábado —dijo con más indiferencia de la que sentía—. No te olvides de ponerte el uniforme —bromeó, aunque en parte lo decía en serio—. Así yo también me pondré el mío y no tendré que buscar una camisa limpia.

Sasha se echó a reír.

—Intentaré llevar vaqueros —prometió. Alex se alejó por el pasillo con paso alegre y una sonrisa en la cara.

—¿Por qué estás tan contento? —le preguntó Marjorie, la enfermera jefe, cuando llegó a cuidados intensivos—. ¿Te has tomado algo? —Le sonrió. Era agradable trabajar con él, y a las enfermeras les caía bien. Además, era muy atractivo.

—Tengo una cita —le confesó con la inocencia de un niño. Costaba creer que le concediera tanta importancia.

—Qué suerte tiene esa chica —dijo la enfermera, que estaba casada y le llevaba diez años, por lo que Alex no le interesaba para nada, aunque todas lo consideraban un buen partido. Una de ellas aseguraba a sus espaldas que estaba como un tren. Menos mal que Alex no se enteraba de lo que decían de él.

—Qué suerte la mía —la corrigió el pediatra. Apenas podía esperar a que llegara el sábado por la noche. Y Sasha también sonreía cuando entró en la sala de partos para examinar a su paciente.

Esa noche, Claire y Morgan se encontraron en el restaurante de Max para cenar. Claire había pasado por el apartamento para cambiarse de ropa, mientras que Morgan acudió directamente desde el trabajo. Max se alegró de verla y le dio un beso cuando entró en el restaurante.

—¿Con quién cenas? —Había visto su nombre en la lista de reservas y sentía curiosidad.

—Con Claire. Quería hablar conmigo en privado, creo que de trabajo.

Max asintió y la acompañó a la mesa. El restaurante estaba lleno esa noche, y al cabo de unos minutos entró Claire con aire distraído. Le dio un beso a Max, y vio a Morgan esperándola con una copa de vino.

—Gracias por cenar conmigo —dijo Claire a la vez que tomaba asiento.

Quedar fuera del apartamento daba al encuentro un tono más formal. Claire no quería que las interrumpiera Abby con sus lloriqueos sobre Ivan, o Sasha al llegar del hospital; necesitaba toda la atención de Morgan y sus sabios consejos laborales. No tenía a nadie más con quien hablar, y no quería preocupar a su madre, que estaba contenta creyendo que tenía un trabajo estable. Claire no estaba tan segura de que lo fuera, ni siquiera de si debía quedarse en la empresa. Empezaba a tener la sensación de que estaba arruinando su futuro en el mundo del diseño de calzado por culpa de los encargos de Walter.

—Cuéntame. ¿Qué te pasa? —le preguntó Morgan con una cálida sonrisa cuando Claire le dijo que estaba preocupada.

—Detesto los modelos que tengo que diseñar. Los zapatos apenas cambian de una temporada a otra. Se empeñan en hacer siempre lo mismo. Walter no soporta los cambios —explicó disgustada—. ¿Y si la gente cree que no sé hacer nada más? Es muy frustrante, no consigo colar ningún modelo original, no me dejan diseñar los zapatos que me gustan. Walter casi sale corriendo cada vez que le propongo algo.

—Si él te permitiera diseñar zapatos más originales, ¿los clientes los comprarían?

Claire se quedó pensativa.

—Seguramente no. Pero no me deja probar ni con uno. Detesta todo lo que hago. Si se me ocurre introducir el más mínimo cambio en un modelo del año anterior, ya lo tengo encima. Ni siquiera haría falta que me molestara en dibujar los modelos de la temporada, me bastaría con darle los mismos dibujos tres veces al año. Y cada vez se pone más pesado. Creo que no confía en mí, y sé que no le gusta mi estilo. ¿Qué puedo hacer? Si me voy, tal vez no encuentre otro empleo. El mercado está muy mal ahora mismo, y no puedo permitirme estar sin trabajo. Si me quedo, tengo la sensación de que estoy aniquilando una parte de mí: la creativa.

—¿Tienes dinero suficiente para subsistir durante un tiempo? —le preguntó Morgan sin rodeos.

—Un mes o dos sí, no más —respondió Claire con sinceridad. Le encantaba la ropa bonita y de vez en cuando se permitía algún capricho. Claro que al trabajar en el mundo de la moda, le gustaba vestir bien, y la ropa era cara, sobre todo sus marcas favoritas. Tenía buen gusto—. No me da para seis meses, si tardo tanto en encontrar otro trabajo. Aun así, es posible que me eche de todas formas. Creo que no le gusto; nunca le he gustado, pero ahora no paramos de discutir. Es como si estuviéramos casados.

—Qué rollo —dijo Morgan con una sonrisa—. A veces hay que arriesgarse. Solo tú sabes si has llegado o no al límite. A lo mejor deberías empezar a echar un vistazo y a indagar discretamente sobre otros trabajos.

—Si se entera, estoy despedida —dijo Claire preocupada. Era un verdadero dilema, y a Morgan le sabía mal por ella. Sin duda Claire se sentía estancada y su trabajo la agobiaba—. Encima me ha endosado a esa bobalicona de prácticas, la hija de un amigo suyo de París, que se lo cuenta todo. Es su detective privado.

A Morgan le pareció una situación muy lamentable. Era obvio que Claire estaba estresada. Necesitaba desahogarse; por eso le había propuesto salir a cenar.

—Ojalá tuviera mi propia colección, pero eso no ocurrirá nunca. Cuesta una fortuna lanzar una marca de calzado.

—A lo mejor encuentras financiación —dijo Morgan con la intención de levantarle el ánimo. Claire parecía desesperada.

—No tengo experiencia, ni renombre. Y diseñando zapatos para Arthur Adams, jamás me daré a conocer.

—Pues ahí tienes la respuesta —dijo Morgan con aire pensativo—. Si no te paga ninguna fortuna ni te estás labrando una buena reputación, puede que estés perdiendo el tiempo.

—Preferiría cobrar menos y trabajar para una empresa mejor en la que pudiera mostrar mis diseños.

—A lo mejor es lo que deberías hacer. Preséntate en las empresas para las que te gustaría trabajar y diles que quieres cambiar de trabajo. Corres cierto riesgo, si tu jefe lo descubre, pero si no lo haces, me temo que te quedarás estancada.

—Ya lo estoy. Me siento como si me estuviera asfixiando, y echando por tierra la oportunidad de encontrar un trabajo mejor.

—Pues asoma un poco la cabeza, y a ver qué pasa.

Claire asintió meditando sus palabras. Morgan le estaba infundiendo el coraje necesario para ponerse a investigar el mercado. Sabía que podía contar con ella a la hora de precisar una opinión sensata. Aún estaban hablando del tema cuando Morgan alzó la vista y puso cara de sorpresa. Había un hombre muy guapo junto a su mesa, sonriéndole. Tenía el pelo negro azabache con canas en las sienes, y los ojos de un azul intenso. Llevaba un traje de corte impecable y un carísimo reloj de oro. Parecía salido de la portada de *Fortune* o *GQ*.

Tras sonreír a Morgan, miró a Claire. Y quedó fascinado. Era evidente que Morgan lo conocía, pero Claire no tenía ni idea de quién era. No habían coincidido nunca en el apartamento ni en ninguna otra parte, aunque su cara le resultaba algo familiar, como si lo hubiera visto en la prensa. Morgan los presentó. Era George Lewis, su jefe. Tenía un aire de absoluta distinción allí plantado sonriéndoles.

—He decidido averiguar de primera mano a qué viene tanto alboroto con este restaurante —le dijo a Morgan—. Acabo de cenar aquí con un amigo, y el sitio lo merece. La comida es fabulosa.

Morgan sonrió. Max se pondría a dar saltos de alegría cuando se enterara. George no era de los que se conformaban con poco. Sabía que frecuentaba los mejores restaurantes de la ciudad. En ese momento, su jefe volvió a centrar la atención en Claire y le dirigió una cálida sonrisa que denotaba una sorprendente intimidad. No podía apartar los ojos de ella, y eso que solo llevaba unos vaqueros y un sencillo jersey blanco con el escote justo. El modelo era de Céline y le había costado una fortuna, y le lucía. Llevaba las uñas muy cuidadas, y la larga melena rubia suelta, cubriéndole la espalda. Tenía veintiocho años, aunque parecía incluso más joven, y era muy guapa. Morgan notó que George se había quedado embelesado, y no le sorprendió. Tenía debilidad por las mujeres guapas, sobre todo si eran jóvenes. Era uno de los solteros más codiciados de la ciudad. Al echar un vistazo a la puerta, Morgan vio que un hombre atractivo y mayor que él lo estaba esperando. Sin embargo, George no parecía tener ninguna prisa en irse.

—Me ha encantado conocerte —le dijo a Claire, y aún se entretuvo un momento antes de marcharse de mala gana.

—No se parece en nada a como lo imaginaba —comentó Claire cuando se hubo ido. Había notado claramente hasta qué punto se había quedado embelesado, o lo fingía, y se sintió un poco incómoda—. Creía que era más mayor. Tiene pinta de playboy.

—Cumplirá los cuarenta en diciembre. En el trabajo es sin duda muy formal, pero le gustan las mujeres de bandera. Para exhibirlas, sospecho. Jamás ha ido en serio con ninguna, que yo sepa. No habla de su vida personal en el despacho, pero sale mucho en «Page Six», y se ha dejado ver con algunas famosas, sobre todo actrices y modelos. Me parece que Valentina salió con él una vez, hace tiempo.

—Creo recordar que no le gustó nada. No sé por qué.

—A ella le van los chicos malos y maduritos. —Morgan se echó a reír. Valentina trataba a los hombres como si fueran pañuelos de papel: los usaba una vez y los desechaba—. A George le falta brillo para salir con ella. Se le ha visto por la ciudad con mujeres famosas, pero es bastante discreto. Nunca habla de ello. Y diría que lo tienes fascinado.

Según Morgan, Claire era atractiva, pero no tan llamativa como las mujeres que solían atraer a George. Su amiga era una persona de carne y hueso, y se notaba. Probablemente, George solo quería jugar con ella, coquetear, aunque con Morgan nunca lo había hecho, y le merecía respeto por eso. Jamás tonteaba en la oficina.

Siguieron hablando de los problemas laborales de Claire. El último consejo de Morgan fue que empezara a indagar con discreción, que desplegara la antena e hiciera saber a las mejores empresas del sector que vería con buenos ojos un cambio profesional. El plan implicaba sus riesgos, pero no avanzaría si no lo ponía en marcha. Claire respondió que se sentía con ánimos para probar suerte. Las cosas no podían seguir como estaban. Tenía la impresión de que estaba arruinando su futuro a cambio de un salario que tampoco era nada del otro mundo. Esperaba que Morgan le ofreciera su apoyo y su aliento, y había obtenido ambas cosas. Su amiga nunca la decepcionaba, y sus consejos le merecían toda la confianza. Cuando les llevaron la cuenta, Claire se encargó de pagarla para agradecerle la ayuda.

A esas alturas ambas se habían olvidado de George. Parecía un encuentro sin mayor importancia, aunque Morgan se sentía halagada por el hecho de que se hubiera dignado probar el restaurante de Max y le hubiera gustado. Cuando se disponían a salir, Max se despidió de ambas con un beso y dijo que más tarde iría al apartamento y se quedaría a pasar la noche con Morgan.

Regresaron al apartamento dando un paseo. Claire no se había sentido tan bien en mucho tiempo. Tenía un plan, y sabía que era el correcto. Esa noche elaboró una lista de las empresas que quería tantear. El futuro se perfilaba con más claridad.

Max pasó la noche en el apartamento, tal como había prometido. Hizo el amor con Morgan por la mañana porque la noche anterior los dos estaban demasiado cansados. Ella llegó unos minutos tarde al trabajo, aunque esa mañana no tenía prevista ninguna reunión. Todo cuanto tenía que hacer era buscar información y dedicarse al papeleo. Estaba estudiando minuciosamente varios casos archivados en su ordenador cuando George entró en su despacho y le sonrió.

—Gracias por probar el restaurante de Max anoche —dijo Morgan—. Me alegro de que te gustara.

—Me encanta, y volveré. Es estupendo para una cena informal. —George vivía en un legendario ático de lujo de la Torre Trump, en la zona residencial, pero Morgan sabía que solía salir a cenar por el centro. Tenía amigos en Tribeca y en el Soho, y le encantaba probar restaurantes nuevos. Adoraba impresionar con sus descubrimientos a las mujeres con las que salía. Se había ganado a pulso su reputación de ser generoso en sus citas y de hombre de mundo—. Me gusta tu colega —dijo sin rodeos, y por un momento Morgan pensó que se refería a Max, aunque la expresión de sus ojos lo delataba—. Es muy guapa. —Eso corrigió la primera impresión de Morgan—. ¿La conoces bien? —Sentía curiosidad. Ella parecía una modelo.

—¿Te refieres a Claire? —preguntó Morgan desconcertada—. Compartimos piso desde hace cinco años.

—¿A qué se dedica?

Nunca le había preguntado por ninguna mujer, y estaba sorprendida.

—Diseña zapatos. Anoche precisamente estuvimos hablando de este tema. Es muy buena, pero tiene un trabajo de lo más aburrido y se siente estancada.

—Pues no debe de pasarlo muy bien. ¿Está soltera?

Morgan sabía que aquella pregunta en realidad se refería a si estaba libre y sin compromiso.

—Sí. Trabaja duro y no sale mucho. Está volcada en su profesión.

—Yo también —dijo George con una amplia sonrisa—. Y aun así encuentro tiempo para salir a cenar. ¿Para quién trabaja? —Estaba siendo muy directo.

—Para Arthur Adams —dijo Morgan con un hilo de voz. No sabía si Claire estaba en condiciones de salir con alguien como George, o si querría hacerlo. Se sentía incómoda contestando a sus preguntas, aunque su amiga sabría poner las cosas en el lugar correspondiente.

Acto seguido George abandonó su despacho.

Esa tarde, en la mesa de trabajo de Claire apareció un jarrón alto con tres docenas de rosas blancas y una tarjeta que decía: FUE UNA MARAVILLA CONOCERTE. GEORGE. La joven se quedó de una pieza. Ningún hombre le había enviado jamás unas flores como aquellas. Eran preciosas, y del mejor florista de la ciudad.

—¿Quién se ha muerto? —soltó Walter en un tono lacónico cuando más tarde entró en la oficina de Claire para comentar unos precios. Ella le había propuesto que los subieran y él no estaba de acuerdo, como siempre.

—Me las ha mandado un amigo —respondió con aire distraído, cohibida ante aquel ramo tan enorme.

—Pues debe de estar loco por ti —dijo Walter entre dientes—. Estas cosas deberías recibirlas en tu casa.

Claire asintió sin saber qué decir, pero cuando su jefe salió del despacho, se quedó mirando el ramo y preguntándose por qué lo habría enviado George. Conocía los nombres de las mujeres con las que salía, y ella no estaba ni mucho menos a su altura, por lo que le extrañaba ser objeto de sus atenciones. Estuvo a punto de llamar a Morgan para contárselo, pero decidió no hacerlo. Aquello no significaba nada. Tan solo se trataba de un hombre rico y con éxito que estaba bailándole el agua por pura diversión, y ella no tenía intención de seguirle la corriente. Claro que las flores eran preciosas. Le mandó un mensaje de agradecimiento corto y educado, y al terminar la jornada se marchó a casa. Para entonces ya estaba convencida de que no volvería a saber nada de George, y lo cierto era que tampoco quería. El mundo de George Lewis estaba a años luz del suyo, y prefería que siguiera siendo así. A Morgan jamás le dijo ni media palabra de las rosas.

El día después de enviar el ramo, George obsequió a Claire con un bello libro ilustrado sobre la historia del calzado. Se trataba de un detalle muy considerado que le llegó al alma, aunque también la incomodó. Saltaba a la vista que intentaba atraer su atención, a pesar de que no la había llamado ni le había pedido que salieran juntos, si bien ella temía que lo hiciera. Claire no tenía ni idea de cómo comportarse con alguien como él, que pertenecía a un mundo completamente distinto. Ojalá perdiera el interés antes de que la llamara o le enviara más regalos. Además, aún no le había contado nada a Morgan, ni a las demás. George se había convertido de la noche a la mañana en un oscuro secreto.

Aquella semana, Claire envió varios e-mails con su currículo a sus fabricantes de calzado preferidos. Dos le contestaron para comunicarle que no disponían de ningún puesto vacante, y de otros tres aún no sabía nada. Esperaba que le respondieran, pero si no, al menos lo habría intentado. Walter se estaba poniendo más pesado que nunca, con críticas constantes y además directas.

En aquel momento George era lo único que daba luz a su vida, aunque sus atenciones la ponían nerviosa. Su flirteo no era más que un juego, estaba segura, y se recordó que debía centrar la atención en su objetivo, o sea, su trabajo. Sin embargo, no dejaba de pensar en las rosas y en el libro. Resultaba difícil ignorar a aquel hombre.

6

Sasha tuvo que trabajar toda la tarde del sábado. La llamaron a la una del mediodía y atendió tres partos seguidos sin descanso entre uno y otro. Por suerte, los tres fueron sencillos y sin complicaciones. Cuando acabó estaban a punto de dar las siete. Se suponía que Alex y ella habían quedado para cenar a las siete y media, y no le daba tiempo de ir a casa y cambiarse.

Lo llamó desde el hospital, e iba a proponerle un cambio de fecha, ya que, aunque quedaran, era posible que volvieran a llamarla del hospital. Claro que él ya sabía que estaba de guardia, y había dicho que no le importaba y que estaba dispuesto a correr ese riesgo.

—Tu deseo se ha hecho realidad —anunció cuando Alex contestó al teléfono—. Voy vestida con el uniforme y los Crocs. Llevo todo el día en el hospital y acabo de asistir tres partos. Es un poco tarde para ir a casa y cambiarme de ropa. ¿Qué quieres hacer? ¿Lo dejamos para otro día?

—¿Has cenado? —se limitó a preguntar él.

—No he comido nada desde el desayuno, salvo dos barritas entre parto y parto.

—Perfecto. Yo me muero de hambre. Te recogeré en la puerta de urgencias dentro de diez minutos. ¿Estás lista?

—Sí, pero puede que me llamen en mitad de la cena. —Sasha sonreía. Alex era un tipo razonable y resultaba fácil hablar con él. Los hombres siempre le montaban un número cuando se veía obligada a alterar los planes. No obstante, él llevaba el mismo tipo de vida; de hecho, tampoco a las mujeres con las que había salido les gustaban los cambios.

—Genial. Yo también llevaré el uniforme si así te sientes mejor. Podemos jugar a los médicos. —Ambos se echaron a reír—. Lo siento, no quería decir eso. O puede que sí —bromeó—. ¿Te gusta el sushi?

—Me encanta.

—Hay un restaurante fantástico en esta misma calle. La comida es buena y sirven rápido. Si te avisan del hospital, por lo menos tendrás el estómago lleno. Te veré en cinco minutos.

Alex la esperaba en la puerta de urgencias. Llevaba unos vaqueros, una impecable camisa azul recién planchada y almidonada y unos mocasines. A Sasha le pareció una indumentaria muy formal. Ella iba vestida con su ropa del hospital, y él le dijo que estaba preciosa; y hablaba en serio. Enfilaron la calle bajo la calidez de aquella tarde de septiembre. Era agradable salir del hospital y sentirse como si fuera su día libre solo por estar con él y charlar de temas ajenos al trabajo. Alex tenía razón, la comida del restaurante que había elegido estaba deliciosa, y les sirvieron muy deprisa. Después de cenar, permanecieron un rato allí relajados, hablando de esquí y navegación, y de sus libros favoritos. Entre sus autores preferidos, había algunos en común, y ambos confesaron con cierto apuro que habían sido buenos estudiantes.

—¿Cuál es tu idea de una cita perfecta, entonces? —preguntó Alex, que quería saber más cosas sobre ella.

—La de ahora mismo. Buena conversación, buena comida, sin prisas, una persona agradable con quien charlar, a quien no le da un ataque cuando llego tarde y le digo que tal vez tenga que volver al trabajo en cinco minutos, a quien le da igual lo que llevo puesto. Me gusta arreglarme de vez en cuando pero casi nunca tengo tiempo, y cuando llego a casa estoy demasiado cansada para preocuparme por la ropa. Además, suelo quedarme dormida en la mesa porque la noche anterior nunca pego ojo.

Alex cumplía todos los requisitos.

—Estoy un poco decepcionado —dijo con cierto pesar—. No has mencionado el sexo. ¿Acaso no forma parte de tu plan para una cita? —preguntó esperanzado. Sasha soltó una carcajada.

—Se me había olvidado —dijo con sinceridad—. ¿Aún existe? ¿Quién tiene tiempo para el sexo con trabajos como los nuestros?

—He oído que hay gente que todavía lo practica —respondió él muy serio ante el comentario burlón de Sasha—. Está un poco anticuado, lo reconozco, pero yo soy un tipo tradicional y me van las viejas costumbres, aunque no en una primera cita. ¿Qué tal en la segunda o la tercera? ¿O en la decimonovena? —La miró con ojos expectantes.

Sasha sonreía. Aquel hombre le gustaba de veras, y notaba que ella también le gustaba a él, tal como era, sin necesidad de vestirse con ropa de su hermana ni de llevar aquellos ridículos zapatos de tacón de Claire. Jamás se había sentido tan cómoda en una primera cita.

—Sí, el sexo en la decimonovena cita me parece bien —bromeó—. Puede que para entonces ya te hayas casado y hayas dejado aparcado el tema.

Hacía años que sus padres no se acostaban juntos cuando se divorciaron, y dormían en habitaciones separadas.

—No sé si estoy de acuerdo con eso —repuso Alex con expresión seria en respuesta a su comentario—. Mis padres siguen estando enamorados, aunque solo Dios sabe cómo lo han logrado teniendo en cuenta que mi hermano y yo los hacíamos subirse por las paredes cuando éramos jovencitos. Sin embargo, parece que lo han superado y se llevan bastante bien. Me gustaría tener una relación como la suya algún día. Imagino que para eso hay que esforzarse. —Sasha asintió. Estaba bastante segura de que sus padres no se habían esforzado por conservar la relación y poco a poco se habían ido distanciando hasta que su matrimonio se desmoronó. Su padre le había confesado que había sido muy infeliz y que deseaba algo más de lo que había tenido con su exesposa. Estaba falto de cariño, lo cual no era de extrañar conociendo a su madre—. Entonces ¿qué te parece el plan? ¿Nos acostamos en la decimonovena cita? ¿La comida en la cafetería cuenta como una, si la intención era esa? Si cuenta, esta es la segunda, así que solo nos quedan diecisiete. ¿Tendrás tiempo durante las próximas dos semanas y media? Si quieres, puedo cancelar toda mi agenda.

Sasha se moría de risa.

—A lo mejor, si lo alargamos a tres semanas me da tiempo —repuso ella medio en broma. Charlaban y bromeaban entre ellos sin más. A Sasha le gustaba su sentido del humor, y lo que explicaba de su hermano y de sus padres. Le habría encantado tener una familia así, en lugar de una madre malhumorada y un padre ausente.

—De hecho, en mi última cita me quedé dormido en el sofá viendo una película. Cuando me desperté, ella se había acostado sola, había cerrado con llave la puerta del dormitorio y me había dejado una nota pidiéndome que me marchara. Era la tercera vez que me pasaba. Me dijo que la llamara cuando hubiera dormido un poco. Pero no lo hice; me imagino que con tres faltas quedas expulsado del juego, además era muy aburrida. Tal vez si hubiéramos podido conversar, habría aguantado despierto. Nunca me ha atraído la idea de acostarme con una extraña, ni el sexo por el sexo. Soy un romántico empedernido, y tengo la ridícula idea de que cuando dos personas se acuestan es porque sienten algo la una por la otra. Puede que a la mayoría de la gente le parezca una bobada. La última persona con quien lo comenté, una enfermera de urgencias de traumatología, me preguntó si soy gay. Ella se enrollaba con tíos que conocía en internet en la primera cita, y pensó que yo era un bicho raro al ver que no me la llevaba a la cama el primer día que quedamos. Eso tiene gracia a los dieciocho años. Después, lo bonito es estar enamorado, o por lo menos conocer un poco a la otra persona. Acostarse con un extraño da demasiado trabajo.

A ella le gustó lo que decía y estaba de acuerdo con él. Compartían valores parecidos, a diferencia de lo que le ocurría con Valentina, que reconocía abiertamente que se acostaba en la primera cita. Ya en el instituto le gustaba experimentar con el sexo, y no necesitaba estar enamorada. Sasha, en cambio, era más tradicional, como Alex.

—Estoy de acuerdo contigo —afirmó Sasha en voz baja—. Estamos anticuados. Hay mucha gente que no piensa como nosotros. Los chicos con los que he salido creen que el sexo se da a cambio de una hamburguesa o un filete.

Alex sonrió. Esa teoría también le resultaba familiar. No había vuelto a sentirse de ese modo desde la universidad.

—Por cierto, no pasa nada si no hay sexo hasta nuestra trigésimo sexta cita, o nunca. Me gustas, y prefiero que antes seamos amigos. A lo mejor algún día quedamos y nos dormimos delante de la tele, o viendo una película. Pon una luz tenue después de tres noches de guardia y tienes los ronquidos asegurados al cabo de cinco minutos. Eso sí, me despertaré para leer los créditos. Me gusta saber quién ha hecho la película que me acabo de perder.

Sasha se echó a reír y reconoció que le pasaba lo mismo.

—A mí me ocurrió en un concierto sinfónico el año pasado. Me regalaron unas entradas, y entre la oscuridad y la música, dormí todo el rato. Supongo que será mejor volver a intentarlo cuando deje de ser residente. Es una lástima tirar así el dinero.

—Por eso es genial el deporte; no puedes quedarte dormido jugando a fútbol americano. Aunque el año pasado me quedé frito en la final del Grand Slam de tenis. Mi hermano estuvo a punto de matarme y me dijo que no volvería a gastarse un céntimo en un asiento para mí. La verdad es que me sorprende que ninguno de los dos se haya dormido hoy durante la cena, ¿a ti no? —La miraba con una sonrisa de oreja a oreja. Le encantaba hablar con ella, y la encontraba tan guapa que lo dejaba sin aliento. Le habría encantado acostarse con ella, pero no quería que se sintiera presionada y prefirió ir poco a poco. Eso la hacía sentirse cómoda y segura con él; lo notaba. No era una mujer dispuesta a arrojarse de cabeza a la primera oportunidad.

No la habían llamado del hospital, y cuando salieron del restaurante decidió ir a casa, aunque antes lo invitó a cenar en el loft al día siguiente. No tenía que trabajar, y él tampoco. Max cocinaría, estarían todos y sería una buena oportunidad para presentarles a Alex en plan informal, ya que había dicho que le encantaría conocer a sus compañeras de piso. Sasha no había tenido tiempo de hablarles de él, aunque de momento tan solo eran amigos.

Alex la acompañó a coger un taxi y le prometió que al día siguiente iría al apartamento.

—Gracias por la cena, estaba todo riquísimo —le dijo sonriéndole. Y por la conversación; había sido mejor incluso que la comida.

—Hasta mañana —se despidió él, y le dijo adiós con la mano mientras el taxi se alejaba.

Sasha le había dado la dirección del apartamento de Hell's Kitchen, y Alex estaba impaciente por volver a verla. Además, sus compañeras de piso y demás amigos tenían pinta de ser un grupo divertido.

El domingo Morgan fue al parque con Max antes de dirigirse al apartamento para preparar la cena. Claire había ido de compras a la zona residencial; quería echar un vistazo a la sección de calzado de Bergdorf Goodman para comprobar si se había olvidado de enviar el currículo a algún fabricante. Abby pensaba pasar el día con Ivan, pero él había llamado de buena mañana para decirle que tenía la gripe, de modo que se quedó en el apartamento trabajando en otra obra para él. Sasha durmió hasta primera hora de la tarde para recuperar horas de sueño. Era un soleado día de septiembre, y estaba empezando a refrescar.

Sasha puso la mesa antes de que llegara el resto del grupo, y a las seis todo el mundo estaba en el apartamento. Primero se presentó Max con la comida, y poco después aparecieron Oliver y Greg. Iban de un lado a otro de la casa riendo y charlando mientras Morgan y Max servían vino, cuando apareció Alex. Sasha les había avisado que acudiría, y les había dicho que era un amigo del trabajo. Nadie le dio demasiada importancia; en aquellas reuniones de domingo cabía todo el mundo.

—¿Dónde está Ivan? —le preguntó Oliver a Abby.

—Se ha puesto enfermo.

Alex se convirtió en el centro de atención en cuanto Sasha lo presentó. Al principio se le veía un poco abrumado. Sasha le explicó quiénes eran sus compañeras. También que Oliver era el hermano de Morgan, Greg, su pareja, y Max, el novio de Morgan. Y añadió que regentaba un restaurante fantástico muy cerca de allí.

—Solo falta mi hermana. Está en Saint Barth. No vuelve hasta mañana.

Salvo Valentina e Ivan, estaba todo el mundo. Alex habló con unos y otros, y al cabo de unos minutos ya se le veía completamente relajado charlando de hockey con Oliver y Greg. Les contó que había ido a ver varios partidos de los Rangers la temporada anterior, donde fue testigo de la parada de Greg que les había valido la victoria en los *play off*, y añadió que lo suyo era puro talento.

En un momento de calma, Claire miró a Sasha y enarcó una ceja para señalar a Alex sin que él se diera cuenta.

—¿Qué me dices? Es una monada —le susurró.

Sasha se quedó atónita, pero procuró fingir indiferencia.

—Esta semana hemos asistido juntos un parto.

—No me refiero a eso. Es muy guapo, y parece simpático.

Sasha asintió, pero no le contó que la noche anterior habían salido a cenar ni que habían comido en la cafetería un día entre semana. No tenía claro adónde les conducía todo aquello, si es que avanzaba, y le gustaba la idea de ser primero amigos. Sin embargo, estaba contenta de que hubiera acudido a la cena para conocer a todos y saber dónde vivía y con quién.

Como de costumbre, la cena fue deliciosa. Max había preparado una pierna de cordero al estilo francés con mucho ajo, puré de patata y judías verdes. De postre, había llevado tiramisú del restaurante. Siempre que Max cocinaba, disfrutaban de los mejores platos de la semana, y el vino tinto con que los había obsequiado era de una calidad excepcional. A Max le encantaba preparar aquellas cenas familiares, y pensó que era fantástico contar con un nuevo comensal como Alex. Hablaron de vinos franceses, y Alex le confesó que también a él le gustaba cocinar. Después de la cena, Morgan, Max, Oliver y Alex jugaron unas cuantas partidas de póquer mientras los demás fregaban y limpiaban.

A medianoche, Max y Morgan se acostaron y Alex y Sasha se quedaron por fin solos. Los demás ya se habían ido a la cama.

—Qué noche tan estupenda —exclamó Alex efusivamente—. Me caen muy bien tus compañeras de piso, y Max es fantástico. Me encantaría probar su restaurante alguna vez. Es un cocinero genial. —Más que amigos, eran una familia, a juzgar por Álex, y todos compartían la misma sensación. Siempre lo pasaban bien juntos. A Alex también le gustó el apartamento, y Sasha le explicó que la madre de Claire había contribuido a que tuviera el aspecto y la calidez de un hogar.

Estuvieron hablando un buen rato, hasta que él, lamentando tener que marcharse, se levantó. Sasha lo acompañó hasta la puerta.

—Gracias por acogerme en el grupo, Sasha. —Se sentía afortunado por haberla conocido, y por que lo hubiera invitado a cenar con sus amigos—. Hacía muchos años que no lo pasaba tan bien. ¿Cómo tienes los horarios esta semana?

—Los próximos cinco días me toca trabajar de día y guardia por la noche, pero el fin de semana tendré un día libre.

—Ya haremos algún plan.

—Me apetece mucho —dijo ella con un hilo de voz

De repente, Alex la atrajo con suavidad y la besó. Era el final perfecto de una velada encantadora. Tras el beso, Sasha lo miró con los ojos como platos.

—No estoy seguro de que sea el protocolo correcto para la tercera cita —susurró, y ella soltó una risita—. Claro que a mí me ha parecido la mar de bien. ¿Qué dices tú?

Sasha asintió y él le dio otro beso. Permanecieron unos minutos en la puerta besándose, hasta que Alex desapareció escalera abajo, a pesar de que no tenía ningunas ganas de marcharse. La cita número tres había ido de maravilla, y apenas podía esperar a lo que viniera a continuación.

7

Valentina regresó de Saint Barth al día siguiente y llamó a Sasha para contarle lo bien que lo había pasado. Estaba loquita por Jean-Pierre, que la trataba como a una reina. El viaje de vuelta había sido en su avión privado, aunque para ella eso no era ninguna novedad, si bien afirmaba que Jean-Pierre era distinto de cualquiera de los hombres con los que había salido y parecía conocer a todo el mundo.

Sasha ya había oído aquello otras veces, pero se alegró de que su hermana se sintiera feliz, siempre y cuando el tipo fuera decente. Con ella, nunca sabía bien qué terreno pisaba.

—¿Cuándo nos veremos? —le preguntó.

—Mañana me marcho a Tokio para una sesión de fotos del *Vogue* japonés. Por eso hemos vuelto.

Los japoneses adoraban a Valentina, les volvía locos su melena rubia y sus ojos verdes. Ya no posaba en plan niña buena —para eso utilizaban a modelos de catorce años—, pero le seguía lloviendo el trabajo y su agencia le concertaba continuamente sesiones de fotos increíbles, incluso para el *Vogue* norteamericano. Le contó a Sasha que se habían cabreado porque había tardado demasiado en volver de Saint Barth, pero lo había pasado en grande.

—¿Quieres venir a casa esta noche después del trabajo? —le propuso Sasha.

—No puedo. Voy a la inauguración de una exposición con

Jean-Pierre, y luego cenaremos con el propietario de la galería. —Se trataba de una de las más prestigiosas de la ciudad.

—Pues yo hoy tengo que trabajar. —Había recibido la llamada de su hermana estando en el hospital—. ¿Quieres que quedemos para comer en la cafetería? Por lo menos te veré un rato antes de que te vayas.

A Valentina no pareció entusiasmarle la idea, pero accedió; tenía ganas de ver a Sasha.

—Nos vemos allí al mediodía —propuso Sasha, y Valentina asintió.

Cuando Valentina apareció, veinte minutos tarde, Sasha estaba sentada a una mesa comiéndose un yogur y un plátano. Su hermana llevaba un mono ajustado de color negro, un abrigo vintage de leopardo auténtico que Dior había lanzado en los años cincuenta y que había encontrado en una tienda de segunda mano en París, y unos zapatos con un tacón de vértigo. Causó sensación en el instante en que pisó la cafetería y se dirigió a la mesa de Sasha con el abrigo en la mano. El mono realzaba su extrema delgadez y su porte de estrella.

—Alguien te matará si te ve con ese abrigo —dijo Sasha en voz baja.

—Que se jodan. Es de Dior, me costó una fortuna.

—¿No pueden meterte en la cárcel por eso? —Sasha la miró nerviosa, y Valentina se echó a reír. Su cara y su cuerpo eran idénticos, y las dos tenían el pelo largo y rubio, pero por lo demás seguían siendo noche y día. Además, Sasha iba vestida con el uniforme y los zuecos.

—Sí, y a ti por ir con esos zuecos. ¿No podrías ponerte unos zapatos decentes? —preguntó, molesta ante el mal gusto de su hermana a la hora de calzarse.

—Claro, sobre todo cuando me paso dieciocho horas al día de pie. —A pesar del comentario, Sasha se alegraba de verla y le dio un cálido abrazo. Llevaba fuera casi dos semanas. —Te he echado de menos. ¿Cuánto tiempo estarás en Japón?

Tres o cuatro días. Cuando vuelva, me encontraré con Jean-Pierre en Dubái y pasaremos el fin de semana juntos. Tiene negocios allí.

—¿A qué se dedica exactamente? —preguntó Sasha preocupada, mientras Valentina se comía el plátano y tras tomar un sorbo de la Coca-Cola Light de Sasha, aseguraba que no quería nada más. Comía muy poco si tenía que trabajar al cabo de unos días—. No será traficante de drogas, ¿verdad? —Había salido con un par de peces gordos en los últimos diez años, y uno de ellos había acabado en la cárcel. Valentina nunca había tenido problemas con la ley, pero algunas de sus conquistas sí.

—Claro que no. Es un tío respetable, un empresario. No le gusta hablar de su trabajo.

—Eso nunca es buena señal —le recordó Sasha, pero Valentina cambió de tema.

Le habló de su estancia en Saint Barth, de las estrellas de cine y la gente importante que había conocido. Para Valentina no era ninguna novedad porque ella pertenecía a ese mundo, pero siempre le impresionaba. También le contó que Jean-Pierre tenía el aparato más grande que había visto jamás. Sasha se echó a reír.

—Creía que te referías a otra cosa —soltó con aire inocente, cuando cayó en la cuenta de que se refería al avión.

—Eso también —confesó Valentina en un tono mucho menos inocente que el de su hermana. La modelo era una tigresa, y le gustaba que los hombres fueran un tanto pervertidos, que rayaran el límite. A Sasha, en cambio, aquel tipo de relaciones no le había llamado nunca la atención.

En ese momento Sasha recibió un mensaje de la planta de obstetricia. Debía incorporarse al trabajo. Solo habían pasado juntas media hora, pero más valía eso que nada.

—¿Cuándo vuelves? —preguntó Sasha mientras salían de la cafetería.

Valentina lucía su abrigo de leopardo y todo el mundo la

miraba al pasar, no porque se tratara de una especie protegida, ya que la mayoría creía que era piel de imitación, sino porque era una mujer despampanante y parecía medir tres metros con aquellos zapatos de tacón.

—Dentro de una semana, más o menos, depende de cuánto tiempo nos quedemos en Dubái. Te presentaré a Jean-Pierre cuando volvamos.

Sasha dudaba que fuera a pasarlo bien en aquel encuentro, más bien creía que no, pero quería ver con quién estaba saliendo su hermana y qué opinión le merecía. Era más perspicaz que su gemela, siempre dispuesta a tolerar de todo en un hombre una vez que le había echado el ojo. Y parecía enamoradísima de Jean-Pierre.

Se despidieron con un abrazo. Justo entonces Alex enfiló el pasillo para ira a comer a la cafetería, vio a Sasha y le sonrió. Sin embargo, se quedó descolocado ante su indumentaria y sus labios carmín, y además parecía haber crecido un palmo.

—¿Sasha?

—Hola, Alex —respondió la Sasha que conocía mientras él permanecía con los ojos clavados en su gemela, hasta que empezó a moverlos de un lado a otro y reparó en que había dos Sashas.

—¡Joder! —fue cuanto pudo decir al principio, mirando a una y a otra. La misma cara, los mismos ojos verdes y el mismo pelo rubio, aunque una parecía haberse vestido para Halloween, o para la portada de un *Vogue* de 1956.

Sasha los presentó, y él la riñó por no haberle avisado de que eran gemelas idénticas. Las dos hermanas se echaron a reír ante su comentario y su cara de asombro. Valentina se estaba divirtiendo de lo lindo. Aquel hombre se había quedado pasmado. Su indumentaria no dejaba indiferente, desde luego; era como una descarga eléctrica. Aunque ella la consideraba más bien sosa.

—Se me había olvidado que no lo sabías. —Sasha le sonrió. Ahí tenía a su gemela. Una imagen valía más que mil palabras.

—¿Cómo iba a saberlo? —repuso, y se volvió hacia Valentina—. Bueno, me alegro mucho de conocerte —añadió con sinceridad—. A lo mejor un día podemos quedar para cenar los tres.

—Estaría muy bien —respondió Valentina muy educada. No tenía ni idea de quién era ni de si significaba algo para su Sasha. Su hermana no le había hablado de él—. Esta semana estaré en Tokio y en Dubái. Cuando vuelva, tal vez.

—Claro —dijo él impresionado.

Sasha tenía que marcharse, así que las dos hermanas dejaron que Alex comiera y reflexionara sobre el personaje que acababa de conocer. A pesar de que tenían la cara y la figura idénticas, como su estilo era tan distinto no lo confundirían.

Sasha acompañó a su hermana hasta el vestíbulo, y volvieron a despedirse con un beso frente a la puerta giratoria.

—Cuídate —le dijo ejerciendo de hermana mayor, pues técnicamente lo era, aunque fuese por tres minutos. Además, siempre había sido la más sensata—. Y no te comprometas demasiado con Jean-Pierre hasta que averigües más cosas sobre él.

—No seas abuela —se burló Valentina—. Ya sé lo que tengo que hacer. Jean-Pierre es un tío increíble. Y está forradísimo —añadió por si no estaba lo bastante claro.

—No es oro todo lo que reluce. Aún no lo conoces.

—No me vengas con gilipolleces —le espetó a su hermana, y Sasha se echó a reír. Valentina era un poco alocada y siempre se había comportado con la máxima libertad, pero se profesaban un amor incondicional—. Hasta dentro de una semana —gritó entrando en la puerta giratoria. Avanzó por la acera con paso firme para parar un taxi y despareció cuando arrancó a toda velocidad.

Sasha subió a planta, y al cabo de unos momentos Alex acudió a su encuentro aprovechando que ella había salido de una sala de partos para comprobar un gráfico.

—¿Cómo es que no me dijiste que tenías una hermana gemela?

—Debí de dar por sentado que ya lo sabías. Es todo un personaje, ¿a que sí? Me ponía de los nervios cuando éramos niñas, sentía mucha vergüenza ajena. Siempre me metía en líos con nuestros padres, me echaba la culpa de todo. Mi madre y ella están bastante unidas, pero mi padre la tiene calada y no se llevan bien. Valentina odia a su mujer y a sus hijos.

—Es de armas tomar —dijo Alex, todavía de piedra. Había conseguido impactarlo, con aquel abrigo de leopardo, los labios pintados de rojo y los tacones de vértigo—. Por lo menos os distinguiré, a menos que ella se ponga un uniforme y unos zuecos.

—Pues a veces lo hace. Le encanta engañar a la gente. Le chifla hacerse pasar por mí para volver locas a mis amigas. La única capaz de distinguirnos es Claire. Los demás no pueden; ni siquiera mis padres han conseguido saber nunca quién es quién. De pequeña me parecía divertido tener una hermana gemela, salvo cuando me tocaba pagar el pato. Me alegro de que la hayas conocido antes de que se marche de viaje.

—Yo también. —Sin embargo, Alex seguía un poco alterado cuando volvieron al trabajo. Valentina era una fuera de serie. Alex no dudaba de cuál de las hermana se había enamorado, y no se trataba de la supermodelo del abrigo de pieles.

Después de enviar a Claire otro ramo impresionante, George empezó a llamarla. Era muy correcto. La llamó varias veces solo para saludarla y saber cómo estaba antes de pedirle que salieran juntos. Al final, tras una semana de llamadas y flores, la invitó a cenar, y ella se excusó con la mayor educación diciendo que tenía trabajo. Aquel hombre le estaba tan encima que la intimidaba. Era un verdadero suplicio cuando tenía algo entre ceja y ceja. No sabía disimular sus intenciones, y no estaba dispuesto a aceptar una negativa por respuesta, así que volvió a intentarlo.

—¿De qué tienes miedo, Claire? —le preguntó una noche

por teléfono—. No voy a hacerte daño. Solo quiero salir a cenar contigo y conocerte.

Sin embargo, los dos sabían que aquello no era cierto. Sí que podía hacerle daño, si ella se enamoraba o él la decepcionaba. Claire no quería correr ese riesgo. Y tampoco quería que nada interfiriera en su trabajo. Si se enamoraba de él, podría ver mermada su energía, o alterar sus prioridades y poner en peligro su profesión, que era justo lo que le había ocurrido a su madre por dejar que un hombre le arrebatara una carrera prometedora. Claire no permitiría que le ocurriera algo así, lo había decidido de muy jovencita. Y George era todo un seductor. Le resultaba fácil imaginarse bebiendo los vientos por él, con tantas atenciones y tan espléndidos regalos.

—Estoy demasiado ocupada para salir —dijo con un hilo de voz—. Tengo que diseñar la colección de primavera.

—También tendrás que comer —le recordó en tono medio burlón—, para recuperar las fuerzas. Te prometo que no volveremos tarde. Solo quiero disfrutar de una velada a tu lado. Algo me dice que podría ser importante para los dos.

Era de lo más convincente, y su encanto no tenía límites. Al día siguiente, tras mantener una conversación con Claire en la que no paró de hacerla reír con sus gracias, ella se rindió y aceptó cenar con el la noche siguiente. En cuanto colgó, se enfadó consigo misma y la invadió el pánico. Aquel hombre tenía todas las de ganar. Era un experto y siempre lograba salirse con la suya.

Optó por ponerse un sencillo vestido negro y unos preciosos zapatos de tacón. Se recogió la melena rubia y se puso unos diminutos pendientes de diamante que se había comprado ella. Su aspecto sobrio y elegante llamó la atención de George cuando pasó a recogerla.

—¡Uau! —fue cuanto logró decir al verla, lo cual costaba de creer puesto que durante veinte años había salido con actrices y modelos célebres, así que era todo un profesional.

Sin embargo, Claire se había arreglado con un estilo impecable, y su belleza natural resplandecía como la luz de un faro en mitad del restaurante.

George había pasado a recogerla con el Ferrari negro que utilizaba a diario para ir a trabajar y la había llevado a su restaurante favorito de la zona residencial, La Grenouille, donde la cena fue fabulosa. George le hizo un millón de preguntas. Quería saberlo todo sobre ella, y le impactó el empeño que ponía en su carrera. Claire no le habló de su madre, ni de por qué consideraba que una relación seria representaba una amenaza para sus objetivos. Después de la segunda copa de champán, ella le preguntó por qué no se había casado, y él permaneció pensativo un momento.

—Para ser sincero, creo que he estado esperando a la mujer perfecta. Mi padre abandonó a mi madre cuando yo era muy pequeño, y cuando tenía cinco años ella murió. Creo que la recuerdo como la mujer ideal, y he estado buscando algo similar toda mi vida sin encontrarla.

—Qué triste para ti —dijo Claire refiriéndose a la pérdida de su madre con cinco años—. ¿Quién te educó?

—Mi abuela. Era una mujer estupenda. Se quedó viuda de joven, y murió el verano que terminé la secundaria. Después tuve que apañarme solo. Aprendí a ser independiente, y tal vez me volví un poco temeroso; me daba miedo implicarme demasiado en una relación si no era con la persona adecuada. Nunca he conocido a esa persona. —Entonces, con una voz tan suave que ella apenas pudo oírlo, añadió—: Tal vez hasta ahora. —Y la miró fijamente a los ojos con expresión seria—. Algo me ocurrió la noche en que te conocí, Claire. No supe qué era, pero tuve la sensación de que el mundo se había vuelto del revés. Nunca había conocido a nadie como tú. Brillas con luz propia. No sé si estamos hechos el uno para el otro, ni qué nos sucederá, pero sé que jamás he estado tan cerca de la perfección. Mi corazón se detuvo cuando te vi.

En silencio, le tomó la mano por debajo de la mesa.

A Claire casi se le paralizó el corazón. Estaba aterrorizada. ¿Qué quería decir? ¿Qué pasaría si ella era la persona adecuada y se enamoraban? ¿A qué tendría que renunciar? Ahogó un grito cuando le cogió la mano. Era imposible hacer caso omiso de su vehemente declaración. George había perdido todo cuanto amaba, se había quedado sin familia a los dieciocho años, acababa de admitir que jamás había entregado en serio su corazón y ahora se lo estaba ofreciendo a ella tímidamente. Claire no sabía qué hacer. Su instinto le aconsejaba salir corriendo. Sin embargo, él era tan dulce y tan amable con ella que tan solo deseaba derretirse entre sus brazos.

A continuación George le contó historias divertidas y la hizo reír, como si no hubiera pronunciado jamás aquella confesión. Consiguió que Claire se sintiera a gusto como nunca. Fue una noche maravillosa, y la cena, exquisita. Más tarde, la acompañó a Hell's Kitchen con el Ferrari. Ella se sentía especial por el mero hecho de estar con él. De él todo le atraía, y la sensación era intensa. George no volvió a hablar sobre sus sentimientos, pero le dio un tierno beso en los labios y se dispuso a acompañarla hasta la puerta. No la tocó, no quería presionarla. Una vez en la puerta del apartamento volvió a besarla, pero un beso suyo era como hacer el amor. George bajó la escalera a toda prisa mientras ella entraba en el loft sintiéndose como en una nube.

Era poco más de medianoche y sus compañeras se habían acostado. Se sentó un rato ante la mesa de dibujo intentando concentrarse en los bocetos que había dejado a medias, pero todo cuanto veía era su cara. Quería decirle que se marchara lejos, que no la tentara, que no la metiera en su vida, pero deseaba estar con él. Apagó la luz y se fue a la cama con el pensamiento puesto en George y en su forma de besarla.

Se quedó tumbada en la cama, adormilada. No podía quitarse de la cabeza a aquel hombre, que encarnaba a la vez sus mayores esperanzas y su más temida pesadilla.

Al día siguiente, de camino al trabajo, seguía pensando en él. Compró el *New York Post* en la estación de tren y allí estaba, en la sección «Page Six»:

> ¿Quién es la rubia despampanante que cenó anoche con George Lewis en La Grenouille? George parecía estar en el séptimo cielo, y algo nos dice que volveremos a ver a esa mujer muy pronto. No se lo pierdan.

A Claire le dio un vuelco el corazón al leer la noticia, y se sintió fatal por no habérselo contado a Morgan. No había hecho nunca una cosa así, eran amigas íntimas.

La llamó al despacho en cuanto llegó al trabajo y se lo confesó todo de inmediato.

—Anoche salí a cenar con George —le espetó.

—¿Con George Lewis? —Morgan se quedó alucinada, a juzgar por su voz. Recordó que se habían conocido una noche, cuando cenó con Claire en el restaurante de Max. Al día siguiente George le había hecho unas cuantas preguntas, pero ninguno de los dos había vuelto a mencionar nada más y se había olvidado del tema.

—No ha parado de llamarme por teléfono desde aquel día que nos vio juntas. Primero rechacé su invitación, pero al final me convenció. Fuimos a La Grenouille.

Mientras la escuchaba, Morgan pensó que las calabazas de Claire solo habían servido para que él se empeñara más en convencerla. Hubo un largo silencio al otro lado del hilo telefónico.

—Ten cuidado, Claire. Se las sabe todas. A lo mejor contigo es distinto, pero ha roto muchos corazones a lo largo de los años. En cuanto una mujer se encariña con él, sale corriendo. Creo que eso tiene algo que ver con que perdió a su madre cuando era pequeño. Me lo contó una de sus novias, a quien conocí en una fiesta poco después de que rompieran.

Claire recordó lo que George le había contado la noche anterior. Aun así, tenía que reconocer que sentía algo especial por él, aunque no sabía si era tan fuerte como lo que él sentía por ella. En cualquier caso, a ella también le había ocurrido algo cuando se conocieron. Tal vez él tuviera razón. Sin embargo, no quería compartir eso con su amiga. De pronto, sintió la necesidad de protegerlo y quiso ser discreta.

—No te preocupes, yo tengo más miedo que él. No quiero que ningún hombre interfiera en mi carrera. Eso es para mí lo más importante. —Morgan comprendió a qué se refería. Sentía lo mismo. Aunque estaba enamorada de Max, si él hubiera supuesto el menor riesgo para su carrera o hubiera insistido en que se casaran, habría puesto fin a la relación de inmediato—. No me romperá el corazón.

—Bien. Pero tampoco quiero que se lo rompas tú a él, ¿eh? Es una buena persona.

—Todo irá bien —la tranquilizó Claire expresando mayor confianza de la que sentía.

Quería que al menos Morgan supiera que estaba saliendo con él. Lo que ocurriera después era cosa suya. De momento, no había nada más, pero aún recordaba su beso apasionado y cómo la había hecho sentirse. George tenía poderes mágicos, y era un hombre atractivo y con experiencia.

Un poco más tarde la llamó para decirle lo bien que lo había pasado durante la cena. Le propuso quedar el sábado, para tomar un poco el aire. Claire supuso que su idea era dar una vuelta en coche por Connecticut.

—Puedo dejarte en casa a la hora de cenar, si tienes trabajo que hacer el fin de semana.

Claire agradecía que le hubiera prestado atención cuando le habló de su trabajo; era tan adorable que no pudo rechazar su invitación. George le dijo que la recogería a las nueve de la mañana del sábado y le aconsejó que se pusiera ropa cómoda e informal.

La semana pasó volando. Claire no podía dejar de pensar en George. Él la llamó varias veces a primera hora de la mañana, nada más despertarse, o a última de la tarde. Le enviaba mensajes de texto divertidos durante el día para hacerla reír. Y le confesó que no lograba quitársela de la cabeza. A Morgan no le habló del tema, y ella tampoco comentó nada. Se trataba a todas luces de un asunto privado, y jamás compartía ese tipo de información con ella. Nunca le decía con quién salía, siempre era discreto.

El sábado llegó puntual a casa de Claire. Ella se había puesto un abrigo de piel de borrego de tono natural, unas buenas botas , vaqueros y un jersey grueso. La melena rubia le cubría la espalda, como a una jovencita. Se sorprendió al darse cuenta de que iban camino de New Jersey y no de Connecticut, como había imaginado, aunque también allí había pueblos preciosos y seguramente buenos restaurantes. Sin embargo, al cabo de media hora se hallaban en el aeropuerto de Teterboro. George conducía el Ferrari hacia su avión, que era enorme. Claire miró el aparato y luego a él. Por un instante volvió a sentir miedo. ¿Adónde querría llevarla?

—He pensado que podíamos pasar el día en Vermont. —Se inclinó para besarla—. Hay paseos muy bonitos, y posadas agradables donde podemos comer. Estaremos de vuelta por la tarde.

Claire, atónita, subió por la escalerilla del avión. Una azafata y un oficial aguardaban al final para darles la bienvenida. El comandante y el copiloto tenían autorización para despegar, y anunciaron que emprenderían el vuelo en unos minutos. Claire y George tomaron asiento en unas enormes butacas muy cómodas. Efectivamente, poco después despegaron, y la azafata les sirvió el desayuno.

—¿Estás bien? —le preguntó George con amabilidad acercándose para besarla.

El desayuno estaba delicioso. Claire tomó huevos revueltos, magdalenas de arándanos y un capuchino. Él eligió gofres con beicon y café solo. Charlaron durante el breve trayecto hasta Nueva Inglaterra. Al cabo de una hora y media de vuelo, aterrizaban en Vermont, en una pista cercana a una aldea diminuta. George le explicó que en invierno iba a esquiar por allí y que el año anterior había descubierto aquel pueblo. Las hojas eran de tonos rojos, naranjas y amarillos, y el piloto había alquilado un coche que ya les estaba esperando cuando aterrizaron, de modo que podrían recorrer la zona a solas. George detuvo el coche nada más salir del aeropuerto y le dio un beso apasionado al que ella correspondió, al tiempo que notaba su mano en la parte interior del muslo. Todo cuanto deseaba en aquel momento era que siguiera. Y notó que la pasión de George iba en aumento.

—Me vuelves loco —dijo él con la voz ronca de emoción.

Claire sonrió.

—Tú a mí también —susurró.

George arrancó el coche entre bromas para evitar dejarse llevar, y los dos se echaron a reír.

—Haces que me sienta como cuando era niño; y fui un niño muy muy travieso. Lo siento, Claire.

Pero a Claire le encantaba estar con él.

Aparcó a la entrada de un bosque donde había un pequeño lago con cisnes. Salieron del vehículo y pasearon un rato. La temperatura era fresca: el otoño había llegado ya a Nueva Inglaterra, aunque no hacía tanto frío como en Nueva York.

Comieron en una pequeña posada que él conocía. Al acabar les entró sueño, y George miró el reloj.

—Creo que deberíamos volver si quieres estar en Nueva York esta noche. —Le dirigió una mirada pícara, de niño malo—. O... podemos quedarnos aquí. No tenemos por qué volver hoy. No lo había planeado, pero ahora que estamos aquí, no me apetece nada marcharme. Decide lo que quieras, Claire; tú mandas. Lo que digas me parecerá bien.

Solo era su segunda cita, y prefería ser sensata. No era una cualquiera, y tampoco quería dar esa imagen. Sin embargo, la posada donde habían comido era un lugar mágico, y Claire ahora deseaba estar con él y no regresar jamás. Estuvo dudando un buen rato, sin dejar de mirarlo.

—Nos quedamos —susurró mientras él la tomaba de la mano.

George cerró los ojos un instante, como si aquellas palabras fueran demasiado dulces al oído, y entonces volvió a abrirlos y la miró.

—Te amo, Claire. Sé que te parecerá una locura que te lo diga tan pronto, pero creo que estamos hechos el uno para el otro.

Ella empezaba a sentir lo mismo. Ya no tenía miedo, ni reparos. Deseaba estar con él. George se dirigió a la recepción, reservó una habitación y llamó a la tripulación para decirles que se quedaban a pasar la noche allí. Luego, riendo como dos criaturas, fueron a la farmacia del pueblo para comprar cepillos de dientes y demás; a ninguno de los dos se le había pasado por la cabeza quedarse a dormir en Vermont. No se trataba de una estrategia para seducirla, porque George había dejado que decidiera ella, de modo que Claire se sentía cómoda y en absoluto forzada. Regresaron corriendo a la posada y se instalaron en la habitación. Era una monada, con chimenea y cortina de flores, y una gran cama antigua con dosel cubierta por un edredón de plumas.

George y Claire tenían prisa por quitarse la ropa; sus cuerpos se enredaban y sus manos buscaban al otro con desesperación. Se dejaron caer sobre la cómoda cama besándose ardientemente y empezaron a hacer el amor. Claire jamás había gozado del sexo de un modo tan apasionado, fruto del deseo, la necesidad y el voraz apetito que sentían el uno por el otro.

—He estado buscándote toda mi vida —le dijo George mientras la besaba, y al cabo de unos momentos volvía a estar excitado.

Aquella noche hicieron el amor una y otra vez, y cuando él se quedó dormido, ella lo abrazó contra su pecho. George se sumió en un sueño profundo, el sueño de un hombre saciado y feliz.

Un poco antes, Claire le había enviado un mensaje a Morgan para decirle tan solo que esa noche no volvería a casa, que estaba en Vermont pasando el fin de semana y que todo iba bien.

Al día siguiente les costó horrores marcharse de la posada. Habían hecho el amor otra vez y permanccieron de pie junto a la cama con la sensación de que aquella habitación se había convertido en su hogar. Allí había nacido su amor y había empezado su vida conjunta, y ambos sabían que no lo olvidarían jamás.

Regresaron a Nueva York a última hora de la tarde. Antes de aterrizar en Teterboro, George miró a Claire y la besó.

—Gracias por entrar a formar parte de mi vida.

—Te quiero —fue la respuesta de Claire. Había quedado más que demostrado la noche anterior.

—Esto no es más que el principio —añadió George mientras sobrevolaban las luces de la ciudad.

Estaba todo precioso. Claire tenía la sensación de estar viéndolo con otros ojos. Minutos después, permanecían cogidos de la mano cuando el avión efectuó un suave aterrizaje. Lo quisiera o no, Claire sabía que para ella había empezado una nueva vida.

8

Alex y Sasha intentaban estar juntos siempre que su horario laboral lo permitía, lo que no ocurría con tanta frecuencia como les habría gustado. Comían en la cafetería, se quedaban para tomar algo a medianoche cuando coincidían en el turno y salían a cenar en sus días libres. Por el momento todo marchaba de maravilla; incluso fueron al cine, y ambos disfrutaron y se felicitaron mutuamente por no haberse quedado dormidos durante la película. Si salir a cenar contaba como una cita, convinieron en que ya llevaban cinco o seis, y la cosa iba bien.

No querían precipitarse, no tenían prisa y preferían saberlo todo el uno del otro para tener claro con quién se estaban enredando.

Cuando Valentina regresó de Dubái, le preguntó a su hermana quién era Alex. A regañadientes, Sasha le dijo que estaba saliendo con él.

—O sea que quedáis para joder, ¿no? —le espetó Valentina sin ningún miramiento. Sasha refunfuñó.

—¿No se te ocurre ninguna otra palabra? No me importa utilizarla cuando me doy un golpe en el pie, o si algo sale mal en el trabajo, como por ejemplo cuando me cambian el día libre, pero la odio como sinónimo de hacer el amor.

—No seas mojigata —repuso Valentina. Ella siempre utilizaba esa palabra, y Sasha pensó que en su caso seguramente era la más acertada.

—La respuesta a tu pregunta es no. No lo hacemos. No queremos ir demasiado deprisa.

—¿Es gay? —preguntó Valentina, atónita y decepcionada.

—Claro que no. Solo queremos conocernos bien antes.

—¿Cuánto hace que salís juntos?

—No lo sé, unas cuantas semanas. Depende de cómo se mire.

—Estáis locos.

—Ni él ni yo queremos cometer errores. —Sasha parecía convencida de lo que decía, aunque a su hermana, que siempre se lanzaba al vacío, sobre todo en cuestiones amorosas, le sonaba rarísimo.

—¿Y qué pasa si os equivocáis? ¿Os decís adiós y a otra cosa mariposa? No tienes por qué esperar a encontrar a la persona ideal.

—A lo mejor yo sí. Y él también —repuso Sasha. Sentía respeto hacia Alex por sus principios, parecidos a los suyos.

—¡Por Dios! —exclamó Valentina poniendo los ojos en blanco—. ¿Cuándo fue la última vez que te acostaste con un tío?

—No es asunto tuyo —saltó Sasha. Su hermana tenía razón, había pasado demasiado tiempo como para reconocerlo. Pero había conocido a Alex, así que había esperanzas de ponerle remedio, a su debido tiempo—. Bueno, ¿y cuándo conoceré a Jean-Pierre? —dijo cambiando de tema. Estaban en el apartamento de la modelo, en Tribeca, ya que Sasha tenía el día libre.

—Dentro de diez minutos —respondió Valentina con una sonrisa—. Me ha dicho que vendría, y también quiere conocerte. Esta noche se va a París. Yo me reuniré con él la semana que viene porque tengo una sesión de fotos con *Vogue* en Francia. —Y le comentó que la de Tokio había ido bien.

Al cabo de un rato sonó el timbre. Valentina fue a abrir y Jean-Pierre entró en el salón como si fuera el dueño y señor. Era un hombre alto, corpulento y de apariencia fuerte, con el pelo cano y unos ojos negros muy penetrantes. Si Sasha se lo hubiera encontrado en la calle, habría dicho que tenía cara de matón, pero como se deshizo en sonrisas y le dio un abrazo y dos besos, le pareció más bien un oso de peluche, eso sí, capaz de comerse a sus crías, porque a pesar de su amplia sonrisa, a sus ojos asomaba una mirada feroz.

—Tenía muchas ganas de conocerte —soltó efusivo, y daba la impresión de que era cierto—. La guapa doctora que trae bebés al mundo. Tus padres deben de estar muy orgullosos.

—No creas —respondió Sasha sonriéndole—. Mi madre quería que fuera abogada. Cree que mi trabajo es bastante desagradable. Y mi padre de quien está orgulloso es de Valentina. Su mujer también fue modelo.

Jean-Pierre quitó importancia a lo que decía, como si estuviera bromeando, aunque era verdad, y rodeó a Valentina con el brazo para besarla. La modelo llevaba una falda de piel negra que apenas le cubría la entrepierna y unas botas de ante también negras de tacón alto que le llegaban hasta el muslo. Sasha pensó que con aquel look parecía una sadomasoquista, pero a Jean-Pierre se le veía encantado cuando deslizó una mano por debajo de su falda. Sasha estaba acostumbrada a que los hombres se comportaran así con su hermana, todos lo hacían, y a Valentina le gustaba. Si Alex hubiera hecho una cosa así en público, le habría propinado un bofetón. Y sonrió para sí al pensar en que tampoco lo había hecho todavía en privado, lo cual le parecía bien.

—Estoy muy enamorado de tu hermana —le dijo Jean-Pierre con la mirada llena de emoción—. Es una mujer maravillosa y me hace muy feliz. —Sasha intentó no pensar en lo que debía de significar aquello—. No me sentía así desde que era joven. —Para Sasha, eso quería decir que tomaba Viagra, pero tampoco quería pensar en eso.

Aquel hombre parecía un poco más respetable que los habituales compañeros de Valentina. Llevaba un traje formal y una corbata oscura de Hermès, y era un poquitín más joven que su novio anterior. Sin embargo, seguía percibiendo en él un fondo agresivo que la asustaba, y por instinto supo que era peligroso contrariarlo. Además, Valentina no tenía ni idea de a qué se dedicaba.

—¿Tienes negocios en Estados Unidos? —le preguntó Sasha al fin, tratando de sonsacarle, pero era demasiado listo.

—Tengo negocios en todas partes. El mundo se ha vuelto muy pequeño. Tu hermana y yo estuvimos en Dubái la semana pasada, y dentro de dos semanas iremos a Marrakech a disfrutar de unas breves vacaciones.

—Qué bien —contestó Sasha fingiendo que hablaba en serio

Sin embargo, había algo en los ojos de aquel hombre que la asustaba de veras. Daba la impresión de tener visión de rayos X. No le merecía mayor confianza de la que él parecía depositar en los demás. No había hecho ni dicho nada malo, pero percibía algo en él que no acababa de gustarle.

Charlaron un rato, sentados en el sofá del apartamento de Valentina, hasta que por fin Sasha se puso en pie y dijo que tenía que marcharse. Iba a encontrarse con Alex en el loft. Sus compañeras de piso habían salido, así que tras advertirle que tal vez lo lamentaría, le había prometido que prepararía ella la cena. Él estaba dispuesto a probar, según dijo, ante lo que ella respondió que tenía muchas agallas.

Jean-Pierre la abrazó y volvió a darle dos besos. Valentina le sonrió de oreja a oreja como si quisiera convencerse de que su novio le había caído de maravilla a su hermana, lo cual no era cierto. Aún no sabía qué pieza no encajaba, cuál era la pega, pero estaba segura de que había algo oscuro. Con un poco de suerte, Valentina no llegaría a descubrirlo, y él desaparecería de su vida sin causar problemas. Fuera lo que fuese a lo que se dedicaba, no cabía duda de que se le daba bien; y si era ilegal, tal vez no lo pillaran.

Sasha cogió el metro en dirección a Hell's Kitchen. Alex llegó al apartamento pocos minutos después, con la compra necesaria para la cena que habían acordado. La besó, la miró con atención y le preguntó si todo iba bien. Se la veía distraída.

—Sí, sí. Es que he conocido al novio de Valentina, y no sabría decirte por qué, pero hay algo en él que no me gusta. Siempre me pasa lo mismo con ella, y luego descubrimos que el tipo se dedica a repartir heroína a los niños. Este es un poco más decente, o lo disimula mejor, pero tiene la mirada más perversa que he visto nunca. La buena noticia es que no durarán mucho juntos, como siempre. Valentina está loca por él, pero eso no significa nada.

—No comprendo como dos hermanas gemelas pueden ser tan distintas —dijo sacando la comida de la bolsa.

Sasha lo tomó como un cumplido.

—Ya sé que parece raro —convino—. Está como una cabra, y no podría tener peor gusto con los hombres, pero la quiero.

Alex lo comprendió. Por su parte, procuraba no faltarle al respeto y cuidaba sus comentarios.

Empezaron a cocinar juntos, y disfrutaron de la noche porque sabían que los demás tardarían en volver y disponían del apartamento para ellos solos.

Claire, de momento, solo se lo había contado a Morgan, pero la relación con George iba viento en popa. Pensaban viajar a Palm Beach en su avión el fin de semana siguiente. De repente, tenían un millón de planes a cuál más divertido. George quería llevarla a la Super Bowl, a la que él asistía todos los años, a la World Series, a esquiar en Courchevel y Megève, a Aspen, a Sun Valley, al Caribe, y en verano al sur de Francia. Le había prometido que harían mil cosas juntos, y el resto del tiempo quería pasarlo en la cama con ella. Claire intentaba no distraerse pensando en él, pero no lo conseguía. Cada vez que se sentaba frente a la mesa de dibujo, tanto en casa como en el despacho, su mente empezaba a vagar y lo veía desnudo ante sus ojos. Incluso había hecho un dibujo de él, que guardaba oculto en un cajón en la oficina. Él le repetía sin cesar que estaba convencido, que era el amor de su vida. Y Claire, a pesar de que todavía no se atrevía a creérselo, sabía que era cierto. George era el amor de su vida, solo que no esperaba que apareciera tan pronto. A veces se preguntaba si a su madre le habría ocurrido algo parecido cuando se enamoró perdidamente de su padre y decidió marcharse con él a San Francisco. Sin embargo, también sabía que su historia era distinta. George era toda una leyenda en Wall Street y un hombre de negocios brillante. Se decía que gozaba del poder del rey Midas. Él jamás le pediría que renunciara a su propia carrera.

Claire empezaba a plantearse cuestiones que jamás se había planteado antes, como casarse y tener hijos. George estaba abriendo nuevos horizontes y puertas de su corazón que hasta ese momento estaban cerradas bajo siete llaves. Era demasiado pronto para pensar en esas cosas, o para introducir cambios en su vida, pero se estaba enamorando locamente de él.

El fin de semana siguiente, cuando la llevó a Florida, durmieron una noche en Miami y otra en Palm Beach, y lo pasaron aún mejor que en Vermont. Se conocían mejor, y cada día descubrían algo nuevo. A George no le gustaba recordar su infancia, pero Claire por fin le habló de su padre depresivo y de cómo su madre había abandonado su carrera por él. Aquello explicaba su necesidad de ser independiente y de dedicarse a su profesión. Nunca había querido depender de ningún hombre, ni siquiera de él. Y George lo comprendió.

En Miami George alquiló un yate para todo el día y practicaron esquí acuático, y luego comieron en los mejores restaurantes. Claire se sentía como una princesa de cuento de hadas que vivía en un sueño junto a él.

—¿Qué le ocurre a Claire? —le preguntó Sasha a Morgan el sábado por la mañana mientras preparaban café en la cocina. Abby aún dormía. Últimamente pasaba un montón de horas frente al ordenador trabajando en la nueva obra de teatro, y se acostaba tarde, de modo que eran las únicas sentadas a la mesa—. Sale mucho, y pasa el fin de semana fuera —comentó Sasha.

Morgan guardó silencio unos instantes sin saber qué contestar. No conocía los detalles, pero estaba al corriente de que Claire pasaría el fin de semana con George.

—Está saliendo con una persona —se limitó a responder.

—Uau, pues no me ha contado nada. ¿Sabes quién es? —le preguntó Sasha.

Morgan asintió intentando no darle importancia.

—George.

Sasha tardó en procesar la información.

—¿Tu jefe? —preguntó abriendo los ojos como platos. Morgan asintió—. ¿Y cómo ha sido?

—Estábamos cenando juntas en el restaurante de Max. George también estaba allí y se acercó a nuestra mesa. Los presenté, y como ellos dicen, el resto vino rodado. Desde entonces están coladitos el uno por el otro.

No llevaban mucho tiempo saliendo, pero era una relación muy intensa. De hecho, Claire parecía caminar a dos palmos del suelo cada vez que Morgan la veía. Esperaba que duraran, pero tenía sus dudas. George era una persona difícil de interpretar, y más aún de predecir.

—¿Crees que él va en serio? —quiso saber Sasha, preocupada.

—No lo sé. Es posible. Un día de estos una mujer lo pescará bien pescado, y esa podría ser Claire. Ha tenido un sinfín de relaciones cortas, pero por lo poco que sé y lo que noto en Claire, diría que nunca se ha comportado con tanta formalidad como ahora.

—Uau —volvió a exclamar Sasha—. ¿Dónde están este fin de semana?

—En Florida, creo. Han ido en el avión de George.

—Es genial para Claire. Ojalá le salga bien.

Morgan sonrió ante el comentario de su amiga. Ella también lo esperaba.

—¿Y tú qué? —preguntó a Sasha mientras se tomaban el café sentadas a la mesa—. ¿Qué tal te va con el joven doctor?

—Estupendo. Lento pero seguro. Ninguno de los dos quiere precipitarse y echarlo todo a perder.

—Suena bien.

—A nosotros nos funciona.

Sasha permaneció en la cocina cuando Morgan fue a vestirse. Quería ayudar a Max con las reservas en el restaurante. A esas alturas las cuatro amigas tenían pareja, aunque cada una estaba en un momento distinto de la relación. Tres habían conocido a hombres buenos e interesantes que valían la pena. La única manzana podrida era Ivan; y Sasha esperaba, por el bien de Abby, que pronto desapareciera de su vida.

9

En octubre, Morgan estaba recogiendo información para una presentación y solicitó ciertos informes al departamento de contabilidad. Al cabo de unos minutos se dio cuenta de que le habían enviado unos documentos equivocados y telefoneó para pedir que le mandaran los correctos. Mientras esperaba a que se los recogieran, algo captó su atención. En el balance constaba una transferencia de cien mil dólares y un reintegro de veinte mil que no le convencían. El dinero no pertenecía a aquella cuenta. Una semana más tarde, habían efectuado un depósito inexplicable de los veinte mil, y habían vuelto a transferir los cien mil a la cuenta correcta. No tenía sentido. Se preguntó si en contabilidad habrían cometido algún error que luego habían subsanado. Al final las cifras estaban bien, aunque se habían dado movimientos que ella no lograba explicarse. Pensó en comentárselo a George, pero como el dinero volvía a estar en su sitio, no le dio mayor importancia. Con todo, le parecía extraño. En aquel despacho entraban y salían grandes sumas de dinero por cuenta de los clientes, y Morgan sabía que George poseía un cerebro privilegiado para los números y un radar muy sensible, además de tener siempre el ojo puesto en los libros de cuentas. Era una labor crucial en una empresa como la suya, así que tal vez estuviera al corriente y hubiera pedido que subsanaran el error. No era preocupante, puesto que no faltaban fondos, pero Morgan no lograba explicárselo. Para curarse en salud, por si más tarde salía el tema, escaneó el informe antes de que pasaran a recogerlo y guardó las páginas en un cajón de su escritorio, bajo llave. Luego siguió trabajando en la investigación que debía desarrollar el día siguiente.

Tras la presentación se olvidó por completo del error de contabilidad. Tenían unos cuantos clientes nuevos, y le quedaba mucho trabajo por hacer.

Desde que salía con Claire, George estaba de buen humor, y aunque no había comentado nada con Morgan, se le veía enamorado. Nunca lo había visto tan feliz y relajado, y Claire parecía un campo de flores en plena primavera. Incluso había dejado de quejarse de su jefe.

También Sasha era feliz. Estaba ocupada, contenta y en paz, y Alex y ella lo pasaban bien juntos. Se reían mucho siempre que él iba al apartamento, y cenaban en el restaurante de Max por lo menos una vez a la semana. Los domingos Alex y Max cocinaban mano a mano en el loft. Max seguía siendo el chef y Alex su ayudante, ansioso por aprender nuevos trucos. El compañero de Sasha encajaba a la perfección en aquella familia hecha a medida, y todos esperaban que se quedara para siempre. Claro que era demasiado pronto para poner la mano en el fuego.

La única que a todas luces se sentía infeliz y tenía pinta de deprimida total era Abby. Ivan la estaba torturando. Cada vez le ponía más excusas para justificar su ausencia, o bien no había forma de contactar con él. Estaba enfermo, tenía migraña, se había deslomado trasladando decorados, tenía que reunirse con posibles patrocinadores o con el contable, estaba leyendo obras nuevas, estaba agotado de tanto leer obras nuevas, se había quedado sin batería, había perdido el móvil —cosa que le ocurría una o dos veces por semana— o no había cobertura dondequiera que se encontrara. Era peor que intentar recoger una bola de mercurio del suelo. Abby andaba detrás de él a todas horas, y cuando aparecía, se tragaba sus pretextos. Daphne, por su parte, rondaba cada vez más a menudo por allí, e Ivan afirmaba que estaba intentando formarla en la profesión. Al parecer, el padre de la chica esquivaba a Ivan; viajaba continuamente por trabajo, por lo que aún no se conocían. El caso es que su cuenta corriente estaba casi vacía. Y su situación económica era pésima.

En el teatro, mientras Abby seguía pintando decorados y limpiando, Daphne siempre estaba en medio, pero Ivan no quería que la ayudara. Le contó a Abby que la chica tenía asma, así que podría afectar a su salud y su padre se cabrearía. De ese modo, Abby continuaba esclavizada, haciendo de todo para Ivan, mientras Daphne era la nueva princesita. Abby intentaba tener paciencia, pero se ponía de los nervios. Ivan siempre estaba demasiado enfermo, cansado u ocupado para acompañarla al apartamento, o bien llevaba días sin dormir y no quería que Abby pasara la noche en su casa. La situación se había vuelto ridícula, incluso ella lo notaba. Sin embargo, Ivan no confesaba qué se traía entre manos. Abby estaba cansada de sus excusas, y empezaba a verlo tal como era: un mentiroso.

Cuando una tarde Abby le preguntó a Daphne por cortesía cómo estaba su padre y por dónde andaba esos días, la chica la miró sin comprender nada, y con una expresión nostálgica le explicó que había muerto dos años atrás. Se había descubierto el pastel. Abby no le dijo nada, pero esa noche se quedó esperando hasta que Ivan llegó al teatro. Estuvo reunido con Daphne en su despacho durante casi una hora, y cuando la chica salió de allí, roja y sudorosa, aprovechó para entrar con disimulo. No pensaba permitir que le diera largas nunca más. La cosa había durado demasiado, y había estado jugando con ella como si fuera una imbécil.

Ivan se estaba ajustando el cinturón cuando Abby entró. No hacía falta ser un genio para imaginarse lo que habían estado haciendo. Intentó no pensar en ello cuando se encaró con él. Las lágrimas se le atragantaban.

—¿Dónde has estado esta tarde? —Y entonces le tendió la trampa—: ¿Has visto al padre de Daphne? ¿Habéis hablado del dinero?

—Sí, eso es. —Ivan mantenía una expresión seria y digna. La miró a los ojos—. Quiere pensarlo un poco más.

—Debe de haber sido una reunión muy difícil —dijo compadeciéndolo—. Le temblaban las manos, pero él no podía verlo.

—¿Por qué lo dices? Es un hombre muy agradable, y agradece lo que estamos haciendo por su hija.

Abby asintió, y tras dejar hablar a Ivan, volvió a la carga.

—¿Has estado en una sesión de espiritismo?

—Claro que no. ¿Por qué me preguntas eso?

—Porque ese hombre murió hace dos años. Tendrías que haberle preguntado a Daphne por su padre antes de inventarte esa mentira. Me pareces un poco tonto, la verdad. Bueno, más que tonto, me pareces un cabrón, porque eso es lo que eres. Te acuestas con ella, lo sé.

Él la interrumpió. Estaba pálido.

—¿También te lo ha dicho Daphne? —Estaba muerto de miedo.

—No, has sido tú. Me lo imaginé la primera vez que pisó el teatro y te vi contarle las mismas mentiras que me contaste a mí hace tres años, cuando me dijiste que estrenarías mi obra. Tampoco estrenarás la suya. ¿Por qué te molestas en tenerme por aquí si ya la tienes a ella? ¿Para que friegue el suelo y pinte los decorados? ¿Por qué me mientes sobre dónde estás y con quién, sobre las migrañas, la espalda, el móvil y todo lo demás? ¿Sabes qué? Que me da igual con quién folles o a quién engañes. He estado ciega, sorda y obcecada durante tres años porque te amaba y te creía, pero ya no te amo ni te creo, y algún día ella tampoco lo hará, y entonces tendrás que buscarte otra rubita que te chupe la polla en el despacho y quiera follar contigo. Das pena. Es cierto lo que dicen de ti: eres un gilipollas arrogante y patético. Lo nuestro se ha acabado. Coge a Daphne, su obra, tus mentiras y tus putadas y métetelo ya sabes por dónde. Espero que ella no sea tan tonta como yo. Y te deseo buena suerte con el préstamo que va a hacerte su difunto padre, ya que está tan agradecido. Vete a la mierda, Ivan Jones —dijo alto y claro. Acto seguido, abrió de golpe la puerta del despacho, salió y dio un portazo. No se había sentido tan bien en años.

Cuando se disponía a cruzar el escenario para abandonar el teatro, vio a Daphne de pie entre los bastidores.

—Adiós, Daphne —dijo al pasar por su lado con decisión.

—¿Te vas? —Daphne parecía sorprendida.

—Sí, me voy.

—¿Y quién limpiará el teatro esta noche antes de la función? —preguntó preocupada. Abby le sonrió.

—Mira, aquí no se viene tan solo a divertirse y chupar pollas, ¿sabes? También hay que trabajar. Que lo pases bien.

Ivan había salido de su despacho y se la quedó mirando sin dar crédito a lo que acababa de decir. Creía en serio que podía tenerlas a las dos mordiendo el anzuelo. Abby se dio cuenta de que debía de haber perdido el juicio para amar a aquel hombre y creer lo que decía.

—No puedes marcharte —suplicó Ivan con voz débil. Parecía herido de muerte.

—Claro que sí.

—Te convertirás en un producto comercial, como tus padres, y te pasarás la vida escribiendo paridas —exclamó en un tono amenazador.

—Es posible —contestó Abby con la mirada llena de rabia—. Pero por lo menos cuando tenga cuarenta y seis años no seré una mentirosa y una muerta de hambre que obliga a los demás a hacer el trabajo que le corresponde. Madura un poco, Ivan, búscate un trabajo. Estás sin blanca y te has quedado sin esclavos.

Al oír aquello, Daphne se puso nerviosa y miró a Ivan con recelo.

—Yo no pienso limpiar el teatro —le dijo mientras Abby cogía su bolso y se marchaba—. Me habías dicho que producirías mi obra. —Daphne estaba a punto de echarse a llorar. Abby dio un portazo al salir del teatro.

—Pues tendrás que hacerlo —respondió Ivan con dureza.

—Vete a la mierda —le soltó Daphne, y salió tras los pasos de Abby. Al dejar atrás aquel lugar, acababa de ahorrarse años de sufrimiento.

Abby iba camino del apartamento a buen paso, con la adrenalina palpitándole en las venas. Las lágrimas resbalaban por sus mejillas, pero ni lo notaba ni le habría importado. Cuando apareció Daphne, cayó en la cuenta de que Ivan jamás había estado a su lado; la había utilizado sin más. Claro que tampoco merecía la pena como compañero. Había sido una completa imbécil.

Subió a toda prisa la escalera del loft de la calle Treinta y nueve, y cuando entró, los encontró a todos en casa. Parecía una loca, con el pelo despeinado y la cara llena de churretes.

—¿Qué ha ocurrido? —le preguntó Sasha de inmediato, preocupada.

—Acabo de mandar a Ivan a la mierda —dijo un tanto estupefacta—. Al final me he dado cuenta de que me la estaba pegando con Daphne, y no he podido soportar más mentiras y excusas. Me ha engañado en todo. Se acabó.

En la sala se oyeron aplausos y todos la abrazaron. Abby sabía que esa noche estaría triste cuando pensara en ello y recordara los buenos tiempos, aunque hubieran sido una farsa, pero tenía veintinueve años y no podía permitir que los hombres la utilizaran nunca más. Tenía que empezar de cero; la próxima vez haría las cosas bien y trataría con gente de palabra.

Abby había estado escribiendo mucho últimamente, y había retomado su novela. Empezaba a darse cuenta de que el estilo experimental que había adoptado por complacer a Ivan implicaba reprimir su propia voz, y no pensaba permitir que le arruinara su carrera convirtiéndola en una marioneta al uso. Todo cuanto deseaba era volver al trabajo, seguir su propio camino y tratar de olvidarlo a él. Había perdido tres años de su vida en todos los sentidos, tanto personal como profesional.

—¿Cómo he podido ser tan imbécil? —dijo a sus tres mejores amigas cuando se sentó en el sofá y las miró—. Intentasteis advertírmelo, pero no os creí. Quería que lo que me decía fuera cierto.

—Es un tipo listo —fue la sensata respuesta de Morgan. No iba tan desencaminada al llamarlo Rasputín—. Finge ser crédulo e ingenuo y engaña a las mujeres que se enamoran de él. No es más que humo, como el mago de Oz.

—Y yo he sido la idiota de los zapatos rojos. ¿Qué voy a decirles a mis padres? He arrojado por la borda tres años de mi vida. —Poco a poco, todo quedaba claro, y a pesar de que lo que veía la horrorizaba, por lo menos no vivía engañada.

—Seguramente ellos ya lo sabían, y estaban esperando a que te dieras cuenta. Se alegrarán —dijo Claire con delicadeza. Abrazó a Abby y le dio un buen achuchón.

—Creo que Daphne también lo ha plantado. La he visto salir del teatro detrás de mí. Por desgracia, siempre habrá una Abby o una Daphne dispuesta a creerle y a convertirse en su esclava.

—Tarde o temprano se le acabará el chollo. De hecho, ahora está solo. A los cuarenta y seis años no será tan atractivo y convincente como a los cuarenta y tres, cuando tú lo conociste —apostilló Morgan.

Esa noche cenaron las cuatro juntas y siguieron hablando del tema. Para Abby, era como tener tres hermanas dispuestas a hacerle compañía cuando las necesitaba. Pensaba llamar a sus padres y contárselo todo a ellos también, pero todavía no era el momento. Bebieron unas cuantas copas de vino y se acostaron temprano. Abby no sabía muy bien qué hacer con su vida. Como siempre, volvería a casa por Acción de Gracias, al cabo de un mes, pero antes quería avanzar con la novela. Necesitaba recuperar su propia voz y quitarse a Ivan de la cabeza.

Una vez en la cama, lloró, pero aquella noche estaba algo bebida, cansada y avergonzada. A partir de entonces, las cosas solo podían salirle mejor.

Esperó unos días antes de llamar a su madre y explicarle lo ocurrido. Joan Williams no se enfadó, más bien se sintió aliviada.

—Sabíamos que no era la persona adecuada, pero tenías que darte cuenta por ti misma —le dijo con delicadeza.

—Ojalá lo hubiera calado antes. Tres años. Qué pérdida de tiempo —se lamentó Abby.

—Estoy segura de que has aprendido algo, y se reflejará en tu escritura —la animó su madre.

Tenía fe en su hija, en su talento y en su agudeza mental. Ivan no podía arrebatarle esas cualidades. Para sorpresa de Abby, su madre tenía razón. Aquella rabia que le hacía hervir la sangre por culpa de Ivan dotaba a su escritura de más fuerza, más claridad y más veracidad que nunca. La ira era su motor, y la calidad de su trabajo mejoró como no lo había hecho en años, refugiada en el apartamento, escribiendo un día tras otro mientras las demás iban a trabajar. No haraganeaba; se dedicaba a escribir. Debería haberlo hecho durante todo aquel tiempo, y trasladaba su furia al papel. Era su forma de ahuyentar a Ivan, de eliminarlo de su cabeza y de su vida para siempre. Por fin. Y entonces se curaría.

10

Claire se sentía como en un cuento de hadas, y su madre lo notó al hablar con ella por teléfono. Sabía que algo ocurría, y le preguntó si la habían ascendido en el trabajo. Ni se le pasó por la cabeza que hubiera un hombre en su vida ni que Claire estuviera enamorada. Su hija llevaba tanto tiempo sin salir con nadie que solo se le ocurrió pensar que aquel tono cantarín en la voz se debía al trabajo. Claire jamás le mentía, pero casi no contaba nada sobre George, ni siquiera a sus compañeras de piso. No quería tentar a la mala suerte. Tan solo deseaba disfrutar de aquello que llevaban cierto tiempo compartiendo en privado. Sin embargo, con voz vacilante, le habló de George.

—¿Desde cuándo? —Sarah se quedó de piedra, pero se alegraba por su hija. Claire estaba entusiasmada, lo notaba.

—Hace unas semanas; un mes, más o menos.

—¿Cómo lo conociste? —También ella iba con pies de plomo, no quería inmiscuirse en la vida de su hija.

—Es el jefe de Morgan.

—¿El genio de Wall Street? —Su voz denotaba sorpresa.

—Sí.

—Está forrado —dijo su madre, desconcertada por momentos. Claire se echó a reír.

—Sí, la verdad. Los fines de semana hemos ido a un montón de sitios en su avión privado: Florida, Vermont...

Tenía intención de llevarla a una fiesta en Boston la semana siguiente, y habían hablado de un montón de sitios en Europa. Compartían muchos planes y muchos sueños.

—Debe de ser un poco abrumador, ¿no, cariño?

Sarah estaba encantada, pero le preocupaba su hija. No quería que le rompieran el corazón, y si no recordaba mal, aquel hombre había sido un poco playboy, lo cual no era de extrañar tratándose de alguien relativamente joven que había reunido una fortuna. Tenía el mundo a sus pies, y a su hija en los brazos. Ojalá fuera sincero y no se limitara a jugar con ella.

—¿Va en serio? —preguntó esperanzada, tras hacerse enseguida a la idea.

—Hace nada que salimos, pero me parece que sí, por ambas partes. Dice que lleva toda la vida esperándome.

Sarah sonrió desde el otro extremo del hilo telefónico. Se alegraba muchísimo por su hija. Aquello era lo que toda mujer deseaba oír.

—Eso, sin duda, te cambiará la vida —observó Sarah pensativa.

—Sí, claro —respondió Claire.

Entonces a Sarah se le pasó otra idea por la cabeza.

—¿Aún piensas volver a casa por Acción de Gracias?

—Por supuesto. —Siempre visitaba a sus padres en Acción de Gracias y en Navidad. No quería decepcionarlos, sobre todo a su madre. Las fiestas habrían sido horribles para ella sin la compañía de su única hija, a solas con un marido que sufría una depresión clínica y apenas le dirigía la palabra.

—¿Quieres traerte a George?

—No lo sé. No hemos hablado de Acción de Gracias.

Claire no quería que George viera lo aburridos que eran sus padres. Desde hacía varios años, las fiestas eran un desastre porque su padre no paraba de soltar comentarios sobre el pésimo estado de la economía y del mundo en general. No quería hundir a George en aquella miseria. Algún día tendría que hacerlo, pero todavía no. Pensaba avisarle de que pasaría unos días en casa de sus padres. Detestaba separarse de él, pero no le quedaba otra elección.

Cuando por fin se lo dijo, por lo visto también él se sintió aliviado.

—No le des más vueltas —la tranquilizó—. Detesto las fiestas. Me ponen de mal humor. Incluso de niño las odiaba. —«No me extraña, si sus padres habían muerto y vivía solo con su abuela...», pensó Claire, pero no dijo nada—. Suelo ir a esquiar a Aspen en Acción de Gracias, y paso las Navidades en el Caribe. Ve con tu familia y no lo pienses más.

Al parecer estaba encantado de que no lo invitara a ir con ella. De todos modos no habría accedido, pero no le apetecía que se lo pidiera para luego tener que rechazar su propuesta. Entre ellos las cosas iban sobre ruedas. Todavía faltaba un mes para Acción de Gracias, y estaba contento de haber zanjado el tema. Pasarían las fiestas separados, pero prometió a Claire que un fin de semana cualquiera viajarían a San Francisco para conocer a sus padres.

Fiestas aparte, deseaba estar siempre con ella, y se veían casi todas las noches. Claire se había quedado a dormir varios días en su ático de la Torre Trump, y George había planificado fines de semana muy entretenidos. Le encantaba llevarla a fiestas, pero echó el freno cuando Claire le pidió que pasara la noche con ella en el loft que compartía con sus amigas.

—Soy demasiado mayor para pasar la noche allí, con tus compañeras de piso pululando.

Le gustaba su privacidad, sus comodidades y el lujo al que estaba acostumbrado. Y también le gustaba dormir en su cama, a poder ser con ella. Le dijo que sería bien recibida en su apartamento siempre que quisiera, y le asignó un cajón donde guardar sus cosas y un armario de invitados. Claire no había dejado nada allí todavía; le parecía demasiado pronto. Cuando pasaba la noche con él, llevaba un pequeño bolso de viaje que regresaba a casa con ella. No quería parecer presuntuosa y dar la impresión de que iba a mudarse. Respetaba su espacio. George llevaba mucho tiempo haciendo vida de soltero y tenía ciertas costumbres. Disponía de un sirviente y de una criada que cuidaban de él. Claire aún se sentía rara cuando le servían el desayuno por la mañana, pero eran muy amables. Resultaba muy fácil adaptarse a aquel tipo de vida. Y George hablaba como si esperara que ella fuera a quedarse allí mucho tiempo; con suerte, para siempre. No le había hablado de matrimonio —Claire no esperaba ni quería que lo hiciera—, pero siempre dejaba claro que era la mujer de sus sueños, aquella que había estado esperando durante toda la vida. Un fin de semana, mientras paseaban, incluso llegó a preguntarle cuántos hijos quería tener.

—Ninguno —respondió Claire. George la miró sorprendido—. Nunca he querido tener hijos. Me parecen una carga tremenda. —Recordaba a su padre quejándose cuando ella era una niña, y la sensación de no encajar en su vida—. Prefiero tener una carrera profesional.

—Puedes tener las dos cosas —opinó George con delicadeza.

—Lo dudo, si quiero dedicarles a mis hijos el tiempo que merecen.

—Si tienes dinero, es más llevadero criar a los hijos. Podríamos contratar a una niñera. Para serte sincero, yo tampoco quería tener hijos, pero me lo he replanteado desde que te conozco. Si alguna vez quiero tenerlos, no se me ocurre mejor madre que tú.

Claire sintió vértigo al oír aquello. Era el mayor de los cumplidos. Las cosas avanzaban muy deprisa, y él las instigaba. Se comportaba como si llevaran saliendo un par de años y no un mes. Nadie le había dicho «te amo» tan pronto. A veces le entraba pánico e intentaba distanciarse un poco de él para adquirir cierta perspectiva, pero él lo notaba enseguida y hacía todo lo posible por atraerla de nuevo.

George sabía que le preocupaba que se resintiera su futuro profesional si se implicaba demasiado en la relación, pero según él una cosa no influiría en la otra. Y a Claire, a pesar de sus temores y sus ocasionales ataques de pánico, le encantaba lo que decía. ¿A quién no? Le enviaba mensajes y la llamaba tres o cuatro veces al día. Walter se enfadaba siempre que se daba cuenta y a grito pelado le decía que pidiera a su novio que parara el carro. Su grosería no tenía límites, e iba de mal en peor cada vez que leía los comentarios sobre su relación en «Page Six». Se diría que el romance de Claire le fastidiaba, y no paraba de difamar a su novio y de decirle que ya no le importaba su trabajo, por mucho que ella le asegurara que no era cierto. Claire seguía manteniéndose por sus propios medios, sin ayuda de nadie, y necesitaba el dinero. Sin embargo, el ambiente de trabajo no hacía sino empeorar. Por suerte, George lo compensaba con creces los fines de semana, y durante dos días lograba que se olvidara de Walter Adams y de sus feos y aburridos zapatos.

Había enviado varios e-mails más con su currículo, pero de momento nadie le había ofrecido trabajo, de modo que seguía dependiendo de Walter. George era la luz de su vida. Estaban en la fase de luna de miel, en la que todo les parecía perfecto y de color de rosa. Entre ellos no había habido siquiera indicios de discusión o desavenencia. Claire deseaba que fuera siempre así.

A Sasha y a Alex también les iba bien. Pasaban juntos el máximo tiempo posible, y hablaban largo y tendido de su profesión. Ambos habían intentado negociar el horario para coincidir en los días de trabajo y en las guardias, así como en los días libres. A veces lo conseguían y salían a divertirse. Asistieron a conciertos en el Lincoln Center. Alex le presentó a sus amigos y un día quedaron con ellos para cenar; a Sasha, en general, le cayeron bien. Un fin de semana, Alex alquiló un pequeño velero y salieron a navegar por Long Island Sound. Fueron de compras al Union Square Farmers' Market y visitaron el mercadillo de Hell's Kitchen. Compraron calabazas y las tallaron para decorar el hospital con motivo de la fiesta de Halloween. Sasha puso dos en el puesto de enfermería de la planta de partos, y llevaron el resto a pediatría, donde los niños se mostraron encantados. Para entonces, según le recordó Alex, llevaban ya unas veinte citas. Habían perdido la cuenta, a falta de una oportunidad de pasar una noche juntos. Como George, Alex sentía cierto reparo ante la idea de pasar la noche en el loft, con sus compañeras de piso por allí, sobre todo la primera vez. Por otra parte, según dijo, su estudio era un caos y no veía cómo iban a dormir allí los dos si apenas cabía él solo. Valentina le había preguntado si ya se había acostado con su novio, y cuando contestó que no, a su hermana le pareció ridículo. Por lo visto, Jean-Pierre y ella hacían el amor a todas horas, en cualquier sitio, incluso en el avión, e insistió en que lo de ellos no era normal y en que Alex probablemente era gay, o bien no se le levantaba, un comentario que Sasha tachó de impertinente. De hecho, Alex y Sasha estaban en perfecta sintonía, y no les molestaba tomarse su tiempo. El fin de semana antes de Halloween, a él se le ocurrió una idea.

—¿Por qué no vamos a pasar el fin de semana a un hotelito de Connecticut o Massachusetts? Los dos estamos libres. Estaría bien desconectar y salir un par de días de la ciudad.

A Sasha le encantó la propuesta, e hizo una reserva en un bed and breakfast que un compañero del hospital le había recomendado en Old Saybrook, en Connecticut. Su mujer y él habían pasado allí la noche de bodas.

Salieron juntos del hospital el viernes a medianoche, y a las nueve de la mañana del sábado estaban en la autopista camino de Connecticut. Tras registrarse en el pequeño hotel, que flotaba sobre el agua, subieron a la habitación, a donde llegaba el olor a sal y los graznidos de las gaviotas. Cerca había varios restaurantes pintorescos. Sasha viajaba con una pequeña maleta, que Alex subió a la habitación. El establecimiento lo regentaba una pareja ya mayor, y su sobrina era la encargada de limpiar las habitaciones al salir de la escuela. Aquello era justo lo que querían, y hablaron de ir a dar un paseo por la playa, pero Alex detuvo a Sasha justo en la puerta y le dio un apasionado beso en la boca. Había pasado más de un mes desde su primer beso, y ahora iban a pasar el fin de semana juntos lejos de casa. No cabía duda de cuáles eran sus intenciones. Alex se preguntó si Sasha se mostraría cohibida con él, pero la vio sonreír mientras le desabrochaba la camisa, le bajaba la cremallera de los pantalones y luego la de los suyos. La espera había sido larga y respetuosa, y se sentían como viejos amigos. Entre ellos no había secretos ni misterios ni planes ocultos; lo conocían todo el uno del otro, salvo su cuerpo, y Sasha tenía ganas de descubrir el resto. De pronto, era incapaz de aguardar un minuto más, al igual que él. Treparon rápidamente a la cama y al oír que crujía se echaron a reír. Sin embargo, se olvidaron de todo al instante, envueltos en un arrebato de deseo que sorprendió a ambos. Tras un mes de espera para irse conociendo, no deseaban nada más. Se quedaron sin aliento. Permanecieron tumbados en la cama. Alex contemplaba el cuerpo de Sasha; era preciosa. A ella, también él le pareció atractivo. Se sonrieron el uno al otro, y volvieron a besarse.

—Te amo —le dijo él entre susurros. Había aguardado a ese momento para decírselo, aunque lo había expresado de innumerables formas y con detalles atentos durante todo aquel mes.

—Yo a ti también —dijo ella, feliz. Se sentía como si su lugar en el mundo estuviera junto a él. Habían superado el último obstáculo—. Mi hermana cree que estamos locos por haber esperado tanto, pero yo me alegro de que haya sido así.

Se quedaron en la cama un buen rato. Luego se ducharon juntos, se vistieron y salieron a explorar la pequeña localidad. Dieron un largo paseo por la playa cogidos de la mano. Regresaron al hostal y volvieron a hacer el amor antes de salir a cenar a uno de los restaurantes cercanos, un local acogedor y romántico iluminado a base de velas. Era una luna de miel perfecta. Pasaron dos días en el séptimo cielo.

Recorrieron el trayecto de vuelta en silencio, escuchando música y pensando en lo ocurrido durante el fin de semana. Sasha se inclinó para besarlo. Alex le sonrió; jamás se había sentido tan feliz y tan en paz.

Se tomaron su tiempo para regresar a la ciudad, tras un último paseo por la playa al caer el día.

—¿Te apetece quedarte a dormir en el apartamento? —preguntó Sasha cuando entraban en Nueva York. Alex vaciló. No quería pasar la noche sin ella después de lo que habían compartido ese fin de semana.

—Sí, sí que quiero. —Entonces se le ocurrió una idea, pero antes quería comentarla con sus padres.

Encontraron aparcamiento frente a la puerta del edificio, y subieron la escalera. Las tres compañeras de Sasha estaban en casa. Max había preparado la cena. Oliver y Greg también se habían apuntado. Resultaba agradable tenerlos allí a todos. Era como volver a casa y reencontrarse con los seres queridos tras la luna de miel. Sasha y Alex no habían cenado, y Max, que había dejado comida preparada para ellos, les sirvió una copa de vino. Morgan y Claire seguían sentadas a la mesa, y Abby estaba en el sofá, enfrascada en una conversación con Greg acerca de su libro. George había ido a cenar, pero ya se había marchado porque tenía una reunión a primera hora de la mañana. Claire había decidido quedarse en el apartamento para que los dos pudieran dormir un poco. Había sido un fin de semana de mucho trajín; habían viajado a las islas Bermudas en el avión privado y se habían alojado en un yate de alquiler.

—¿Dónde habéis pasado vosotros el fin de semana? —preguntó Max mientras Alex y Sasha disfrutaban del estofado de carne que había preparado y que todos habían encontrado delicioso. Era una antigua receta que había aprendido de su abuela, con puré de patatas y espinacas a la crema, y de postre había suflé de chocolate acompañado de crema inglesa.

—En Connecticut —dijo Alex sin más explicaciones, mirando a Sasha con una sonrisa. Todo el mundo comprendió lo ocurrido y se alegró por ellos. En aquel grupo no había secretos.

Como siempre, estuvieron hablando hasta las tantas. Las velas de la mesa casi se habían apagado. Se sentían satisfechos y relajados, y los invitados se marcharon. Tras recoger los platos, Sasha se fue a su dormitorio con Alex y se metieron en la cama como si llevaran años haciéndolo. Se abrazaron bajo el edredón y volvieron a hacer el amor. Antes de quedarse dormidos, él le dijo que la amaba, y ella se acurrucó contra él y lo besó en la mejilla.

—Yo también te amo, Alex —susurró, y se quedó dormida en sus brazos, ronroneando como un gatito.

Cuando abrió los ojos eran las seis de la mañana, había sonado la alarma y tocaba ir a trabajar. Ese día tenían el mismo turno. Sasha se duchó primero. Luego preparó el desayuno, mientras Alex se duchaba y se vestía. Estaba todo listo sobre la mesa cuando Alex salió del dormitorio. Los demás aún dormían. Alex y Sasha empezaban a trabajar a las siete, y su jornada duraría hasta las diez de la noche.

—Gracias —dijo Alex, sonriéndole.

La estancia en el apartamento había ido mejor de lo que esperaba. Nadie había montado ningún numerito, y le parecía que encajaba muy bien allí. Max también se había quedado a pasar la noche. En el loft cabían todos, sobre todo si no coincidían en los horarios. Sasha compartía el cuarto de baño con Abby, que no se levantaría hasta mediodía.

—Tengo la sensación de haber vuelto a la universidad —añadió Alex con una mueca—. La diferencia era que allí estaba con la mujer a la que amaba, no con un puñado de tíos a quienes apenas conocía.

—A veces yo también tengo esa sensación, pero creo que

si no compartiera el piso me sentiría sola. —Llevaba cinco años con sus compañeras, y no se imaginaba viviendo en otro lugar.

Salieron del apartamento en silencio a las siete menos cuarto. Alex condujo hasta el hospital y dejó el coche en el aparcamiento. Entraron juntos en el edificio, se dieron un beso y se desearon un buen día. Sasha aún sonreía cuando llegó al puesto de enfermeras y miró la pizarra donde se indicaba quién estaba de parto, quién había dado a luz y cuándo y cuántas pacientes había en total.

—Estamos a tope —comentó a las enfermeras.

—Ni que lo digas. La noche de Halloween nacieron seis bebés, dos por cesárea y cuatro por parto vaginal. Todo el mundo echaba chispas. Tuviste suerte de no estar aquí.

Sasha sonrió y asintió. Había tenido muchísima suerte: había estado de luna de miel. Cogió una de las gráficas y fue a comprobar el estado de una de las pacientes que había dado a luz la noche anterior.

Visitó a cuatro, y entonces Alex se presentó con un capuchino para ella y regresó corriendo a su puesto.

—¿Qué has hecho para merecer eso? —bromeó una de las enfermeras. Los había visto juntos otras veces, y Alex parecía coladito por ella.

—No quieras saberlo —respondió Sasha con cara de culpabilidad, y se echaron a reír.

11

Alex llamó a sus padres y les explicó sus planes para el día de Acción de Gracias. Siempre organizaban una cena en casa a la que solían asistir él y su hermano, y también algunos amigos de la pareja que no tenían adónde ir.

—Me gustaría invitar a una amiga, si os parece bien —le dijo a su madre por teléfono, y ella le dejó claro de inmediato que cualquier amistad suya o de Ben era bienvenida.

Varias veces había llevado a casa a amigos de la universidad, pero desde entonces no había vuelto a llevar a nadie, y jamás a una mujer. Así pues, era la primera vez. Ben había tenido novia durante dos años y ella sí que había frecuentado la casa, pero habían puesto fin a la relación el verano anterior. Había llegado su turno, y sospechaba que sus padres lo agradecerían, pero por educación prefería comentárselo a ellos antes de pedírselo a Sasha.

—¿Quién es? ¿La conocemos? —le preguntó su madre.

—No. Estamos saliendo juntos. Se llama Sasha Hartman, también es médico residente de la Universidad de Nueva York, y es de Atlanta.

Era toda la información que pensaba facilitarle.

—Suena bien —dijo su madre complacida. Helen Scott adoraba a sus hijos, y acogía a sus amigos con cariño.

—¿Podrá quedarse a dormir en casa, mamá? —Se sentía como un niño al preguntar aquello.

—Por supuesto. No creo que sea buena idea mandarla a un hotel, ¿verdad? Aquí todos somos mayorcitos. Puede dormir en tu habitación, si tú quieres, al igual que Angela dormía con Ben. La echaré de menos.

En aquella casa Helen era la única mujer, y siempre había lamentado no tener una hija. Como ninguno de sus dos hijos estaba casado, tampoco tenía nueras. Pensaba que Ben se casaría con su novia, pero ella había puesto muchas pegas a las exigencias de su horario de cirujano ortopédico, y habían terminado por dejarlo correr. Incluso su madre se daba cuenta de que Ben estaba un poco obsesionado con el trabajo y aceptaba demasiados pacientes. Aun así, al chico le encantaba lo que hacía, de modo que Helen le dijo que la mujer adecuada lo entendería, y que al parecer Angela no estaba hecha para él. Con todo, Ben lo había pasado fatal con la ruptura y no había vuelto a salir con chicas hasta hacía poco, aunque de momento no había nadie importante en su vida.

Alex habló con su madre unos minutos. Estaba impaciente por comentarlo con Sasha cuando salieran juntos del hospital, pues se había quedado a dormir en el loft varios días.

—Hoy he llamado a mi madre —le dijo mientras regresaban a casa en coche—. Quería aclarar una cosa con ella antes de preguntártela a ti, y le parece estupendo. Me gustaría que celebraras con nosotros el día de Acción de Gracias —soltó sonriéndole—. Eres la primera mujer que llevo a casa de mis padres —añadió con delicadeza.

Sasha se inclinó y lo besó. Estaba emocionada.

—Me siento conmovida y halagada.

Alex le dijo que estaba orgulloso de ella, y que se moría de ganas de que conociera a su familia. Sasha estaba como un flan. Sabía que era importante para él, como él para ella.

—¿Le pido a Valentina que nos acompañe? —bromeó, y Alex soltó un gruñido al imaginar la escena.

—No estoy seguro de que estén preparados para tratar con ella —repuso mientras Sasha se reía.

—Mis padres y yo tampoco lo estamos, y eso que es de la familia —se limitó a responder.

De todos modos, no pensaba volver a casa por Acción de Gracias, así que no tuvo que darle ningún tipo de explicaciones a su madre. Las fiestas se habían convertido en un momento insoportable porque sus padres competían entre sí y ella se encontraba en medio. No le gustaba estar con su madrastra, a pesar de que era una mujer agradable. En cuanto a su madre, tenía un carácter demasiado difícil y hacía años que no celebraba una cena de Acción de Gracias. Sasha acababa siempre en casa de algún amigo, feliz de que no la molestara nadie. De modo que esa iba a ser la primera cena familiar de Acción de Gracias en mucho tiempo. Iría a Chicago con Alex. Sonaba de maravilla.

—A lo mejor debería comprarme un vestido —se le ocurrió a Sasha cuando entraban en el apartamento—. No creo que tenga nada adecuado para la ocasión.

Claro que también podía pedírselo prestado a una de sus amigas, como de costumbre. Abby estaba demasiado delgada y era más bajita que las demás, pero Morgan y Claire tenían prácticamente su misma talla, y también Valentina, aunque sus modelitos habrían resultado demasiado extravagantes y, desde luego, no luciría el aspecto adecuado.

—Mi padre y mi hermano se dedican a la medicina. Puedes llevar el uniforme y los Crocs, si quieres. —La miró con una sonrisita. Le entusiasmaba la idea de que lo acompañara a casa de sus padres y quería mostrarle todos sus locales favoritos en Chicago. Sería un fin de semana estupendo.

Sasha llamó a Oliver esa misma noche para explicarle el cambio de planes y decirle que no asistiría a su cena de Acción de Gracias. Él se alegró por ella.

George y Claire discutieron por primera vez dos semanas antes de Acción de Gracias, a raíz de una feria comercial de Orlando a la que ella tenía que ir con Walter. George quería que lo acompañara a una cena de gala en la mansión del alcalde, pero ella le dijo que no podía.

—Es ridículo —repuso George mientras cenaban en Le Bernadin, el mejor restaurante de pescado de Nueva York y otro de los lugares que le gustaba frecuentar—. Explícale que no estarás disponible. No puedo decirle al alcalde que no irás a la cena porque estás vendiendo zapatos en Florida. —Tal como lo había soltado, parecía que se tratara de un bazar marroquí.

—Y yo no puedo decirle a Walter que se encargue él solito de vender esos zapatos tan horrorosos porque yo tengo una cena en casa del alcalde.

—Ni siquiera te gustan los zapatos que fabrica.

—No, no me gustan, pero es mi trabajo.

Era la primera vez que George la presionaba, pero la cena era importante para él. El alcalde y su mujer eran clientes suyos y no quería ofenderlos. Claire, por su parte, no quería ofender a su jefe. La relación con Walter ya resultaba bastante difícil, y encima él vería la cena publicada en la prensa, que leía a diario en busca de su nombre para echarle en cara que iba a demasiadas fiestas y luego no hacía bien su trabajo. No pensaba arrojar más leña al fuego negándose a acompañarlo a una feria importante, por muy insignificante que le pareciera a George.

—Tu trabajo tampoco te gusta —le recordó—. Siempre dices que quieres dejarlo.

—Es cierto, pero no me arriesgaré a que me echen. Puede que a ti te parezca vulgar, pero me gano la vida así, y necesito el dinero.

—Yo no he dicho que sea vulgar, solo he dicho que me parece ridículo que te dediques a satisfacer las necesidades de ese ogro que tienes por jefe. ¡Que vaya él a Orlando a vender sus putos zapatos!

—Me paga para eso.

No había forma de resolver el conflicto a menos que ella accediera a acompañar a George, y no podía hacerlo, tanto si él lo comprendía como si no. Desde el principio había temido que ocurriera algo así: que tarde o temprano intentara presionarla para que dejara el trabajo, y pasar a depender de él. Nada más lejos de lo que ella pretendía, al menos en ese punto de la relación, ni siquiera más adelante. Quería ser capaz de trabajar y ganar un salario, estuvieran de acuerdo o no. Lamentaba perderse aquella cena, pero no tenía elección a menos que estuviera dispuesta a que la despidieran. No deseaba dejar de trabajar en Arthur Adams hasta tener otro empleo; con suerte, uno mejor. Pero si la despedían del actual, adiós oportunidad. Sabía que George lo entendía, solo que no le gustaba que le dijera que no. La palabra le resultaba extraña.

Terminaron de cenar en silencio. George la acompañó al apartamento de Hell's Kitchen en su Ferrari con cara de malas pulgas y regresó a su casa. Nunca se quedaba a dormir en el loft, pero esa noche tampoco la invitó a subir a su ático de la zona residencial. Estaba hecho una furia. Claire se mantuvo firme. Al día siguiente se sentía hecha polvo a causa de la discusión y permanecía cabizbaja en su mesa de trabajo cuando entró un mensajero con un enorme ramo de flores y una tarjeta donde se leía: «Lo siento, anoche fui un idiota. Ve a Orlando. Te amo. G.». Sonrió nada más verlo y llamó de inmediato a George para darle las gracias por ser tan comprensivo.

—Lo siento, Claire, estaba disgustado. Quería que vinieras conmigo y que todos te conocieran.

—Y yo preferiría mil veces estar contigo a ir a Orlando —respondió con sinceridad. De repente se dio cuenta de que Walter estaba de pie a su lado, escuchándola, y le dijo a George que tenía que colgar. Solo le faltaba ese quebradero de cabeza.

—¿Vas a venir a Orlando o no? —le preguntó su jefe, enfadado.

—Por supuesto.

—Entonces ¿a qué vienen las flores?

—Me ama, y ya está —repuso nerviosa.

—Acabarás casándote con él y marchándote de aquí —soltó Walter con cara de amargura.

—No pienso marcharme a ninguna parte —replicó Claire con firmeza—, excepto a Orlando, con usted.

—Bien —admitió con brusquedad, y salió indignado del despacho.

Claire siempre tenía la impresión de que su relación con Walter pendía de un hilo, pero era mejor sentirse así con él que con George. Se alegraba de que hubieran resuelto su primera discusión sin más problemas, y que él se hubiera apeado del burro.

Esa noche, George le dijo que saldrían a pasar el fin de semana fuera, y que era una sorpresa. Le pidió que preparara una maleta con ropa de verano. Claire estaba ansiosa por conocer su destino. A él se le daba muy bien guardar secretos, por lo que no lo supo hasta el sábado, cuando subieron al avión: se la llevaba a las islas Turcas y Caicos. Le había advertido que se pusiera mentalmente en modo playa, de forma que había llevado la ropa adecuada. George había alquilado una villa con piscina privada en el mejor complejo turístico de la isla. Todavía se sentía culpable por la discusión y quería compensarla; y vaya si lo consiguió. Apenas habían usado ropa en todo el fin de semana. Habían pasado la mayor parte del tiempo en la cama y el resto desnudos en la piscina haciendo el amor o disfrutando de las cenas que les servían en el jardín privado. Fue un fin de semana de fábula.

Dos días después de regresar, Claire tuvo que marcharse a Orlando con Walter, en clase turista de un vuelo comercial, y una vez allí se alojaron en el Holiday Inn; mientras tanto, George, asistió a la cena de gala del alcalde. Claire lo llamó en cuanto llegaron al hotel.

—Me has matado —bromeó—. ¿Sabes lo que es volar en

turista y alojarse en el Holiday Inn después de un fin de semana tan increíble? Me siento como Cenicienta después del baile, aunque ni siguiera tengo un zapato de cristal. Qué mierda.

George se echó a reír y le dijo que lo tenía bien merecido por no acompañarlo a la cena. Pero también le dijo que la echaba de menos y que estaba impaciente por que regresara al cabo de dos días.

La feria comercial resultó tan aburrida y pesada como de costumbre, además de agotadora. George la invitó a cenar en cuanto volvió. Fueron al restaurante de Max, y él le habló largo y tendido sobre la cena que se había perdido. Había estado sentado entre la mujer del alcalde y Lady Gaga, y se había aburrido mucho sin ella, lo cual resultaba difícil de creer y a la vez halagador, teniendo en cuenta a los asistentes. Ya no estaba enfadado; al contrario, se alegraba de tenerla de vuelta en Nueva York. A la semana siguiente, estaba previsto que él fuera a Aspen y ella a San Francisco, para celebrar Acción de Gracias con sus padres. Detestaba tener que separarse de él también en esa ocasión, pero sabía que George lo pasaría bien esquiando, y que allí tenía amigos. Iba a Aspen varias veces al año, y era un esquiador experimentado. Se divertiría mucho más que ella, sin duda.

El martes anterior al fin de semana de Acción de Gracias, George organizó una cena de Acción de Gracias para ellos dos en su ático. El catering servido por 21 Club estaba delicioso, mucho más que cualquier otra cena de Acción de Gracias. El pavo no había quedado reseco, el relleno estaba en su punto; lo habían servido acompañado de gelatina de arándano, puré de patatas y verduras variadas, y de postre había calabaza, pacanas y tarta de manzana con nata montada.

—He pensado que debíamos celebrar Acción de Gracias, ya que el fin de semana no estaremos juntos —dijo en un tono cariñoso—. Siento ser tan esquivo con respecto a las celebraciones familiares. Me ponen de mal humor, y la peor de todas es Navidad. Para mí es el peor día del año; me trae viejos recuerdos. Prefiero no pensar y esquiar como un poseso, pero voy a echarte de menos —admitió, y la besó.

Después de cenar se acostaron. Habían acordado que Claire no se quedaría a pasar la noche, puesto que él tenía que madrugar al día siguiente. Pensaba levantarse a las cinco y salir de casa a las seis. pero quería hacer el amor con ella antes de decirse adiós.

—Quiero hacerte un regalito para que te acuerdes de mí cuando estés en San Francisco —dijo con aire juguetón.

Fue una noche memorable para Claire. Hicieron el amor con la pasión del primer día. George era increíble en la cama, y ella estaba aprendiendo mucho a su lado. Era paciente, delicado, conocía muy bien su cuerpo y lo que le proporcionaba placer, y a veces ponía tanta pasión que rayaba la brusquedad. Sin embargo, todo lo que le hacía provocaba en ella más y más ganas de él. Hicieron el amor dos veces. George se quedó tumbado en la cama mirándola y dijo unas palabras que a Claire le llegaron al alma.

—Quiero tener hijos contigo algún día, Claire. Por favor, dime que serás la madre de mis hijos.

Lo afirmó con tal gravedad que ella no tuvo agallas para negarse. Por primera vez en su vida, Claire asintió en respuesta a aquel tema; y hablaba en serio. Él se le aferró como si fuera un niño que se estuviera ahogando.

—Te amo con toda el alma —le dijo, y lamentándolo en lo más hondo, se levantaron. George la acompañó a casa y la obsequió con un beso largo antes de que se apeara del coche—. Voy a echarte de menos. Cuídate mucho. Hasta el domingo.

Claire entró en el edificio sintiéndose como en una nube al recordar sus palabras. Eran las dos de la madrugada. George tenía que levantarse al cabo de tres horas. La noche se le haría muy corta, pero podría dormir en el avión, camino de Colorado. El vuelo de Claire salía a las diez en punto, de modo que también ella tenía que madrugar.

Habían pasado una noche agradable, él se había encargado de que así fuera, y Claire no podía dejar de pensar en lo que le había dicho después de que hicieran el amor por segunda vez: que deseaba tener hijos con ella. Ser madre no era precisamente la ilusión de su vida, pero podía imaginarse teniendo hijos con él, y estaba empezando a hacer suyo ese deseo. George no le había propuesto matrimonio esa noche, pero le había dicho que quería que fuera la madre de sus hijos, lo cual venía a ser lo mismo. Sus futuros estaban entrelazados. Y ella sabía que la vida junto a él sería maravillosa, estaba convencida. Podía contar con George. Era el tipo de hombre con quien toda mujer debería casarse, el polo opuesto a su padre. George era un sueño hecho realidad.

12

Claire y Abby compartieron un taxi hasta el aeropuerto Kennedy, puesto que sus vuelos salían prácticamente a la misma hora: el de Claire con destino a San Francisco y el de Abby hacia Los Ángeles. Claire calculó que, cuando su vuelo despegara, George ya habría aterrizado en Aspen, pero aún no tenía noticias suyas. Pasaría la festividad de Acción de Gracias muy tranquila en compañía de sus padres, como siempre. Ya no quedaba con sus antiguas amigas cuando regresaba a casa unos días. Llevaba diez años fuera, desde que entró en la universidad, y sus vidas eran muy distintas. De hecho no tenían nada en común, y ella se sentía más unida a sus compañeras de piso en Nueva York. A veces, cuando salía de casa con su madre, se tropezaba con amigas del instituto y le sorprendía ver lo poco que habían evolucionado. Se habían casado o vivían en pareja con los chicos con quienes salían de jovencitas. Algunas tenían hijos. Otras trabajaban para sus padres o tenían empleos anodinos. La ciudad era pequeña, y más allá de las empresas tecnológicas de Silicon Valley, ofrecía muy pocas oportunidades. Las más emprendedoras se habían trasladado a Nueva York y a Los Ángeles. Además, el mundo de la moda no había arraigado allí, de forma que no había trabajo para ella. Se alegraba de haber estudiado en una escuela de diseño de Nueva York y haberse establecido en aquella ciudad. Su madre, a pesar de lo mucho que la echaba de menos, estaba encantada con esa decisión. En cambio, su padre no llegó a comprender nunca por qué no regresaba a San Francisco y se buscaba una ocupación, pero ya no se molestaba en darle explicaciones.

Abby y Claire charlaron camino del aeropuerto. Apenas habían intercambiado palabra desde la ruptura con Ivan, porque Abby había estado inmersa en sus escritos día y noche. El hecho de recuperar la libertad le había dado alas o algo así, y tenía muchas cosas de que hablar con sus padres. Ellos siempre le habían ofrecido sabios consejos, y ahora necesitaba decidir qué dirección tomar. Por encima de todo deseaba terminar su novela, que estaba yendo bien.

Ivan la había llamado unas cuantas veces para ofrecerle excusas baratas por su comportamiento, y le había dicho que estaba muy solo. Abby dejó de contestar y él dejó de llamar en cuanto se dio cuenta de que no despertaba su compasión ni había cambiado de opinión. Pretendía que sintiera lástima por él, pero no lo consiguió. Abby simplemente estaba enfadada consigo misma por el tiempo que había perdido y por haber sido tan tonta. Le había llevado años darse cuenta de que Ivan era un fracasado, y él, mientras tanto, la había arrastrado al pozo consigo y se había aprovechado de ella en todos los sentidos. Claro que ella se lo había permitido.

—Hasta el domingo —dijo Claire cuando se abrazaron en la puerta de la terminal. Claire tenía que facturar su maleta, ya que siempre viajaba muy cargada, mientras que Abby solo llevaba equipaje de mano.

Abby desapareció en el interior del edificio y Claire miró el teléfono. George no la había llamado, de modo que no debía de haber aterrizado todavía. Esperaba que hiciera buen tiempo, pues él le había explicado que los aterrizajes en Aspen eran arriesgados porque había que realizar un arduo descenso entre las montañas. No obstante no le preocupaba; su piloto privado lo había acompañado hasta allí un millón de veces.

El vuelo de Alex y Sasha salía dos horas más tarde. La doctora había preparado una maleta mayor incluso que la de Claire para los cuatro días que iban a pasar en Chicago. No sabía bien qué escoger, así que llevaba un montón de ropa, casi toda prestada por Morgan y Claire, de distintos estilos: de vestir, informal y algunas piezas clásicas que Morgan utilizaba para ir a trabajar. Sasha quería causar buena impresión a los padres de Alex, pero cada vez que le pedía opinión, él contestaba que les daría igual cómo fuera vestida. Su estilo era más bien pijo, según Alex, al igual que el suyo, cuando salía. Su padre y su hermano se pondrían un traje para la cena de Acción de Gracias, y él también, o bien optaría por un blazer con unos pantalones más casual. Su padre siempre llevaba corbata y parecía un banquero; decía que era lo que sus pacientes esperaban de él. Su hermano, como buen cirujano, solía llevar el uniforme del hospital. Sasha le comunicó a Alex con orgullo que no había cogido el suyo, y tampoco los Crocs ni zuecos de ninguna clase. Eso sí, llevaba unas bambas por si les daba por salir a navegar en el barco de su hermano, puesto que estaban hechos unos lobos de mar, aunque según Alex haría demasiado frío para ella. Siempre podía quedarse en casa con su madre o salir a dar una vuelta por la ciudad. Los padres de Alex tenían una casa frente al lago, mientras que su hermano vivía en la zona de Wicker Park, más parecida al sur de Nueva York. Alex le había comentado que a su hermano le iban muy bien las cosas, y lo decía orgulloso, sin envidia, por lo que Sasha comprendió que estaban muy unidos.

Aterrizaron en el aeropuerto O'Hare a la una, hora local, o sea una hora antes que en Nueva York. Los padres de Alex estarían trabajando y su hermano tenía previsto llegar a la hora de la cena. Alex sabía que todos sentían mucha curiosidad por conocer a Sasha, pero no se lo dijo a ella, pues ya estaba lo bastante nerviosa.

El aeropuerto estaba a rebosar. Tardaron una hora en recoger el equipaje y otra hora en llegar a su destino. Les abrió la puerta la asistenta, que en cuanto vio a Alex le echó los brazos al cuello. Luego miró a Sasha con curiosidad y le dedicó una sonrisa de cortesía. La casa de Lake Shore Drive siempre tenía el mismo aspecto para Alex: era el hogar de su infancia. La decoración era elegante y tradicional, con valiosas antigüedades y telas de colores cálidos. En el salón había flores, y el estilo rústico predominaba en la cómoda cocina, el lugar donde solía reunirse la familia. A continuación Alex le mostró su habitación, llena de trofeos deportivos y recuerdos de sus años de estudiante. Los diplomas de Yale y Harvard colgaban de la pared, observó Sasha echando un vistazo y sonriéndole. La habitación de su hermano, contigua a la de Alex, era muy parecida. Los chicos compartían un cuarto de baño. Las dos habitaciones estaban decoradas en azul marino y con cuadros escoceses y tenían vistas al jardín. A escasos metros se encontraba el enorme y soleado dormitorio de sus padres. Alex condujo a Sasha hasta una habitación de invitados que quedaba enfrente de las anteriores, donde iban a instalarse, porque la suya tenía tan solo una cama individual, y además se habría sentido extraño durmiendo allí con ella, aunque la cama fuera más amplia. La habitación de invitados era terreno neutral; él jamás había dormido allí con nadie. Dejó la maleta de Sasha en el suelo. La decoración era de chintz con motivos florales azules y amarillos. Estaba claro que habían contratado los servicios de un interiorista, a menos que la madre de Alex tuviera un gusto exquisito para la decoración. Todo era precioso. El estilo tenía cierto aire inglés, y las paredes estaban pintadas de amarillo pálido, por lo que daba la impresión de un ambiente soleado incluso a pesar del clima invernal de Chicago. Ese fin de semana se preveían nevadas.

Entraron en la cocina y se prepararon un sándwich. Alex propuso dar una vuelta por el centro. Quería mostrarle la ciudad. Conservaba un viejo Toyota en el garaje, que no había permitido que sus padres vendieran. Lo usaba siempre que volvía a aquella casa, y la empleada de hogar lo utilizaba para salir a hacer la compra o los recados. El motor arrancó con facilidad, y se dirigieron a Michigan Avenue siguiendo la ruta paisajística que Alex llevaba días planeando. Le hacía mucha ilusión tener a Sasha allí, en su ciudad natal, Además, era la primera vez que visitaba Chicago.

—Veremos el Wrigley Building y el John Hancock Center. El despacho de mi madre está en esa torre, y mi padre trabaja en el Centro Médico de la Universidad de Chicago, en la zona de Hyde Park. Ben trabaja en el mismo edificio, en otra planta.

Casi todos los médicos de renombre trabajaban en aquel centro. Ben había dado sus primeros pasos en la profesión allí nada más terminar el período de residencia.

Visitaron en coche la ciudad, que parecía más pequeña que Nueva York pero con el mismo bullicio. Era muy distinta de Atlanta, donde había crecido Sasha. Las tiendas de Michigan Avenue tenían un aire sofisticado. Allí podían encontrarse las mismas primeras marcas y establecimientos de lujo que en Nueva York, tal como sucedía en la mayoría de las ciudades. Sin embargo, Chicago tenía algo de especial: los edificios eran más altos incluso que en Nueva York; según Alex, los habían diseñado para adaptarse a la climatología, con el fin de minimizar los problemas frente al mal tiempo. Las oficinas ocupaban las veinte primeras plantas, les seguían cuatro pisos comerciales, la mayoría con un restaurante encima, y luego treinta o cuarenta plantas de apartamentos. Así, cuando helaba o nevaba no había necesidad de salir.

—Servicio integral —comentó Alex sonriendo—. Es muy cómodo, sobre todo en invierno.

A Sasha no le gustaría vivir en una sexagésima planta en ninguna ciudad, pero la idea tenía sentido.

Aparcaron el coche y salieron a dar un paseo. Entraron en una librería y en una galería de arte. A Sasha le llamó la atención de inmediato la amabilidad de la gente. Los dependientes se mostraban encantados e impacientes por ayudarles, y les daban conversación.

Regresaron a casa sobre las cinco y media. Sasha empezó a ponerse nerviosa durante el trayecto en coche. Alex sonrió y se inclinó para darle un beso. Comprendía el motivo de sus nervios, a pesar de considerar que aquellos temores carecían de fundamento: conocía bien a sus padres y sabía lo amables y hospitalarios que eran. Su madre se había mostrado encantada cuando le dijo que llevaría compañía.

—Les caerás de maravilla —repitió por millonésima vez. Sasha lo miró preocupada, no muy convencida.

—¿Y si les caigo de pena? —repuso alicaída. Nunca se había puesto tan nerviosa antes de conocer a alguien. Amaba a Alex, y no quería meter la pata.

—Si les caes tan mal, dejaremos de vernos de inmediato y tendrás que marcharte a un hotel —dijo él con expresión seria, y se echó a reír al ver la cara de pánico de Sasha—. ¿Quieres parar ya? En primer lugar, les parecerás un encanto. En segundo, tengo treinta y dos años, no dieciséis. Tomo mis propias decisiones, y tú eres lo mejor que me ha ocurrido jamás. Además, mis padres son lo bastante listos para darse cuenta. Aquí quien vale la pena eres tú, no yo.

—Tú eres su hijo. Querrán protegerte de los seres perversos y las malas pécoras —dijo ella sonriéndole.

—¿Eres una mala pécora? ¿Cómo no me habré dado cuenta? Escucha, mientras no te vistas y te comportes como tu hermana, no habrá problema. Aunque conociéndolos, si les dijera que es a ella a quien amo y se presentara con un biquini y unos zapatos de tacón de palmo, también la aceptarían. Son de mentalidad muy abierta, aunque parezcan conservadores. No te angusties. Comprenderás lo que te digo cuando los conozcas. Mi madre es la mujer más adorable que te puedas imaginar, aprecia a todo el mundo. Si le presentaras a un asesino en serie, te diría que el pobre pasó una infancia horrible y que seguramente había tenido un mal día.

—Ojalá pudiera decir lo mismo de la mía —repuso Sasha con nostalgia—. Ella odia a todo el mundo, y ve la parte mala de cualquier situación. Es la abogada matrimonialista más intransigente de Atlanta, y siempre piensa lo peor de los demás, incluidos sus clientes. Tiene buen fondo, pero con el tiempo se ha vuelto muy dura, y no para de hacer comentarios desagradables sobre mi padre y su mujer. Charlotte no es muy interesante, pero es una chica agradable y lo hace feliz, y sus hijos son monísimos. A mi madre estuvo a punto de darle un ataque cuando Charlotte se quedó embarazada, y no hace sino repetirnos a Valentina y a mí que nuestro padre apenas se ocupaba de nosotras cuando estaba montando el negocio. —El padre de Sasha era dueño de uno de los grandes almacenes más lucrativos de Atlanta, y también poseía centros comerciales en el Sur—. No sé por qué siente tanta amargura y rencor, pero así es mi madre, y con la edad va a peor. Con Valentina se lleva mejor que conmigo, porque mi hermana no hace caso de sus tonterías, pero yo, cada vez que la veo, me siento como si me hubiera atropellado un tren.

—Mi madre no es así —repuso con delicadeza—. Sin duda querrá adoptarte. Se puso muy triste cuando Ben y Angela rompieron. Siempre ha deseado para nosotros el tipo de relación que tiene con mi padre. Les va muy bien juntos.

Alex hablaba de ellos con cariño. Sasha pensó que nunca había conocido a un matrimonio así. Su padre se llevaba bien con su madrastra, y se mostraba protector con ella, pero intelectualmente no estaban al mismo nivel y a veces la trataba como si fuera boba e incapaz de pensar por sí misma. En cuanto a Charlotte, se comportaba como si el padre de Sasha fuera su propio padre. Dependía de él para todo y le delegaba todas las decisiones. No tenía criterio, y no participaba en ninguno de sus planes importantes.

Por otra parte, su madre había sido demasiado dura con su padre, y a veces lo maltrataba verbalmente. Siempre lo había considerado inferior porque no tenía tantos estudios como ella, a pesar de que le habían ido muy bien las cosas. Tenía olfato para los negocios y era un tipo brillante. Ella, sin embargo, quitaba importancia a su perspicacia diciendo que era pura suerte, una simple cuestión de estar en el lugar apropiado en el momento oportuno. Sasha discrepaba; sabía que se trataba de un comentario malicioso al que había que sumar el resto de acusaciones, incluida la de padre pésimo, que Valentina compartía pero Sasha no.

Valentina consideraba a su madre un genio como abogada. Para Sasha era una mujer lista, pero también una bruja; con ella desde luego. La abogada concedía más valor a la profesión de modelo y a la fama internacional de Valentina que a la carrera de médico de Sasha, y no paraba de advertirle que los rigores de la medicina moderna y la Organización para el Mantenimiento de la Salud no le darían ni un céntimo. El dinero era muy importante para ella, salvo el de su exmarido; en ese caso lo desdeñaba precisamente porque era de su ex. Valentina adoraba el dinero tanto como su madre.

—Mis padres se maltrataban y no eran felices —dijo sin tapujos—. Por eso nunca he querido casarme, y sigo sin querer hacerlo si el matrimonio ha de acabar así. Cuando se divorciaron fue un alivio, hasta que mi padre volvió a casarse. Mi madre se puso hecha una furia, y sigue sin aceptarlo. No soportan estar juntos, por eso cuando terminé la carrera solo uno de ellos asistió a la ceremonia de graduación. —Sasha jamás le había confesado aquello a nadie.

—¿Y cuál de los dos fue? —preguntó Alex con interés.

—Mi padre. Mi madre tenía un juicio importantísimo, y lo ganó, razón suficiente para que no viniera, según ella. Si algún día le digo que voy a casarme, me matará, estoy segura. Los «reincidentes», como ella los llama, son el pilar fundamental de su profesión. Algunos de sus clientes le han encargado su segundo e incluso su tercer divorcio. Recurren a ella porque es muy buena y siempre consigue sacarle una pasta a la otra parte. Suele representar a mujeres. No cree en el matrimonio. A Valentina y a mí nos dice que ni siquiera nos lo planteemos; que vivamos la vida. Por lo visto, Valentina lo ha tomado al pie de la letra. —Sonrió a Alex—. Le gustan los ricachones, da igual de dónde saquen el dinero. —Le vino a la mente Jean-Pierre. Ese tipo le daba mala espina. Percibía en él algo oscuro, pero Valentina no se daba cuenta, o bien lo obviaba—. Me cuesta imaginarme a una pareja como tus padres, que lo hayan hecho todo bien. En mi entorno no hay nadie así, solo desastres; los padres de todas mis amigas se divorciaron cuando ellas eran pequeñas.

—A muchos de mis amigos les ha ocurrido lo mismo —dijo Alex en voz baja—. Mis padres se casaron muy jóvenes; igual es por eso. De hecho maduraron juntos. Nacimos muy pronto y tenían claro que el matrimonio debía funcionar.

Sasha sabía que el padre de Alex acababa de cumplir sesenta años y que su madre tenía cincuenta y nueve. Eran prácticamente de la misma edad que sus padres, pero sus experiencias resultaban tan distintas que le costaba hacerse a la idea. Su madre no paraba de hablarle de matrimonios que se venían abajo en cuestión de un año, y el índice nacional de divorcios lo corroboraba: el matrimonio constituía un fracaso, era una idea anticuada. Según su opinión, las mujeres no necesitaban casarse si tenían una profesión. Hasta cierto punto, Sasha la creía. A su manera, Valentina también. Ella no había ido a la universidad, pero a los dieciocho años había empezado a ganarse muy bien la vida como modelo, y su carrera le proporcionaba unos ingresos mayores de los que Sasha conseguiría jamás a pesar de su formación y su inteligencia. Con todo, Sasha seguiría activa a largo plazo, mientras que Valentina no; llegaría un día en que sería demasiado mayor para hacer de modelo. Por suerte había realizado unas cuantas inversiones siguiendo los consejos de su padre, así que tal vez dispusiera de dinero. De todos modos, Sasha sabía que él jamás las dejaría en la estacada.

Enfilaron el camino hacia la casa de los Scott a las seis. Las luces estaban encendidas y el Mercedes familiar de la madre se hallaba en el garaje. Sasha, de nuevo con los nervios a flor de piel, siguió a Alex hasta el interior. Estaba de pie frente a él en el recibidor cuando la madre, sonriendo de oreja a oreja, bajó la escalera y corrió a abrazarlo. Era una mujer muy bella. Iba vestida con un sencillo traje chaqueta gris y zapatos de tacón, y llevaba el pelo recogido, moreno y liso, y un collar de perlas por encima del jersey. Era tal como Alex la había descrito, pero aún más joven, más guapa y más agradable. No parecía lo bastante mayor para tener un hijo de la edad de Alex, y mucho menos de la de Ben, y además lucía una esbelta figura. Los fines de semana jugaba al golf y al tenis con amigas, y Alex decía que cuando era joven jugaba al fútbol con sus hijos. Tenía un tipo atlético y estaba en buena forma, y su mirada se llenó de alegría cuando, mientras abrazaba a Alex, asomó la cabeza por encima de su hombro y vio a Sasha, a la que abrazó también al instante como si la conociera de toda la vida.

—¡Me alegro muchísimo de que estés aquí con Alex! —exclamó, y se notaba que hablaba en serio—. ¿Te ha llevado a dar vueltas por el centro toda la tarde? Debes de estar helada. Acabamos de encender la chimenea del estudio. ¿Te apetece una taza de té?

Sasha asintió, un poco aturdida ante la afabilidad de aquella mujer extrovertida que parecía amable y cariñosa de corazón, y que ofrecía tanta confianza incluso a una extraña como ella.

—Me encantaría —respondió Sasha, y la siguió hasta el interior del estudio, lleno de libros con bellas cubiertas de piel, entre ellos algunas primeras ediciones que compraban en subastas. En las paredes había obras de arte preciosas, la mayoría escenas inglesas de caballos y paisajes y algunas marinas. A toda la familia le encantaba navegar.

Sasha tomó asiento en un cómodo sofá y al cabo de un momento la asistenta le sirvió una taza de té en una bandeja de plata. El estilo de vida de aquella casa era más elegante de lo que Sasha esperaba, y saltaba a la vista que Helen Scott se sentía complacida y orgullosa. Parecía la esposa y la madre perfecta, y además ejercía de fiscal, cosa que resultaba impactante. La madre de Sasha era abogada, pero jamás se había ocupado de su hogar. Detestaba cocinar, y seis meses después del divorcio había vendido la casa y había comprado un pequeño apartamento con una habitación de invitados. Era una gran abogada, pero una ama de casa horrible. Helen compaginaba bien ambas cosas, y recientemente se oían rumores de un posible ascenso al tribunal superior, el sueño de su vida. Si lo conseguía, renunciaría con gusto a su práctica antitrust. No lo daba por sentado, pero la perspectiva le hacía mucha ilusión.

—Bueno, ¿qué habéis visitado esta tarde? —le preguntó Helen a Sasha en un tono cariñoso—. En la ciudad hay varias galerías fantásticas, y actividades culturales. Es una pena que no os quedéis más días. También es divertido disfrutar del lago en verano, cuando aún no aprieta el calor. En cualquier caso, no dejes que los chicos te convenzan para ir en barco ahora, ¡te congelarías! —le advirtió, y las dos se echaron a reír—. Siento no haber estado en casa para recibiros —añadió dirigiéndose a su hijo—. Estaba en el despacho intentando poner orden en mi mesa.

Alex sabía que en su mesa había papeles de suma importancia, pero su madre jamás se jactaba de ello. Helen daba más importancia al trabajo de su marido. La medicina le fascinaba; decía que le habría gustado ser médico pero que no tenía paciencia para tantos años de estudios más el período de residencia.

—Sé que tú también eres médico residente, pero Alex no me ha dicho de qué especialidad —dijo centrando su atención en Sasha.

—Obstetricia y ginecología. Quiero ocuparme de embarazos de riesgo y casos de infertilidad. De momento, hago de todo, pero cada vez hay más embarazos a edades avanzadas y partos múltiples, así que me resulta muy interesante.

Helen parecía sentir curiosidad por el trabajo de Sasha y

formuló preguntas inteligentes que permitieron a la médica explayarse a sus anchas.

—Sasha tiene una hermana gemela —anunció Alex.

—Siempre quise tener gemelos —afirmó fascinada—, pero en la familia no se ha dado ningún caso —añadió con cierta decepción.

—Mi padre tenía un hermano gemelo, pero murió al nacer —explicó Sasha. Alex no lo sabía, y prestó atención—. Mi hermana y yo somos idénticas —le dijo a Helen—, excepto en la forma de ser. —Se echó a reír—. Mis padres no nos distinguían, y era muy divertido. Nos aprovechábamos de eso a la menor oportunidad. Yo le hacía los deberes y me presentaba a los exámenes por ella, y ella tonteaba con los chicos haciéndose pasar por mí y me conseguía citas. Lástima que luego yo los aburría y lo estropeaba todo. Obtuvo notas bastante buenas gracias a mí.

Todos se echaron a reír.

—¿Ella también es médica? —quiso saber Helen mientras tomaban el té, acompañado de una bandeja de galletas caseras de jengibre y pepitas de chocolate que olían de maravilla.

—No, es modelo —se limitó a responder Sasha—. ¡En su vida hay mucho más glamour que en la mía!

Alex asintió con pesar.

—Sasha se olvidó de decirme que su hermana y ella eran gemelas, y cuando me las encontré en la cafetería del hospital pensaba que veía doble —le explicó a su madre—. Tienen el mismo aspecto, pero son como el día y la noche.

—Es bastante excéntrica —reconoció Sasha sin problemas. Se sentía como en casa con aquella familia, y por otra parte, aceptaba a su hermana tal como era—. Se presentó en el hospital con un mono tan ajustado que parecía una malla, unos tacones altísimos y un abrigo de leopardo, un modelito bastante discreto, para ser ella. A mis compañeras de piso les toma el pelo haciéndose pasar por mí, pero hay una que sabe distinguirnos. Nuestros padres solían vestirnos igual pero de distinto color, y mi hermana me incitaba a cambiar la ropa. Se volvían locos, y tengo que reconocer que nos encantaba. Nadie sabía quién era quién. Ahora sí, porque a ella no la pillarán nunca vestida con un uniforme de hospital y unos zuecos, la única ropa que tengo yo. En mi familia no se explican por qué he querido ser médico, y a veces yo tampoco —dijo sonriendo a Alex. Él se echó a reír.

—Ni yo. Van a matarnos, con esos horarios. Cuando salimos a cenar, apostamos a ver quién de los dos se queda dormido antes sobre la mesa.

El padre y el hermano de Alex habían pasado por lo mismo, de modo que Helen sabía bien de qué hablaba.

—Tu padre y yo no podíamos ir nunca al cine cuando trabajaba de residente. Se dormía cuando presentaban los tráilers de las películas nuevas y lo despertaba cuando terminaban los créditos. De hecho, sigue pasándole lo mismo —apostilló con un guiño—. No ha cambiado nada.

—¿Qué es lo que me sigue pasando? —Un hombre apuesto de pelo cano entró en el estudio con paso firme y besó a su mujer—. ¿Estás desvelando secretos de familia?

Sonrió a todo el mundo, incluida Sasha, y abrazó a su hijo.

—No es ningún secreto que te quedabas dormido en el cine —bromeó Helen.

—¿Les has contado que ronco? —Puso cara de preocupación y centró su atención en Sasha, que se sorprendió al ver lo atractivo que era. Se parecía a Alex, pero era más alto y más mayor. Tenía un aire juvenil y estaba en buena forma, como su esposa. Los padres de Alex formaban una buena pareja. Ninguno de los dos aparentaba su edad; podrían haber fingido tener diez años menos—. No te creas nada de lo que cuenta sobre mí —le dijo a Sasha—. Bienvenida a Chicago. Estamos encantados de que estés aquí con nosotros —añadió cogiendo una galleta, a la vez que su mujer le tendía una taza de té—. No resulta fácil tener a Alex por aquí muy a menudo. Anda demasiado ocupado para visitarnos.

Todos sabían que era cierto.

—Hemos tenido que aceptar trabajar en Navidad y Año Nuevo para que nos concedan fiesta en Acción de Gracias —explicó Alex. Sus padres no se sorprendieron.

Llevaban treinta años pasando por aquello, y con niños pequeños. Tom Scott estudiaba medicina y su mujer derecho cuando los tuvo. Mirándolo en retrospectiva, no sabían cómo se las habían arreglado. Helen pensaba que la generación actual lo tenía más fácil porque los jóvenes no se casaban tan pronto, aunque ya era hora de que Ben empezara a planteárselo. Había estado a punto de prometerse con su novia poco antes de romper la relación. Helen se lo había tomado con filosofía y había dicho que obviamente la chica no era la persona adecuada, puesto que no quería casarse con un médico que trabajaba tantas horas. No había nada que objetar: su hijo mayor estaba comprometido con su trabajo. Alex, en cambio, era un poco más moderado, y su padre adoraba la profesión pero siempre encontraba tiempo para su familia. Había ofrecido a sus hijos un buen ejemplo acerca de las prioridades en la vida, y el resultado había sido una agradable vida familiar —todavía lo era— y unos fuertes lazos familiares.

—¿Qué tenéis pensado hacer mañana? —le preguntó Tom a su hijo—. ¿Qué tal si salimos a navegar temprano? —Se le veía entusiasmado, y Helen se estremeció.

—Estáis locos. Os vais a helar. Si vais, no os llevéis a Sasha, ya encontraremos alguna ocupación. Pondremos la mesa y nos encargaremos de que las chimeneas estén encendidas, y a lo mejor hacemos un poco de ganchillo. —Estaba bromeando, y todos se echaron a reír—. ¿No se os ocurre nada mejor que morir congelados en el barco?

—Para jugar al tenis hace demasiado frío —dijo Tom en plan práctico. Jugaba varias veces por semana, y se le notaba—. El Scrabble se me da fatal. —Hizo una mueca.

Alex le había explicado a Sasha que solían celebrar Acción de Gracias a media tarde, y que a la familia le gustaba salir por la mañana, normalmente para practicar alguna actividad física. Durante el fin de semana, tenía pensado llevar a Sasha a algún museo y comer en uno de los muchos restaurantes de la zona, y ella también quería ir de compras, ya que cuando volvieran al trabajo no tendría tiempo libre antes de Navidad. Habían hecho muchos planes.

Estuvieron charlando hasta última hora de la tarde, y justo antes de cenar, Ben se unió a ellos. Era más guapo incluso que su hermano menor. Sasha jamás había visto a una familia tan atractiva, y deseó en silencio que su hermana saliera con alguien como Ben, aunque, conociéndola, no le haría ni caso. Era demasiado corriente, demasiado sano y demasiado decente.

Ben sentía curiosidad por Sasha, como era de esperar, y habló con ella durante toda la cena. La interrogó acerca del servicio de traumatología del hospital de la Universidad de Nueva York, y Alex y Sasha comentaron sus programas de residencia, por lo que la conversación giró en torno a la medicina casi toda la noche y Helen tuvo que aguardar su turno. Su marido hablaba con frecuencia de su trabajo de cardiólogo, así que ella estaba muy bien informada sobre los avances en cirugía experimental. La pasión de Sasha por la fertilidad y las novedades que se estaban implementando en Europa despertó el interés del padre de Alex, por lo que hablaron un buen rato sobre el tema. Para Sasha resultaba fácil y divertido hablar con gente que compartía sus mismos intereses. Poco después de cenar, Ben regresó a su apartamento. El matrimonio Scott, Alex y Sasha se retiraron a sus respectivas habitaciones.

Sasha se dejó caer en aquella cama mullida y sonrió a Alex, que la miró con expresión radiante.

—¿Qué tal? Siento la conversación de la cena, parecía un congreso de medicina. Estar con mi familia es como vivir en la consulta de un médico.

—Me encantan —dijo Sasha sonriente—. Son muy agradables. Mi familia es más bien como un culebrón: nos odiamos y siempre estamos discutiendo o echando pestes de los demás. ¡Esto es genial! Tienes mucha suerte.

—A mí también me gusta mucho cómo son —reconoció, y le encantó que ella opinara lo mismo.

Sasha se había sentido muy cómoda toda la noche, y Alex veía que a sus padres y a su hermano les caía bien, aunque eso carecía de importancia. La amaba por encima de todo, si bien era agradable saber que su familia se alegraba por él; lo cierto era que encajaban a la perfección.

Esa noche estaban demasiado cansados para hacer el amor, y durmieron como bebés en aquella cama tan cómoda. El matrimonio Scott estaba desayunando y leyendo el periódico cuando Alex y Sasha entraron en el comedor. El padre levantó la cabeza y les sonrió. Hacía una mañana cristalina y glacial, el típico día invernal de Chicago, aunque sin rastro de nieve, en contra de la predicción.

—¿Te apetece salir a navegar? —preguntó a su hijo.

Helen puso los ojos en blanco y Alex se echó a reír.

—No les hagas caso —dijo la madre mirando a Sasha—. Están como cabras. Es un mal hereditario esa obsesión por los barcos, sobre todo los de vela.

A pesar de todo, cuando acabaron de desayunar, Alex tenía decidido acompañar a su padre, habían llamado a Ben y pensaban encontrase en el club de vela.

—Estáis locos de remate. Si os morís de frío en el lago, Sasha y yo nos comeremos el pavo mano a mano.

Sin embargo, cuando Sasha acompañó a Alex a la habitación de invitados y lo vio vestido, le entraron ganas de acompañarlo y le preguntó si podía ir.

—¿Hablas en serio? No tienes por qué hacerlo, Sash, les caes bien tal como eres. No tienes que demostrar nada.

No quería que se sintiera incómoda ni obligada a seguirles la corriente.

—Creo que será divertido. A lo mejor es que yo también estoy un poco loca. ¿Me prestas una chaqueta?

Lo acompañó hasta su antiguo dormitorio y él sacó varias chaquetas del armario que la abrigarían aunque le quedaran grandes. Sasha eligió una. Luego Alex le entregó unos calzoncillos largos de cuando era más joven y más menudo. Sasha se vistió, se puso dos jerséis gruesos, unos calcetines de lana por encima de la pernera de los calzoncillos y las bambas que había llevado por si acaso. Al cabo de diez minutos estaban en el recibidor, listos para salir. Sasha también se había puesto sus guantes y un gorro de lana de Alex.

—Dios mío, otra loca en la familia —dijo Helen mirando a Sasha, que con toda aquella ropa parecía una niña de cuatro años a punto de salir a jugar con la nieve—. No permitas que te dejen morir de frío. No me gustaría nada tener que comerme el pavo sola. —Se despidió de todos con un beso, incluida su nueva invitada.

Se alejaron en el Range Rover de Tom, con Sasha emocionadísima en el asiento trasero. Ben los estaba esperando junto al lago, cerca del barco. El precioso velero clásico de madera era el orgullo y la dicha de su padre. Ben había retirado la lona mientras aguardaba, y todos subieron a bordo. Alex le mostró a Sasha los camarotes por si tenía demasiado frío y le pidió que no se hiciera la valiente, pero ella prefirió estar en cubierta cuando se alejaron del puerto con aquel viento frío y vigorizante. Soplaba con suficiente fuerza para hinchar las velas, y pasaron dos horas navegando por el lago. Alex la miraba embelesado, como si hubiera dado con el mayor tesoro de su vida. Sasha estaba maravillada y lo sintió en el alma cuando, tras aquella magnífica excursión, tuvieron que regresar al club de vela.

—Vuestra madre me matará si no volvemos ya —dijo Tom a su pesar—. Todos tenían la cara roja y un aspecto saludable y vital a causa del frío.

Ben fue a su apartamento para cambiarse de ropa. Tom regresó con Alex y Sasha a casa, donde Helen los esperaba con bebidas reconstituyentes.

Estaban eufóricos, y Helen le aseguró a su hijo menor que Sasha y él estaban hechos el uno para el otro si la chica había disfrutado de la aventura, cosa que ella confirmó.

Ben regresó al cabo de una hora. Tras arreglarse, la familia se sentó frente a la chimenea del estudio hasta que empezaron a llegar los comensales y se trasladaron al salón. Habían invitado a cuatro amigos, dos viudas y dos hombres que celebraban solos Acción de Gracias, uno porque estaba divorciado y el otro porque su esposa estaba en Seattle esperando a que en cualquier momento su hija diera a luz a su primer hijo. Ambos eran médicos.

El comedor estaba precioso después de que Helen pusiera la mesa y la decorara con flores y adornos de Acción de Gracias. Los amigos resultaron ser una grata e interesante compañía, la cena deliciosa y la conversación animada, así que el grupo se quedó charlando alrededor de la mesa durante horas, hasta que los invitados se marcharon y Ben regresó a su casa. A decir de todos, estaban tan hartos que no volverían a comer en la vida, aunque Alex sabía que darían buena cuenta de las sobras al día siguiente y durante el resto del fin de semana. Sasha y él tenían previsto salir a cenar con Ben a un restaurante, y luego él quería llevarla de visita por sus bares y locales de ocio favoritos. El paseo en barco la había consagrado como miembro de la familia.

Alex y Sasha estuvieron hablando hasta quedarse dormidos, después de hacer el amor con el máximo de silencio para que el matrimonio no los oyera. Sasha había telefoneado a sus padres para desearles un feliz día de Acción de Gracias, y también intentó sin éxito localizar a Valentina, por lo que le mandó un mensaje de texto. Encontró a Morgan en el apartamento a punto de marcharse a casa de su hermano. Antes de dormirse, Sasha le dijo a Alex que había sido el mejor día de Acción de Gracias de su vida, y al ver la amorosa expresión de sus ojos, él la creyó. Compartía la misma sensación.

13

Cuando Abby llegó a Los Ángeles el miércoles por la tarde, sus padres todavía estaban trabajando. Se instaló en la casa de Hancock Park tras abrir con la llave que le habían dejado debajo del felpudo. María, su asistenta de toda la vida, ya se había marchado. Ahora trabajaba allí solo por las mañanas. La casa estaba en silencio pero resultaba cómoda y familiar. Su madre la había redecorado el año anterior con muebles sorprendentemente modernos y obras de arte contemporáneo. No era acogedora, pero sí bonita. Abby dio una vuelta por la casa después de dejar el pequeño bolso de mano en su dormitorio y fue a sentarse en el jardín a pensar qué haría en el futuro y qué diría a sus padres. Más que nunca, ellos esperarían que se trasladara a vivir allí, pero no estaba dispuesta a mudarse. En Nueva York también había oportunidades para los escritores, y desde la ruptura con Ivan estaba trabajando con ahínco en su novela. Había pasado tres años en la inopia, incapaz de darse cuenta de que Ivan le ponía palos en las ruedas y tratando de adaptarse a aquellos extravagantes requisitos vanguardistas que ya no tenían sentido para ella y jamás lo habían tenido.

Estaba encontrando de nuevo su propia voz, y tenía la sensación de que su estilo cobraba más fuerza que nunca. Sus padres habían tenido paciencia con ella durante mucho tiempo, y esperaba que tuvieran un poco más. Deseaba seguir obteniendo su apoyo económico y emocional, y así poder contar con el tiempo necesario para escribir.

En el garaje había un coche que utilizaba siempre que estaba allí: un antiguo Volvo de su época estudiantil. Era viejo pero funcionaba. Aquella tarde salió a dar una vuelta por Los Ángeles para echar un vistazo a los sitios que conocía y pensar en su vida sin Ivan. Sentaba bien estar en casa. Cuando regresó, sus padres ya habían vuelto y se mostraron encantados de verla. Hacía casi un año que no estaba en casa, desde Navidad, y se sorprendió al comprobar que sus padres habían envejecido un poco. Los imaginaba eternamente jóvenes y vitales. Su padre se quejó de que le dolía una rodilla a causa de una lesión jugando al tenis, y su madre estaba bien pero manifestaba un ligero deterioro. Abby nació por sorpresa cuando eran ya mayores, y ahora estaban a punto de cumplir los setenta. Sin embargo, seguían activos y sin la menor intención de bajar el ritmo. Abby se alegraba de pasar con ellos aquellas fechas.

Durante la cena, le preguntaron por lo que estaba escribiendo, y se sintieron aliviados al oír que había dejado de escribir obras experimentales para contentar a Ivan y volvía a dedicarse a textos más tradicionales. Habían encargado un catering delicioso puesto que la madre nunca cocinaba. Contaban con un chef que les llevaba platos preparados varias veces por semana siguiendo un plan de alimentación saludable bajo en grasas.

—Bueno, Abby, ¿qué me dices? —le preguntó su padre a la ligera—. ¿Estás preparada para volver a casa y probar qué tal encaja tu estilo aquí? Tu madre podría conseguirte trabajo como guionista para el programa que quieras. —Se refería a programas comerciales, justo los que detestaba Ivan.

—Me gustaría encontrar trabajo por mí misma —repuso con un hilo de voz pero agradeciendo su ayuda. —Su objetivo era llegar a ser económicamente independiente y no quería valerse de la influencia de sus padres para encontrar un empleo. Deseaba que compraran sus obras o le dieran trabajo porque era buena, no por enchufe—. No creo que encaje en la televisión —dijo con sinceridad—. Me gustaría terminar mi novela y escribir algunos relatos cortos. Luego podría probar con los guiones, pero aún no.

Por la noche, Abby entregó a su madre tres capítulos de su novela, y a la mañana siguiente la mujer le dijo que le había impresionado la fuerza que había cobrado su escritura y hasta qué punto su estilo se había vuelto más equilibrado y maduro. Consideraba que aquel texto era muy cinematográfico y que daría pie a una buena película. Abby se sintió complacida; la opinión de su madre le merecía un gran respeto, y aquello suponía un elogio viniendo de ella. Sabía que todavía debía limar ciertas asperezas, a pesar de no escribir para Ivan. Sin embargo, estaba segura de que aquella voz era la suya, no la de él.

—¿Os importaría darme un poco más de tiempo para que siga escribiendo en Nueva York? —les preguntó con humildad.

Dependía de sus padres para subsistir, pero ellos siempre la habían apoyado y estaban dispuestos a seguir haciéndolo, según dejaron claro en la conversación. Abby les estaba muy agradecida. Siempre habían sido razonables y encantadores —incluso durante los tres años de tortuosa relación con Ivan—, y ahora que él no formaba parte de su vida lo serían aún más. Además, estaba haciendo grandes progresos desde que se había librado de su influencia.

Al día siguiente celebraron la tradicional cena de Acción de Gracias, acompañados de unos cuantos bohemios a quienes sus padres habían acogido. Abby había heredado de ellos su amor hacia las personas interesantes de cualquier ámbito, pero en su caso solía tratarse de celebridades y no de charlatanes como Ivan, aunque Abby no siempre sabía reconocer la diferencia. Sus padres no eran nada conservadores y por Acción de Gracias solían acoger a unas veinte personas que no tenían familia ni un lugar adonde ir. Joan y Harvey Williams ofrecían una cena a base de deliciosa comida china, que preparaba Mr. Chow, acompañada de buen vino francés. Entre sus comensales había actores, escritores, directores y productores, que se reunían alrededor de la mesa en una celebración nada convencional. Abby siempre había adorado aquellas cenas y a quienes conocía allí. Aquello parecía Hollywood, en el mejor sentido. Algunos de los invitados acudían desde hacía veinte años, mientras que otros eran nuevos. Había quien desaparecía durante varios años y luego volvía a la ciudad para terminar una película, o quien acababa de poner fin a una relación y no tenía a nadie para celebrar esa fecha. El ambiente era de todo menos triste; todos los allí presentes eran triunfadores a su manera, por mucho que tuvieran pinta de raros o inadaptados. Abby había crecido entre gente así, y por eso tenía una visión amplia del mundo y una mente abierta. Sus padres siempre habían estado demasiado ocupados para dedicarle mucho tiempo, pero sabía que la querían, a pesar de las cosas tan feas que Ivan había dicho de ellos. Abby se sentía culpable por haberle hecho caso; sabía que nada de lo que decía era cierto.

Su madre entró en su dormitorio antes de que llegaran los invitados y la abrazó.

—Sabes que te queremos, mi niña, ¿a que sí? A veces tengo la sensación de que nos hemos distanciado desde que vives tan lejos. —Los padres de Abby nunca viajaban a Nueva York porque su trabajo los mantenía atados a Los Ángeles—. Me da igual a qué te dediques, lo que quiero es que seas feliz y estés a gusto contigo misma. Ni siquiera tienes por qué ser escritora si no lo deseas. La vida consiste en perseguir tu propio sueño, no el de los demás, sea cual sea. Tú sabes mejor que nadie lo que te conviene. Y nosotros estamos aquí para ayudarte, decidas lo que decidas.

De hecho, llevaban tres años haciéndolo, mientras su hija vivía al borde del abismo con Ivan. Abby no tenía palabras para agradecerles que no le hubieran dado la espalda, y que estuvieran dispuestos a ayudarla más que nunca.

—Gracias, mamá —dijo. Las palabras de su madre le habían llegado al alma—. Me estoy esforzando, en serio.

—Ya lo sé. Lo conseguirás. Yo no empecé a escribir para la tele hasta los treinta y cinco años. Antes escribía novelas y obras cortas, y créeme, eran horrorosas. Solo le gustaban a tu padre, porque me amaba, claro está. Persevera y encontrarás el estilo que mejor te va y la manera de expresarlo, si de verdad lo quieres.

Las dos sabían que todo sería más fácil sin Ivan. Los padres de Abby le habían ofrecido una comprensión y un apoyo excepcionales tras la ruptura, sin un solo reproche.

—Me siento una estúpida por haber perdido todo ese tiempo —dijo con lágrimas en los ojos. Su madre volvió a abrazarla.

—No te olvides de que yo estuve casada dos años antes de conocer a tu padre. El chico parecía normal, pero después de la boda se convirtió en un fanático religioso y fundó una secta en Argentina, así que lo planté. Todos cometemos insensateces de vez en cuando, y nos encariñamos con las personas equivocadas. Está bien tener la mente abierta, pero también hay que saber cortar cuando una relación es perjudicial y pasar página. Tú has sabido hacerlo con Ivan. Ahora deja tiempo al tiempo.

Abby no sabía qué había hecho para merecer a unos padres tan comprensivos, pero dio gracias a Dios por tenerlos. No recordaba lo del primer matrimonio de su madre. Ella jamás lo mencionaba porque no había motivos para hacerlo. Sus padres llevaban más de treinta años felizmente casados, y seguía gustándoles rodearse de personas poco convencionales. Jamás se les había ocurrido pensar que aquello pudiera afectar a su hija y perjudicarla. Su padre se dio cuenta y se lo dijo a su madre cuando conocieron a Ivan, pero habían dejado que Abby tomara sus propias decisiones, para bien o para mal. Al final, tras un paréntesis de tres años, el problema se había resuelto. Por suerte, su hija iba de nuevo bien encarrilada y se dedicaba más que nunca a sus escritos, que habían mejorado gracias a todo lo que había pasado.

Los invitados empezaron a llegar alrededor de las seis, y a las siete ya eran veintiséis los que, con indumentaria informal de estilos variopintos, bebían vino y se enfrascaban en profundas conversaciones por la sala de estar y en torno a la piscina. A las ocho llegó la comida. Cada cual se sentó donde encontró un sitio libre, dentro o fuera, en el suelo, en sillas o en sofás, se colocó el plato sobre las rodillas y disfrutó de la charla acerca de diversos aspectos del mundo del espectáculo. Era una celebración de Acción de Gracias digna de Hollywood. A Abby le parecía de lo más normal, puesto que era la clásica cena de Acción de Gracias de sus padres.

Estaba sentada en el suelo. Se había puesto unos vaqueros, sandalias y una blusa típica guatemalteca que su madre le había traído de un viaje cuando ella tenía quince años. A su lado se sentó un hombre con barba, vaqueros y una chaqueta de camuflaje, y se presentó. Se llamaba Josh Katz. Había trabajado con su madre en un show televisivo y estaba preparando un largometraje sobre los primeros tiempos del apartheid, ambientado en Sudáfrica; era la clase de proyecto que gustaba a sus padres, pensó Abby. Josh tenía unos cálidos ojos castaño oscuro y un acento extraño atribuible a su procedencia israelí, según me contó más tarde. Tenía un gran interés en los trabajos acerca de personas oprimidas, en particular mujeres. Por un segundo Abby se preguntó si se trataría de otro Ivan con un discurso más convincente, pero puesto que se hallaba en el salón de casa de sus padres, seguro que tenía credenciales y no era un farsante. Sus padres detestaban a los chanchulleros; por eso no soportaban a Ivan.

—¿Y qué estás haciendo aquí? —le preguntó Abby. De repente se dio cuenta de lo mal que había sonado eso y se disculpó—. Quiero decir que por qué estás solo en Acción de Gracias. ¿Vives en Los Ángeles?

—Según el momento. Vivo en Tel Aviv, en Los Ángeles, en Nueva York o donde esté filmando. Ahora mismo estoy en Johanesburgo, pero volveré dentro de unas semanas para la posproducción. Tengo dos hijos aquí, y este fin de semana me alojo con ellos, pero hoy estaba libre y tus padres han sido muy amables de invitarme al saber que estaba en la ciudad. Dentro de seis meses empezaré a rodar una película aquí, así que tendré que buscarme un apartamento para terminar la película actual y la siguiente. Me quedaré un año y medio en Los Ángeles.

—¿Cuántos años tienen tus hijos? —Aquel hombre le caía bien. Parecía interesante, agradable y poco convencional, como sus padres.

—Seis y once —dijo con orgullo, y le mostró una fotografía que guardaba en el teléfono. Eran unos niños preciosos. Y él debía de rondar los cuarenta años—. La madre de los niños vive aquí. Nos divorciamos hace dos años, pero intento ver a mis hijos siempre que puedo. Será agradable vivir un tiempo por aquí. Me han dicho que eres escritora. —Abby asintió. Se quedó ensimismada un instante—. ¿Y qué escribes?

—Durante tres años he escrito obras de teatro experimental, pero ahora estoy trabajando en una novela y algunos relatos cortos, en una línea más tradicional. —Abby sonrió—. O eso creo. Estoy en un momento de transición —apostilló, y se echó a reír.

—A veces eso es bueno. Te permite abrirte a los cambios. De vez en cuando hay que echarlo todo abajo para construir unos pilares más sólidos. He descubierto que también ocurre con las películas.

—Entonces voy por buen camino. —Rio por no llorar.

Josh le dedicó una sonrisa. Esa chica le caía bien, y sus padres también. Eran personas con talento, buenas, honradas e íntegras, cosa rara en Hollywood.

—¿Puedo leer algo de lo que has escrito? —Siempre estaba buscando material nuevo, y lo encontraba en los lugares más insospechados.

—Lo que tengo no es representativo de mi estilo ni de lo que escribo actualmente. La novela no la he terminado.

—¿Has escrito alguna vez un guión de cine? —Abby negó con la cabeza—. No hay mucha diferencia entre una obra de teatro y un guión de cine, tal vez te parecerá fácil. ¿Puedo echar un vistazo a algo de lo que estás escribiendo ahora? ¿Unos capítulos de tu novela? —Le tendió una tarjeta antes de que ella pudiera responder—. Envíame algo. Nunca se sabe. Puede que conozca a alguien con un proyecto entre manos que encaje a la perfección contigo. Estas cosas funcionan así. Se trata de tener contactos. Así conocí a tu madre, y realicé algunos programas para ella que me dieron a conocer. Fue ella quien me dio una oportunidad.

Joan siempre había sido muy valiente en ese aspecto, y había descubierto a personas con verdadero talento que se habían hecho famosas, y también a algún que otro desastre. Estaba dispuesta a cometer errores, lo que la hacía más indulgente con los demás.

—De acuerdo —concluyó Abby con aire pensativo. Aquel hombre era muy convincente en el buen sentido, y muy positivo.

De repente su madre la arrancó de allí para introducirla en una conversación con una vieja amiga de la familia a la que no había visto desde que iba al instituto. La mujer parecía tener cien años y casi no se la reconocía a causa de un lifting. Menos mal que su madre no se había hecho ningún retoque y seguía teniendo un aspecto natural, a pesar del leve envejecimiento.

Más tarde, al desvestirse, encontró la tarjeta de Josh, y se preguntó si debería enviarle algún relato corto o unos cuantos capítulos de su novela. Lo comentó con su madre a la mañana siguiente mientras desayunaban junto a la piscina tomando el sol. Su padre había salido a jugar al golf, a pesar de la lesión de la rodilla.

—¿Por qué no? —se limitó a contestar su madre—. Tiene mucho talento y está abierto a nuevas ideas. Sabía que no podría retenerlo mucho tiempo. Es poco convencional, muy creativo y no le gusta atenerse a las normas de la televisión. —La madre de Abby sabía hacerlo sin poner en peligro su ingenio y sus ideas, pero no todo el mundo lo lograba. Joan tenía una insólita capacidad para mantenerse en el filo que separaba la purria comercial y el talento verdadero, y los índices de audiencia así lo demostraban, por mucho que Ivan dijera lo contrario—. Mándale algo —la animó—. A lo mejor te da buenos consejos y te presenta a alguna productora independiente, si eso es lo que quieres.

—Es posible —dijo Abby pensativa—. No sé que acabaré escribiendo, si novelas o guiones de cine. —Sabía que aún no había alcanzado ninguna meta, y que su obra actual era tan solo parte del proceso.

Esa tarde, Abby encendió el ordenador y le envió a Josh un e-mail con los primeros dos capítulos de su libro y un relato corto, y le dijo que se había alegrado de conocerlo. Luego aparcó el tema y se fue de compras con su madre a Maxfield y a algunas de las tiendas vintage que las dos adoraban. En sus armarios había ropa de todo tipo, y les encantaba prestarse entre ellas piezas curiosas.

El fin de semana pasó volando. A Abby le daba pena tener que regresar a Nueva York el domingo. Sus padres le habían dicho que en Navidad viajarían a México y la habían invitado a acompañarlos, pero Abby pensaba que sería mejor quedarse en Nueva York a escribir. Aquel país tampoco le gustaba tanto como a ellos; siempre que iba, enfermaba. En cierto modo, sus padres vivían como si no tuvieran hijos. La trataban más bien como a una amiga, siempre lo habían hecho. Sin embargo, la parte buena era que aceptaban su independencia y siempre le habían concedido libertad. Incluso de niña la habían tratado como una persona adulta. Les encantaba incluirla en cualquier actividad, aunque nunca habían cambiado de planes por ella. La acogían con gusto si deseaba unirse a ellos, pero organizaban su agenda al margen de su hija, como aquella escapada a México en Navidad.

Abby les prometió regresar pronto. Su padre la acompañó al aeropuerto y la abrazó con fuerza al despedirse.

—Te queremos, Abby —dijo reteniéndola entre sus brazos unos momentos—. Buena suerte con tus escritos.

—Gracias, papá —respondió con lágrimas en los ojos.

Incluso después de aquel disparate de relación con Ivan, que le había sorbido el seso como una secta, seguían creyendo en ella. Resultaba asombroso, pero así eran ellos: personas comprometidas con el proceso artístico que creían profundamente en el poder de la creatividad; y aunque no fueran los padres perfectos, los quería. Dijo adiós con la mano al cruzar el control de seguridad y enseguida desapareció, dispuesta a tomar su vuelo con destino a Nueva York. Habían sido cuatro días fantásticos.

Cuando Claire llegó a San Francisco, la ciudad no había cambiado en absoluto. Tampoco habían cambiado los habitantes de aquella casa. Sus padres vivían en una pequeña construcción victoriana de aspecto algo descuidado, situada en las cumbres del Pacífico. Necesitaba una buena mano de pintura, pero Sarah conseguía que por dentro siempre se viera arreglada, aunque tuviera que pintar ella misma las habitaciones, cosa que había hecho más de una vez. Mandaba tapizar los muebles donde salía más barato para que a su padre no le pareciera excesivo el gasto. A él se le veía deprimido, y no paraba de quejarse del mercado inmobiliario; no había vendido una sola casa en un año y medio, aunque Claire lo asociaba más a su carácter que a la situación económica. ¿Quién querría comprarle una casa a alguien que no hacía sino ponerle pegas a todo? Además, el padre de Claire detestaba la agencia para la que trabajaba.

Su madre se pasaba el día canturreando y gracias a ella la casa tenía un aspecto fresco y agradable; hasta había puesto flores en el dormitorio de Claire. Había comprado un pavo demasiado grande para los tres, como si esperaran tener invitados. Sin embargo, ya nunca salían a divertirse y rara vez veían a sus amigos. Su padre los había borrado del mapa con los años, y su madre ya no trataba de convencerlo para que tuviera vida social, así que quedaba ella sola con sus amigas para comer y se pasaba las noches leyendo. Nadie hablaba de que su padre bebía demasiado, lo que empeoraba su estado depresivo. No es que cayera al suelo borracho, pero tres o cuatro whiskies cada noche resultaban excesivos. Claire y su madre lo sabían, aunque jamás lo reconocían en voz alta. Simplemente, le permitían hacer lo que le viniera en gana, y una noche tras otra, después de la segunda copa, el hombre se quedaba solo frente al televisor hasta que se iba a la cama.

La madre quiso saberlo todo sobre George en cuanto Claire puso los pies en casa; se notaba que estaba emocionada. Él todavía no la había llamado desde Aspen, y supuso que habría salido a esquiar o que no querría molestarla en casa de sus padres; estaba segura de que más tarde tendría noticias suyas. Sin embargo no fue así, de modo que lo llamó al móvil desde su habitación, pero le saltó el buzón de voz. Como había cierta diferencia horaria entre Aspen y San Francisco, Claire creyó que estaría durmiendo y le dejó un mensaje cariñoso.

Al día siguiente tampoco llamó, seguramente por el mismo motivo. Debía de haber salido a esquiar, y ella le había dicho que el día de Acción de Gracias cenaría con sus padres y no sabía a qué hora. Le envió un mensaje de texto, pero George no respondió.

La cosa no le pareció preocupante hasta el día siguiente. No habían hablado desde que él la dejó en el apartamento el martes por la noche, y eso no era propio de George. Le gustaba estar en contacto con ella todo el día mediante llamadas y mensajes, y saber qué estaba haciendo. Después de tres días de silencio, Claire empezó a preguntarse si George detestaría tanto aquella fecha que se habría encerrado en su refugio con una leve depresión. No quería presionarlo, ni resultar fisgona o insistente, de modo que le mandó otro mensaje cariñoso para decirle que lo echaba de menos pero sin culparlo por no haberla llamado. Era obvio que necesitaba espacio. Además, al cabo de dos días, el domingo, estarían de vuelta en casa y pensaban pasar la noche juntos.

Su madre prosiguió con el interrogatorio durante todo el fin de semana, y Claire intentó responder con toda la sinceridad: no tenía ni idea de lo que les depararía el futuro, pero al parecer iban en serio, y él la trataba de maravilla. No le dijo que, la noche antes de separarse, él le había pedido que fuera la madre de sus hijos; ni tampoco que hacía tres días que no tenía noticias suyas. No le cabía duda de que aquella distancia era pasajera. Nunca se habían sentido tan cerca el uno del otro como la noche anterior a su viaje a San Francisco.

El sábado sintió que se la comían los nervios y empezó a preocuparse por él y a pensar que a lo mejor le había ocurrido algo. ¿Y si estaba enfermo o se había lesionado mientras esquiaba? Tal vez se hubiera roto los brazos y no pudiera usar el móvil, o hubiera sufrido un golpe en la cabeza, puesto que según él no usaba casco, aunque era un esquiador experimentado. Claro que podría haberle pedido a alguien que la llamara, si es que estaba herido, o haberle mandado un mensaje, si estaba enfermo. Estaba claro que aquella fecha le afectaba más de lo que creía. George había cortado toda comunicación con ella y obviamente estaba deprimido. Tal vez lo había ofendido sin darse cuenta, pensó, pero la última noche juntos no indicaba tal cosa. Le había costado horrores separarse de Claire cuando ella salió del coche, y tan solo una hora antes le había dicho que quería que fuera la madre de sus hijos. ¿Cómo iba a estar enfadado? ¿Y por qué? No, seguro que aquel silencio no era culpa suya; pero de todos modos resultaba alarmante.

Procuró que su madre no notara que se sentía incómoda sorteando sus preguntas y cambiando de tema con discreción. Cuando llegó el sábado por la noche, Claire intentó llamar a George varias veces sin éxito y le dejó mensajes en los que le decía que estaba muy preocupada y cuánto le quería. Él no respondió.

Seguía sin tener noticias cuando, el domingo por la mañana, embarcó con rumbo a Nueva York. Llegaría al aeropuerto JFK a las cuatro y estaba previsto que se vieran más tarde. Lo llamó desde el coche, pero nadie contestó al móvil ni a su número fijo. Claire sabía que sus asistentes estaban de vacaciones y no quería dar la impresión de acosarlo, pero tenía un nudo en el estómago del tamaño de un puño. ¿Qué habría ocurrido? ¿Por qué no la llamaba?

Tampoco supo nada de él esa noche mientras esperaba en el apartamento. Abby llegó de Los Ángeles y le dijo que había pasado un fin de semana estupendo con sus padres. Sasha y Alex regresaron de Chicago; la celebración de Acción de Gracias había sido perfecta, según la médica. Para Claire el fin de semana había resultado deprimente, tal como se esperaba, y más teniendo que soportar el inexplicable silencio de George, pero no les contó nada a sus amigas. Morgan, por su parte, había disfrutado mucho de la cena en casa de Greg y Oliver. A todo el mundo le había ido bien la festividad excepto a ella. Estaba segura de que todo tenía una sencilla explicación, y de que George se disculparía por su falta de comunicación cuando la llamara. Sin embargo, hasta que conociera el motivo, se sentía angustiada. Permaneció despierta hasta las cuatro de la madrugada con la esperanza de recibir noticias suyas.

Incluso habría agradecido una llamada de madrugada, cualquier tipo de señal por parte del hombre al que amaba, el mismo que tan solo cinco días antes quería tener hijos con ella y con quien no había vuelto a hablar. No tenía sentido.

Se despertó al cabo de dos horas de haberse dormido, mucho antes de que sonara la alarma, y esperó hasta las ocho para telefonearle. Sus asistentes no llegaban hasta las nueve de la mañana del lunes, de modo que en su piso no contestó nadie, y en el móvil tampoco. A esas horas él ya tendría que haber vuelto a Nueva York, a menos que le hubiera sucedido algo grave.

Se vistió a toda prisa para ir a trabajar, sin entretenerse a tomar café ni a desayunar. Cuando llegó al despacho se sentía desorientada y hecha un lío de puro angustiada. Esperó hasta que dieron las nueve y llamó a George al despacho, pues sabía que siempre llegaba a las ocho y media para preparar la jornada. Su secretaria le contestó a través del número privado y le dijo que George estaba en una reunión. Claire le indicó que simplemente le informara de su llamada. Seguro que George se la devolvería.

Apenas fue capaz de pensar en toda la mañana. Cuando llegó Monique, la trató de cualquier manera. No estaba de humor para aguantarla. Por suerte, Walter no puso los pies en su despacho.

Claire volvió a llamar a George a la hora del almuerzo y le dijeron que había salido a comer y que por la tarde tenía varias reuniones fuera, por lo que no volvería al despacho. La voz de su secretaria, tranquila y sosegada, no le dio ninguna pista. Cuando Claire colgó el teléfono, le caían lágrimas por las mejillas. Era evidente que pasaba algo grave, pero ¿qué? ¿Y por qué motivo? George la estaba evitando, y ella no había hecho nada para merecerlo. Tenía tanto miedo y sentía tal dolor a causa de la preocupación que le faltaba el aire.

Salió del trabajo media hora antes de lo habitual. Le dijo a Walter que había cogido la gripe y tenía fiebre, lo cual era fácilmente creíble, ya que tenía un aspecto horroroso.

Se acostó en cuanto llegó a casa y se limitó a permanecer

tumbada en la cama, hasta que, al cabo de unas horas, oyó que Morgan había vuelto y fue a buscarla a su habitación.

—No me habla —dijo casi sin voz. Morgan se la quedó mirando, perpleja. Parecía que a Claire le hubieran dado una paliza, o que sufriera una enfermedad grave.

—¿Quién no te habla? —Ni se le pasaba por la cabeza quién.

—George. No he vuelto a tener noticias suyas desde el martes por la noche. Todo iba bien, pero no contesta a mis llamadas ni a mis mensajes. Nada. Silencio. ¿Crees que me ha dejado? —Apenas se atrevía a pronunciar aquellas palabras, pero tal vez Morgan supiera más cosas que ella. A lo mejor había hablado con ella.

—Claro que no —respondió descartando la idea—. Está loco por ti. —Se quedó pensativa unos instantes—. Sé que las fiestas lo ponen de muy mal humor, y a veces desconecta del mundo. Si en el trabajo tiene demasiada presión, se toma uno o dos días libres y se marcha de la ciudad, pero cuando vuelve está bien. ¿Habéis discutido por algo?

—Qué va.

—Lo he visto en el despacho y parecía tan normal. Incluso estaba riendo con uno de nuestros clientes. Creo que hoy ha estado muy ocupado, pero reconozco que eso no es excusa. Déjalo a su aire, a ver qué hace. No le vayas detrás. No está herido, no está muerto, está bien. Ya te llamará.

Sin embargo, dos días más tarde todo seguía igual. Llevaba ocho días sin llamarla. Aquello no tenía explicación.

Claire se había tomado dos días libres con el pretexto de tener la gripe. En el apartamento todo el mundo estaba al corriente de lo que le ocurría, y sus compañeras se movían con tanto sigilo como en un velatorio. Claire salía de su habitación lo menos posible porque no quería ver a nadie. Esa noche Morgan le pidió opinión a Max.

—No lo sé —repuso él con sinceridad—. A veces los hombres hacen cosas raras. Se precipitan, y luego se cagan de miedo y huyen. Pero George es un tío responsable con un negocio serio. Si se hubiera arrepentido o hubiera cambiado de opinión, tendría narices para decírselo, digo yo.

—Tal vez no —dijo Morgan en voz baja. Estaban cenando en el restaurante a última hora, y cada vez quedaba menos gente. Esperaba no ver entrar a George de repente con otra mujer, aunque no creía que tuviera tan mal gusto para hacer una cosa así. En el despacho no podía interrogarlo. Al fin y al cabo era su jefe, y jamás le había hablado de su relación con Claire. Lo que sabía, lo sabía por su amiga, no por él. George no solía comentar su vida privada con los empleados, por mucho que saliera en «Page Six»—. Ha dejado a muchas mujeres a lo largo de los años. Creo que tiene fobia a las relaciones serias. Pero no hay motivos para cortar por lo sano. Debería decirle algo. La pobre se está volviendo loca, y parece un alma en pena.

Morgan estaba disgustada. Incluso conociendo a George, no lograba dilucidar qué le ocurría.

—Me lo imagino —dijo Max poniéndose en su lugar

De pronto a Morgan le vino a la mente una cosa que quería preguntar a George desde hacía tiempo pero que o bien se le olvidaba o bien no encontraba el momento apropiado.

—Ya sé que parece una tontería, pero hace unas cuantas semanas encontré una anomalía en un documento que el departamento de contabilidad me hizo llegar por error. Me llamó la atención al ver la hoja de cálculo: había dinero en una cuenta errónea, y además habían retirado una pequeña cantidad y la habían devuelto al cabo de una semana. No faltaba nada, pero habían pasado el dinero de una cuenta a otra. ¿De qué sirve hacer una cosa así? ¿Dirías que se trata de alguna triquiñuela? —George era muy meticuloso con las cuentas y aquello le sorprendió—. Además, ha invertido dinero en una empresa en cuyo equipo directivo hay un hombre que hace unos años fue acusado por un jurado, aunque acabaron retirando los cargos. ¿Crees que se traen algo raro entre manos?

—No, no lo creo. George es demasiado inteligente para

cometer estupideces, y es un tío decente. Tiene una reputación impecable, no va a arriesgarse y fastidiarlo todo metiéndose en problemas. Es más probable que en contabilidad se hayan equivocado y hayan corregido el error.

—Yo pienso lo mismo —dijo a las claras—, pero nunca se sabe. A veces en este negocio pasan cosas raras. Mira a Bernie Madoff.

Bernie Madoff era el mayor delincuente financiero de todos los tiempos. Lo habían condenado a ciento cincuenta años de cárcel por estafar miles de millones a bancos y clientes particulares. Sin embargo, Morgan ni por asomo imaginaba a George cometiendo un delito semejante, y Max tampoco, para su tranquilidad. Confiaba en su criterio, y solía tener muy buen ojo para la gente.

—George no es Bernie Madoff. —Max le sonrió. Entonces se puso serio—. No me preocupan sus libros de contabilidad, pero Claire sí. Han pasado ocho días, la cosa no pinta bien. No hay muchas explicaciones posibles, excepto una, se va a llevar un chasco. Me sabe fatal por ella.

Max les tenía mucho cariño a las compañeras de piso de Morgan. Todas eran buenas personas, e incluso le caían mejor que algunas de sus hermanas.

—Yo también lo siento —convino Morgan—. Es un golpe tremendo. Confiaba en él y está enamorada hasta la médula. Si George no da señales de vida, no sé si lo superará.

—Tendrá que superarlo —dijo Max con razón—. George le debe una explicación, pero al parecer no quiere dársela, si no a estas alturas ya la habría llamado. —Morgan asintió. Ambos se quedaron pensativos.

A Morgan le dolía ver que George estaba tan normal en el despacho. Actuaba como si no hubiera ocurrido nada. Mientras él charlaba y bromeaba entre reunión y reunión, Claire padecía la peor de las agonías, encerrada en casa sin moverse de la cama y con pinta de zombi.

Dos semanas después de Acción de Gracias, seguía sin tener noticias de George. Había pensado en personarse en su despacho y exigirle una explicación, pero lo consideraba demasiado melodramático. Le escribió una carta en la que le preguntaba qué había hecho para ofenderlo y le decía que lo amaba, y la dejó en su buzón. También le había escrito varios e-mails. No había quien lo entendiera. George le había dicho que la amaba, que era la mujer de su vida y que quería tener hijos con ella, y luego se había esfumado. No tenía ningún sentido y a todos les parecía cosa de locos. Si había cambiado de opinión, sería duro aceptarlo, pero todo cuanto tenía que hacer era decírselo. A esas alturas, a todos, y sobre todo a Claire, les resultaba obvio que George se había cagado de miedo y había puesto pies en polvorosa. Sin embargo, era él quien había marcado el ritmo de la relación y había decidido avanzar tan rápido. Era él quien le había ido detrás y la había convencido agasajándola y asegurándole que la amaba prácticamente en su primera cita. Con todo, fuera cual fuese el motivo, en silencio, había desaparecido. Tras dos semanas, Claire ya no era capaz de encontrarle excusas: todo había terminado. Jamás lo había pasado tan mal. Aquello era como un duelo, por los sueños y esperanzas, por el amor, y por todas sus promesas. Había perdido cinco kilos y parecía que estuviera de luto riguroso.

Al cabo de una semana volvió al trabajo, y para empeorar las cosas, Walter no paraba de atormentarla, aunque también él veía que le había ocurrido algo horrible.

—¿Qué pasa? —Le preguntó Alex a Sasha la primera vez que se vieron después de Acción de Gracias—. ¿Ha muerto su padre o su madre? —No lograba imaginar otro motivo para tener ese aspecto, a menos que estuviera enferma, y esperaba que no se tratara de eso.

—Parece que le han dado calabazas. George no le ha dicho nada; ha desaparecido y punto.

—¿Qué quiere decir que ha desaparecido? ¿Se ha marchado de la ciudad?

—No, pero no le habla ni quiere verla. Se la ha quitado de encima sin darle ni media explicación.

—Qué cabrón —soltó Alex enfadado—. Le ha ido detrás desde que empezamos a salir juntos. ¿Cómo es posible que no le diga nada?

—No lo sé, pero no lo ha hecho.

Sus amigos intentaban consolarla haciéndole compañía, pero Claire se metía en la cama en cuanto volvía del trabajo y se pasaba las horas durmiendo.

Al cabo de dos días, Walter la llamó a su despacho. Faltaban menos de dos semanas para Navidad y Claire creía que iba a entregarle el cheque de la paga extraordinaria. Había trabajado a destajo y las ventas habían aumentado un poco. Además, Monique regresaba a París porque había terminado las prácticas, una magnífica noticia.

—Hace días que quiero hablar contigo —dijo Walter mientras jugueteaba con dos clips que había sobre su mesa de trabajo—. Iba a comentártelo hace un par de semanas, pero te pusiste enferma. Por cierto, sigues teniendo muy mal aspecto, deberías ir al médico.

—Estoy bien —repuso ella con aire abatido, esperando que le entregara el cheque cuanto antes para salir de su despacho.

—Sé que no necesitas este trabajo porque tienes un novio rico esperando entre bastidores y cualquier día serás multimillonaria. —A Claire le entraron ganas de vomitar al oír aquello, pero no era asunto de Walter que George no quisiera saber nada de ella y no pensaba explicárselo, así que no dijo nada—. De todas formas, te cases con él o no, no es esta la clase de empresa donde quieres trabajar. Tú prefieres a los grandes de la moda: Jimmy Choo, Manolo Blahnik, o cualquiera de las firmas más atrevidas. —La miró fijamente—. Y para serte sincero, tienes el talento suficiente. Me he enterado de que has estado mandando currículos, y estoy seguro de que pronto se te rifarán. La verdad es que aquí estás perdiendo el tiempo. Además no puedo permitirme el sueldo que te pago. Lo siento, Claire, pero tienes que marcharte. No es nada personal, son cosas del negocio. A nosotros nos va mejor con nuestro estilo clásico y no necesitamos en plantilla ninguna diseñadora brillante con ganas de cambiar las cosas. Tendremos más beneficios sin ti, yo mismo puedo encargarme de efectuar los pequeños cambios necesarios. —Claire lo miraba como si no lo comprendiera, como si le hablara en chino.

—¿Me está echando? —preguntó a voz en grito. Walter asintió—. ¿Porque he mandado currículos?

—No, hace seis meses que quiero despedirte. Los números no justifican tenerte en plantilla. Es mejor que vayas a diseñar zapatos para otro. Lo siento. Te deseo buena suerte. De todas formas, seguro que acabarás casándote con ese hombre y dejarás de trabajar. En cualquier caso, no puedo pagar lo que vales. Te mereces lo mejor.

Walter le ofreció la mano y Claire se la estrechó medio atontada

—¿Cobraré la paga de fin de año? —preguntó dándose la vuelta, a punto de salir del despacho. Él negó con la cabeza—. ¿Y una indemnización? —Había trabajado cuatro años allí odiando cada segundo. Deberían haberle pagado por daños y perjuicios.

—Por dos semanas —respondió tan tranquilo—. No es nada personal, son cosas del negocio —volvió a decir.

Walter iba a pagarle lo mínimo. Claire no daba crédito. En estado de shock, entró en su despacho, metió sus dibujos y sus objetos personales en una caja de cartón, la cogió y se marchó. Una vez en la calle, llamó a un taxi. Estaba nevando. Cuando entró en el coche, estaba empapada.

—Parece que ha tenido un día difícil —dijo el taxista mirándola por el retrovisor.

—Me han despedido —contestó. Le caían lágrimas y nieve por las mejillas, mezcladas con churretones de rímel. Daba verdadera pena.

—Lo siento —respondió él, y puso el taxímetro a cero. La

llevó a casa y no le cobró nada por el trayecto. Cuando Claire miró el taxímetro, seguía estando a cero—. Feliz Navidad —le deseó el taxista compadecido, y Claire también le felicitó las fiestas.

Subió la escalera del apartamento llorando a lágrima viva. Cuando entró, sus compañeras de piso se asustaron al verla con tan mal aspecto.

—¿Qué ha ocurrido? —preguntó Morgan a la vez que se acercaba para ayudarla con la caja. Claire la miró con cara de asombro.

—Me acaban de echar del trabajo. No es nada personal, son cosas del negocio. Me pagarán dos semanas de indemnización y me quedo sin paga extra.

Aquello era demasiado después del infierno que había pasado tras el silencio de George. No tenía ni idea de cómo iba a explicárselo a sus padres cuando fuera a pasar las Navidades con ellos.

Aquella noche recibió noticias de George, como si tuviera un radar y quisiera insultarla además de herirla. Le mandó un mensaje de texto que ella leyó sin dar crédito, aunque ya nada le sorprendía.

Lo siento, me pasé de la raya. Es culpa mía, no tuya. Lo he pensado bien y es mejor así. No estamos hechos el uno para el otro, Claire. No quiero tener ninguna relación seria, ni casarme, ni tener hijos, ni compañera. En el fondo soy un lobo solitario, y quiero seguir siéndolo. Te deseo todo lo mejor. Feliz Navidad.

G.

Claire se quedó mirando el mensaje un buen rato. Lo leyó y lo releyó, y entonces le entró una risa histérica. Fue a la cocina con el móvil en la mano. Sus amigas se la quedaron mirando, temiendo que estuviera perdiendo la cabeza.

—Ya es oficial. George acaba de mandarme un mensaje

después de casi tres semanas. Me ha dejado. Por móvil. Dice que es lo mejor y me desea Feliz Navidad.

Se sentó en la cocina junto a sus amigas. Se sentía un poco histérica.

—Qué bien, me echan del trabajo y me plantan el mismo día —dijo como en estado de shock.

Abby la rodeó con el brazo sin decir nada. Claire estalló en sollozos. Sin embargo, sentía un extraño alivio al haber recibido noticias de George; por lo menos no había sido culpa suya. Era él quién se había comprometido hasta aquel punto, quien había deseado desesperadamente salir con ella y no había parado hasta convencerla, quien había dicho que la amaba y que quería tener hijos con ella. Y ahora la había plantado. La ironía y la crueldad que encerraba una cosa así era casi imposible de soportar. Claire lo tenía muy claro: jamás volvería a confiar en un hombre. Esa noche, sus amigas la acompañaron a la cama y se acomodaron alrededor. Sasha se tumbó a su lado. Abby se sentó en el suelo y le acarició el pelo. Morgan se sentó a los pies de la cama con aire abatido, contemplándola y dándole palmaditas en los pies de vez en cuando. Estaban a su lado, no podían hacer más. Entre llantos, Claire por fin se quedó dormida.

14

Claire era la única de las cuatro compañeras de piso que pasaría la Navidad en casa de sus padres. Las demás se quedarían en Nueva York. El despacho de Morgan siempre cerraba entre Navidad y Año Nuevo, y ese año pensaba echarle una mano a Max en el restaurante durante los días de mayor afluencia, acomodando a la gente en las mesas cuando fuera necesario y ayudándolo con las reservas. Era la única forma de estar con él durante las fiestas, puesto que le tocaría trabajar a todas horas los siete días de la semana, y él agradecía mucho su apoyo. De todos modos, en casa de sus padres no habría nadie, y Oliver y Greg tenían planeado ir a esquiar a New Hampshire con unos amigos.

Los padres de Abby estaban en México. Ella decidió quedarse en Nueva York para avanzar con la novela. Y Alex y Sasha tenían guardia tanto en Navidad como en Año Nuevo, aunque por lo menos estarían juntos.

Claire sintió no quedarse también en Nueva York. Cuando el día 23 voló a San Francisco, tenía la sensación de estar ahogándose bajo el agua a causa del impacto de todo lo que le había ocurrido. Ni siquiera estaba enfadada, tan solo desesperada.

Morgan estaba furiosa con George. Antes le merecía respeto, pero ya no. Era imposible sentir respeto hacia un hombre capaz de ser tan cruel con su amiga. Claire ya no era persona desde que le había partido el corazón en mil pedazos. Apenas se veía con ánimos para pasar la Navidad con sus padres, pero no quería que su madre se llevara un disgusto. Antes de perder el trabajo, le había comprado un bolso de mano carísimo que le iba a encantar, y a su padre un jersey. Ya no podía permitirse esa clase de gastos, pero en fin, la Navidad era la Navidad, y ellos no sabían que la habían despedido. La perspectiva de aquellos días en familia le daba pánico. Sus padres tampoco tenían ni idea de que George la había dejado. Pensaba contárselo a su madre después de Navidad y pedirle que se lo dijera a su padre cuando ella se hubiera marchado; no se veía capaz de lidiar ni con la preocupación ni con la deprimente visión de un hombre acostumbrado al fracaso.

El avión sufrió un retraso de tres horas debido al mal tiempo en San Francisco. Había tormentas por todo el país que provocaron turbulencias durante el vuelo. A Claire le daba igual. Si el avión se estrellaba al despegar, sería todo un alivio; así no tendría que presentarse en la oficina de desempleo, ni buscarse otro trabajo, ni pasar el resto de su vida sin George y odiándolo por lo que había hecho.

Tenía previsto volver a enviar currículos cuando regresara a Nueva York, y añadir que había dejado el trabajo y que su disponibilidad era inmediata. Cuando llamaran a Walter para pedirle referencias, descubrirían que la habían echado, porque seguro que él lo diría, pero no podía hacer nada para evitarlo.

Cogió un taxi en el aeropuerto. Su madre estaba esperándola en casa. Acababan de cenar, y su padre ya estaba sentado frente al televisor viendo Discovery Channel con una copa en la mano. Su madre la acompañó al dormitorio para que dejara sus cosas.

—Estás en los huesos —le dijo preocupada al ver que había perdido por lo menos cinco kilos desde Acción de Gracias.

—He tenido la gripe. Hubo una pasa en el apartamento —mintió Claire. No estaba preparada para contarle la verdad. No encontraba las palabras para expresar todo aquel horror.

Su madre había decorado el salón con un abeto, como de costumbre, y su padre se quejó de que podría provocar un incendio. Claire no imaginaba cómo iba a soportar los cuatro días que pensaba pasar allí.

—¿Cómo está George? —le preguntó su madre con una dulce sonrisa, observándola mientras deshacía la maleta. Había llevado muy poca ropa, tan solo vaqueros y jerséis negros. Estaba atravesando una especie de duelo, por George, y por su propio corazón, que había muerto.

—Bien, bien —dijo con aire distraído, fingiendo que buscaba algo en la maleta para que su madre no le viera la cara.

—¿Qué te ha regalado por Navidad?

«Una patada en el culo» fue la única respuesta que se le vino a la mente mientras seguía escarbando en la maleta. Sarah se preguntaba si le habría entregado un anillo de compromiso, aunque tal vez esperaba a Año Nuevo, ya que iba a pasarlo con Claire.

—Un bolso —fue el primer disparate que se le ocurrió, y se volvió hacia su madre—. Odio tener que decirte esto, mamá, pero para mí son tres horas más tarde y aún arrastro el cansancio de la gripe. ¿Te importaría que me vaya a la cama?

Claire acostumbraba a hacer compañía a su madre siempre que estaba en casa, pero esa noche no podía más. Y aún le quedaba celebrar la Nochebuena y la Navidad.

—Claro que no, cariño. Ya hablaremos mañana. ¿Te apetece una taza de té? —Sarah era siempre tan amable que a Claire le supo fatal quitársela de encima, pero necesitaba estar sola, al menos una noche.

—No, gracias.

Se despidieron con un fuerte abrazo, y al cabo de un momento su madre se marchó a leer a la cama como hacía todas las noches. Veinte minutos más tarde, Claire estaba profundamente dormida.

Al día siguiente ayudó a su madre a hacer galletas y observó cómo preparaba el pavo, lo rellenaba y lo metía en el horno. Puso la mesa para tres y Sarah la decoró con preciosos adornos, como siempre. Después asistieron a la misa del gallo en la catedral de Grace las dos solas, pues hacía años que su padre no las acompañaba.

Hacía frío cuando bajaron los escalones de la catedral frente a Huntington Park. De los árboles colgaban luces de vivos colores. Claire cogió a su madre del brazo y los contemplaron unos instantes. Sarah no le preguntó nada, pero notaba que le pasaba algo grave; la había visto enjugarse las lágrimas durante la misa. Fueron a buscar el coche para regresar a casa. Claire estaba muy callada.

—Gracias por venir—dijo Sarah con un hilo de voz cuando se detuvieron frente al aparcamiento—. Ya sé que no lo estás pasando demasiado bien.

—Me gusta estar contigo, mamá —dijo Claire con total sinceridad. Y era cierto, pero no podía seguir mintiéndole—. George me ha plantado, y me han despedido del trabajo —dijo volviéndose hacia su madre—. No quería decírtelo por teléfono, y siento tener que hacerlo ahora.

Su madre la abrazó en silencio mientras lloraba.

—Lo siento muchísimo —dijo en un tono tranquilizador. No le preguntó qué había ocurrido. Eso daba igual. Lo importante era el resultado, y el hecho de que a su hija le habían partido el corazón—. Lo siento muchísimo.

—Sí, yo también —contestó entre lágrimas sonriendo a su madre mientras sacaba el coche del aparcamiento—. Dice que es un lobo solitario. Pero era él quien tenía prisa, y actuaba como si lleváramos años juntos. Se ha cagado de miedo y se ha ido.

—¿Crees que se tranquilizará y volverá contigo?

—Imposible. —Claire temía ver cualquier día su nombre en «Page Six» y descubrir que estaba con otra. Sabía que ocurriría tarde o temprano. Había puesto fin a su relación y Claire no quería abrigar falsas esperanzas ni engañar a su madre. En el mensaje lo dejaba muy claro—. Y Walter es un cabrón. Odio sus zapatos.

Se echó a reír y se sonó con un pañuelo de papel que le ofreció su madre, y esta vez Sarah también rio.

—Ni siquiera yo me los pondría a mi edad —le dijo a Claire, y las dos soltaron una carcajada.

—Empezaré a mandar currículos después de Año Nuevo. Ya me saldrá algo. —Tenía talento para el diseño. Lo que mejor se le daba y por lo que sentía verdadera pasión eran los zapatos, pero estaba dispuesta a diseñar también prendas de vestir. Para algo se había formado en Parsons—. Siento decirte todo esto hoy, pensaba esperar a después de Navidad. —Sin embargo, se había quitado un peso de encima. Además, su madre era tan tranquilizadora y positiva... De pronto se alegró de estar en casa a pesar de tener el corazón hecho pedazos—. No te preocupes por mí, mamá, encontraré trabajo. —No quería que su madre creyera que iba a resultarles una carga. A sus veintiocho años, deseaba valerse por sí misma, y sus padres no tenían dinero para mantenerla. Claire no esperaba nada de ellos, salvo el amor de su madre—. ¿Podrías hacerme un favor y no decirle nada a papá hasta que me haya ido? No quiero que empiece con su cantinela.

Sarah asintió. La comprendía.

Entraron en la casa y tomaron una taza de manzanilla en la cocina. El padre de Claire se había acostado. La casa estaba en silencio y ellas se quedaron charlando un rato. Sarah daba vueltas a lo que Claire le había contado. Un poco más tarde, se fueron a dormir.

Por la mañana Claire y su madre intercambiaron los regalos sentadas junto al árbol. A Sarah le encantó el bolso de Chanel y se emocionó al pensar en lo que su hija debía de haber pagado por él, sobre todo dadas las circunstancias. Claire le entregó el jersey a su padre cuando se levantó. Le gustó mucho y le dio las gracias. Todos estaban de buen humor.

Claire fue a su habitación para mandarles un e-mail a sus compañeras de piso deseándoles feliz Navidad. Cuando se disponía a cerrar el ordenador, su madre entró, cerró la puerta con discreción y se sentó en la cama. Por lo visto tenía algo importante que decirle. Le había estado dando vueltas toda la noche.

—¿Hay algún problema? —De pronto, la asaltó la preocupación, pero su madre negó con la cabeza.

—No, quiero explicarte algo que no le he contado a nadie. Como ya sabes, llevo años haciendo pequeños trabajos de decoración a escondidas de tu padre que me han servido para pagarte los estudios y disponer de algo de dinero. Bueno, pues el caso es que también he hecho trabajos no tan pequeños y llevo muchos años ahorrando.

Claire veía adónde quería ir a parar su madre, y negó con la cabeza.

—No quiero que me des dinero, mamá. Yo también he ahorrado un poco, y puedo vivir de eso y del paro hasta que encuentre otro trabajo. Cuando vuelva, iré a ver a un cazatalentos. Quiero que guardes ese dinero para ti.

—Y yo quiero que me escuches —dijo con determinación—. Tengo más de lo que crees. No lo sabe nadie, excepto tú y yo. Se me ha ocurrido una idea. Me gustaría invertir ese dinero en una pequeña empresa de calzado. Sé diseñar interiores, y los zapatos no pueden ser tan distintos. Podemos empezar con poca cosa, con un presupuesto muy ajustado. Así diseñarás los zapatos que te gustan. Si nos va bien, algún día me devolverás el préstamo, pero no cuento con ello. Me gustaría ser tu socia. —Claire la miraba atónita, y entonces su madre la sorprendió aún más—. Podría ir contigo a Nueva York, tal vez seis meses o un año, y ayudarte a ponerlo en marcha. Me alojaría contigo, si a ti y a tus amigas os parece bien, y trabajaríamos juntas. —A continuación le dijo la cantidad que tenía ahorrada, y Claire estuvo a punto de caerse de la cama. Era más que suficiente para iniciar un pequeño negocio. Conocía las cifras de la empresa de Walter, y la suma de su madre era incluso mayor. Además, con semejante capital, les concederían un préstamo si lo necesitaban.

—¿Y papá? —No se lo imaginaba viviendo solo.

Sarah vaciló antes de contestar.

—Creo que ha llegado la hora de que regrese a Nueva York y siga adelante con mi vida. Llevo tiempo pensándolo, y es la oportunidad perfecta para las dos.

Sonrió a su hija. Claire se le acercó y la abrazó con fuerza.

—Eres increíble, mamá. Me encantará que te alojes conmigo en el apartamento, si no te importa tener que compartir la cama. Lo preguntaré a las demás, pero seguro que dirán que sí. ¿Estás segura? Es un paso importante.

La mujer llevaba treinta años en San Francisco, y demasiado tiempo sintiéndose desdichada, de modo que quería hacer algo al respecto antes de que fuera demasiado tarde. Y si de paso ayudaba a su hija, la decisión era la más correcta. No le cabía ninguna duda.

—Ha llegado el momento de que tu padre se ocupe de sí mismo, y de que se plantee qué quiere hacer con su vida, antes de que sea demasiado viejo para ser feliz. De todas formas, si no quiere, peor para él. —Lo dijo con tristeza, pero miró a Claire con una sonrisa.

—Joder, mamá. —Claire también sonreía—. No puedo creer que hagas esto por mí.

—¿Y por quién si no? Eres mi única hija.

Volvieron a abrazarse. Sarah tenía una expresión radiante, al igual que Claire. Era un buen plan.

—¿Sabes qué? Podríamos fabricar los zapatos en Italia, en la empresa que produce los de Walter. Lo hacen muy bien, y a un precio razonable. También sería posible fabricarlos en Brasil, pero los acabados los prefiero en Italia. —La mente de Claire se había disparado. Su madre acababa de convertir la peor Navidad de su vida en la más prometedora. Emprendería su propio negocio y haría todo lo necesario para que fuera un éxito. De pronto volvió a ponerse seria—. ¿Cuándo se lo dirás a papá?

—Cuando te hayas ido. No tienes por qué estar delante.

Le diré que vamos a emprender un negocio juntas. No tiene por qué saber de dónde ha salido el dinero. Y pienso decirle que iba a dejarle de todos modos. No quiero que te culpe de ello, y además es cierto: me iba a separar. Pensaba comunicártelo antes de que te fueras. Hace tiempo que debería haberlo hecho.

—¿Aún le quieres, mamá? —preguntó Claire con un hilo de voz. Sabía hasta qué punto aquel paso era importante para su madre. Llevaba treinta años protegiendo a aquel hombre como si fuera un niño, a base de sacrificarse a sí misma y sus deseos.

—No lo sé —respondió con franqueza—. Cuesta querer a una persona así. No se trata solo de la bebida, sino de actitud ante la vida. Me gustaba cómo era antes de que empezaran a fallarle los negocios. Entonces creía en sí mismo. Pero ahora se ha convertido en un tipo triste y resentido, y no quiero a alguien tan tóxico en mi vida. Bastante duro es envejecer como para hacerlo al lado de un amargado. Prefiero estar sola. A lo mejor así se ve obligado a cambiar. Por otra parte, me apetece vivir otra vez en Nueva York. Aquí tengo clientes maravillosos, pero me encantaría estar de nuevo entre los grandes de la decoración. Bueno, más bien me habría encantado, porque... ¡vamos a diseñar zapatos! —Casi se le escapó la risa, y Claire sonrió—. De todas formas, quiero que primero preguntes a tus amigas lo de alojarme en el apartamento. Si dicen que no, lo entenderé. Ahorraría más dinero viviendo contigo, pero tampoco es imprescindible. Si a ti te va mejor, buscaría un piso pequeño durante unos meses.

—Será divertido vivir juntas en el loft, y a mis amigas les caerás de maravilla, pero les preguntaré y te diré la verdad. ¿Cuándo vendrás?

Sarah lo pensó unos instantes.

—¿Qué tal la primera semana de enero? ¿Es demasiado pronto? Tenemos que ponernos las pilas.

A Claire la cabeza le daba vueltas solo de oír a su madre.

¡Iba a emprender su propio negocio de calzado! Jamás se había atrevido siquiera a soñar con algo así.

—Me parece bien —dijo Claire—. ¿Qué nombre le pondremos?

Su madre no lo dudó ni un segundo.

—Claire Kelly, por supuesto. ¿Cuál si no?

Madre e hija volvieron a abrazarse. Claire se deshizo en agradecimientos.

En cuanto se marchó su madre, volvió a encender el ordenador. Envió un e-mail a sus tres compañeras de piso para decirles que iba a lanzar una firma de zapatos con su madre y para preguntarles qué les parecería que se alojara con ellas unos meses hasta que hubieran arrancado. También les decía que no se enfadaría si le contestaban que no.

Las tres respuestas llegaron de inmediato. Se alegraban mucho por ella y por su negocio, y estaban encantadas de recibir a su madre. Morgan añadió: «Espero que cocine mejor que tú». Claro que para eso tenían a Max.

Claire fue a comunicar la respuesta a su madre. La encontró en su dormitorio escogiendo ropa del armario, y supo por qué. Sarah se estaba preparando para irse a Nueva York.

—La respuesta es sí —le dijo a su madre con aire enigmático—, por unanimidad. —Sarah sonrió de oreja a oreja y levantó los pulgares, y Claire no pudo por menos que admirarla. Tenía cincuenta y cinco años y se disponía a emprender un negocio de calzado—. Te quiero, mamá —dijo al salir del dormitorio de su madre para regresar al suyo. Tenía previsto irse al cabo de dos días, y contaba los minutos para estar otra vez en Nueva York y ponerse en marcha. Les esperaba un montón de trabajo y además tendrían que viajar a Italia para visitar la fábrica, concertar los acuerdos de producción y firmar el contrato. Era demasiado bonito para ser cierto, pero estaba ocurriendo de veras. Dos semanas antes, Claire lo había perdido todo. Sin embargo, estaba a punto de iniciar una nueva vida. Había ocurrido un milagro, gracias a su madre.

Esperaba que a ella también le ocurriera un milagro. Quién sabía, tal vez su padre acabara espabilando.

Alex y Sasha estaban comiéndose un sándwich en la sala de descanso del personal médico. Era Nochebuena y les tocaba guardia. Había dos madres primerizas de parto. Sasha sabía que iba para largo y que probablemente el nacimiento sería por la mañana, pero tenía que estar allí. Por otra parte, en la unidad de cuidados intensivos neonatales todo estaba tranquilo. El día anterior habían enviado a casa a tres bebés, y los demás estaban estables, por lo que los enfermeros se encargaban de vigilarlos mientras Alex y Sasha charlaban y se comían el sándwich de pavo que él había salido a comprar.

—Feliz Navidad —dijo ella sonriéndole—. A lo mejor el año que viene cenamos pavo de verdad en vez de esto. —Sin embargo, ninguno de los dos parecía lamentarlo porque se alegraban de estar juntos. Sasha había estado hablando de Valentina y su novio francés. Estaban en París y regresarían al cabo de dos días—. No puedo creer que aún no hayan roto. Los novios no suelen durarle tanto tiempo; llevan ya tres meses.

Los padres de Alex lo habían llamado al móvil hacía un rato para desearles una feliz Navidad a ambos. Sasha se alegraba de haber pasado Acción de Gracias con ellos y les había mandado un ramo de flores para agradecérselo, y una caja de bombones de dos kilos por Navidad. Alex y ella aún no se habían dado los regalos; preferían hacerlo cuando terminaran la guardia. Sasha le había comprado un gorro y unos guantes de abrigo, y para gastarle una broma unos Crocs.

En el momento en que Sasha se terminó su mitad del sándwich, él se sacó del bolsillo una caja de galletas que había comprado para ella en la cafetería y se la dio.

—El postre —dijo. Ella vaciló.

—A lo mejor debería dejarlo para más tarde. La noche va a ser larga —comentó mirando la caja, pensativa.

—Anímate. Si quieres, luego iré a por más. La cafetería está abierta toda la noche.

Sasha accedió y se dispuso a sacar una galleta de la caja, pero no consiguió alcanzarlas porque estaban al fondo. Al echar un vistazo descubrió una caja de terciopelo negro. Miró a Alex con los ojos como platos.

—¿Qué es esto? —El corazón le latía a cien por hora cuando sacó la caja.

—¡Parece que las galletas tienen premio! —dijo él con una amplia sonrisa. Ella sostenía la caja en la mano cuando Alex se arrodilló y le habló con voz dulce—. Sasha, te amo con todo mi corazón y todo mi ser. Te ofrezco todo lo que tengo y lo que soy. ¿Quieres casarte conmigo?

—Dios mío —exclamó ella, y se echó a llorar mientras él abría la caja en su lugar y deslizaba un precioso anillo con un diamante en su dedo tembloroso—. Dios mío... Te quiero... ¿Cuántas citas llevamos? —le preguntó riendo entre lágrimas.

Llevaban juntos tan solo tres meses, pero a Alex no le cabía la menor duda de que Sasha era el amor de su vida. Por Acción de Gracias había explicado a sus padres lo que pretendía hacer, y ellos le dieron su aprobación de mil amores. Su padre le prestó el dinero para comprar el anillo, y Alex pensaba devolvérselo.

La besó y se la quedó mirando.

—No me has contestado. «Dios mío... ¿Cuántas citas llevamos?» no es una respuesta apropiada.

—Sí. ¡Sí! Dios mío. ¿Qué voy a decirle a mi madre? No cree en el matrimonio. —Estaba muerta de miedo.

—Pues dile que nosotros sí —concluyó él tan tranquilo, y la rodeó con los brazos mientras le sostenía la mano en alto para que admirara el precioso anillo que acababa de regalarle.

—¿Cuándo nos casaremos? —preguntó Sasha. Se sentía abrumada solo de pensarlo.

—¿Qué te parece en junio?

Sasha asintió. Estaban hablando, abrazándose y riendo

cuando una de las enfermeras entró y los vio. Era Sally, la preferida de ambos.

—¿Qué estáis haciendo aquí? —La pareja le caía bien, y le encantaba trabajar con Sasha cuando estaba de guardia.

—Acabamos de prometernos —le dijo Sasha con una sonrisa de oreja a oreja.

—¡Enhorabuena! —exclamó de todo corazón, y cambió de tema—. Tenemos trabajo en la habitación dos. La paciente está muy dilatada, de diez centímetros, y lista para empujar. Te necesitamos.

—¿Tan rápido? —Sasha se levantó de inmediato—. La última vez que la he mirado estaba de dos centímetros.

—A lo mejor el bebé se ha cansado de esperar. ¿Qué sé yo? La especialista eres tú, así que mueve el culo y vuelve al trabajo. —Se volvió hacia Alex con una amplia sonrisa—. Si nos perdonas, tu prometida está ocupada. Es la doctora de guardia. Y tú, devuélvele el anillo —ordenó a Sasha—. No puedes llevarlo en la sala de partos.

Tenía razón, así que la doctora entregó el anillo a Alex, que lo metió en la caja y se la guardó en el bolsillo.

—¡No lo pierdas! —exclamó besándolo a toda prisa, y corrió detrás de la enfermera mientras con la mano se despedía de su futuro marido.

El bebé de la habitación 2 ya había atravesado el canal de parto y sacaba la cabeza cuando Sasha entró corriendo en la sala. Llegó justo a tiempo para recoger a la niñita que había salido tras un par de empujones mientras sus padres reían y lloraban maravillados. Sasha cortó el cordón umbilical y colocó a la recién nacida sobre el vientre de su madre primero y luego sobre su pecho, y la flamante mamá la estrechó contra sí y miró a su marido con adoración mientras le decía lo mucho que lo amaba. Al verlos, Sasha no pudo sino pensar que un día les ocurriría lo mismo a Alex y a ella.

15

Cuando Alex y Sasha terminaron la guardia la noche de Navidad, fueron a reunirse con los demás en el restaurante de Max. Habían pasado por el loft para ducharse y cambiarse de ropa, y para hacer el amor con motivo de su compromiso. Los dos estaban radiantes cuando entraron en el local. Sasha llevaba puesto el anillo, aunque no pensaba decir nada hasta que alguien lo viera. Como no estaba de guardia, había pedido vino, y sostenía la copa en alto con la mano izquierda cuando Morgan soltó un grito.

—¡Por Dios! ¡Qué es eso?

Max sintió pánico al instante, creyendo que había visto un ratón o una cucaracha, y entonces Abby vio el anillo y también chilló.

—¿Qué os pasa? —les espetó Max. Greg y Oliver también habían visto la sortija y se estaban riendo.

—¡Nos hemos prometido! —exclamó Sasha a voz en cuello—. Vamos a casarnos.

—Madre mía, creía que había ratas. —Max se volvió hacia Morgan—. No vuelvas a chillar así a menos que alguien se líe a tiros.

Pero para entonces todos estaban riendo y abrazándose, y Max pidió que les sirvieran el mejor champán.

—¿Cuándo te lo ha pedido?

Morgan quería conocer todos los detalles, y Sasha se

los contó. Alex rebosaba orgullo cuando todos lo felicitaron.

—¿Se lo has dicho a tu madre? —le preguntó Morgan. Sasha negó con la cabeza.

—Ayer llamamos a los padres y al hermano de Alex. Creo que mañana llamaré a mi madre y a Valentina. Antes me gustaría disfrutar un poco del momento.

—Ya verás cuánto se alegrará tu madre —bromeó Morgan. Sabía que la madre de Sasha no aprobaba el matrimonio y que intentaría disuadirla. Su padre era un buen hombre, pero ella era un demonio y rara vez trataba con amabilidad a su hija ni a nadie.

—Creo que Valentina llega de París mañana o pasado. Vosotras seréis damas de honor —les dijo a Morgan y a Abby—, junto con Claire, por supuesto. Tengo que mandarle un e-mail para explicárselo. Creo que nos casaremos en junio. —Les contó todos los detalles mientras disfrutaban del champán—. Valentina será la dama de honor principal, claro está.

—¿Quién se encargará de la organización? —quiso saber Morgan.

—Aún no lo sé. No lo hemos pensado. —Ni siquiera había caído en eso.

—Necesitáis que alguien os ayude, si no, os volveréis locos. Vosotros estáis demasiado ocupados. Y no me imagino lo que supondría dejarlo en manos de tu madre; sería como pedirle a Cruella de Vil que te saque a pasear al perro. —Todos se echaron a reír—. Se dedicaría a repartir propaganda sobre el divorcio en la iglesia.

Escuchándola, Sasha reparó en que tendrían que tomar muchas decisiones: si casarse o no por la iglesia, si hacerlo en Atlanta o en Nueva York, si planear una gran boda u otra más sencilla... Por no mencionar quién haría frente a los gastos. De momento, lo único que deseaba era disfrutar de aquel momento con Alex antes de que se desatara la tormenta y tuvieran que resolver todo aquello. Al parecer Morgan estaba en lo cierto: necesitarían que alguien los ayudara a organizarlo.

Después comentaron el e-mail de Claire en el que anunciaba que su madre viviría unos meses en el apartamento porque iban a lanzar una marca de zapatos. Todos se alegraban por ella, y las tres amigas coincidieron en que la madre de Claire era agradable y estarían a gusto. Sarah era una mujer tranquila, y si a Claire no le importaba compartir con ella su habitación, no habría problema.

Aquella noche, durante la cena, todos lo pasaron muy bien. Luego regresaron al apartamento. Al día siguiente, Sasha llamó a su madre, que ya había vuelto al trabajo después de las vacaciones de Navidad.

Charlaron unos minutos, lo cual nunca resultaba fácil, y entonces Sasha decidió hacer de tripas corazón e ir al grano.

—Tengo que contarte una cosa, mamá. —Se sentía como si tuviera diez años y se hubiera metido en líos en el colegio.

—¿Vas a dejar la medicina para estudiar derecho? Qué buena noticia —Muriel solo bromeaba a medias.

—No exactamente. Llevo tiempo saliendo con un hombre maravilloso y vamos a casarnos. Estoy prometida.

—¿Cuánto tiempo hace que salís juntos? ¿Y por qué no me has hablado de él?

«Porque eres una bruja y una amargada», quiso decirle Sasha, pero no lo hizo.

—No mucho, y quería asegurarme de que la cosa iba en serio antes de comentártelo.

—¿Cuánto tiempo? —insistió Muriel Hartman como si estuviera interrogando a un testigo.

—Tres meses.

—Eso es ridículo. No os conocéis. ¿Sabes cuál es la tasa de matrimonios felices después de un noviazgo de tres meses?

—Estoy segura de que a veces funciona. Pasamos mucho tiempo juntos.

—¿A qué se dedica? —El interrogatorio seguía su curso.

—Es residente en la unidad de cuidados intensivos neonatales; es médico como yo, pero pediatra.

—Espero que estés lista para morir de hambre. No ganará suficiente dinero, y tú tampoco. ¿A qué se dedican sus padres?

Sasha detestaba la forma de ver las cosas de su madre y lo que decía, pero no se sorprendió. Por eso la llamaba tan poco.

—Su padre es cardiólogo, y su madre es fiscal. Viven en Chicago. —Era toda la información que podía darle—. Son muy agradables, los conocí en Acción de Gracias.

—Bueno, pues yo no pienso costear la boda. No creo en el matrimonio.

—No te he llamado para pedirte que me pagues la boda —repuso Sasha enfadada—. Solo quería que supieras que voy a casarme y esperaba que me felicitaras, si no es mucho pedir.

—Felicidades —dijo Muriel lacónica—. Seguro que tu padre correrá con los gastos —añadió, parecía molesta—. ¿Lo has llamado?

—No, primero te he llamado a ti.

—Qué detalle por tu parte —dijo sorprendida—. ¿Cuándo os casáis?

—Puede que en junio. Aún no tenemos fecha. Ha ido todo muy rápido.

—Bueno, pues felicidades —repitió—, aunque creo que te equivocas. Tendríais que vivir juntos un tiempo. Seguro que luego no querríais casaros. Ah, ¡y no tengas hijos! —exclamó en un tono severo, un ataque directo contra Valentina y ella. «¿Y qué tal si decido no tener madre?», le entraron ganas de contestar. Desde luego, era la mujer más desagradable que había conocido en su vida, pensó Sasha—. No te olvides de comunicarme la fecha para que pueda anotármela en la agenda.

—Gracias, mamá —respondió Sasha, y colgó.

Había esperado a que Alex se marchara del apartamento para llamarla, porque no quería que se sorprendiera al oír la conversación. Se alegraba de haberlo hecho. Después llamó a su padre. Él se emocionó, la felicitó enseguida y le dijo que tenía muchas ganas de conocer a Alex. No hubo ni un comentario fuera de tono. Luego le pasó el teléfono a su mujer para que también pudiera felicitarla, y la conversación fue mucho más agradable que la que había mantenido con su madre.

—¿Dónde os casaréis? —le preguntó su padre.

—Aún no lo sabemos, papá. Puede que en Nueva York. Hace tiempo que vivo aquí y aquí tengo a todos mis amigos. Además, una boda por todo lo alto fuera de la ciudad resulta muy costosa.

—Bueno, decidas lo que decidas, acuérdate de que la boda la pago yo. Da igual lo que cueste. Ah, y contrata los servicios de una empresa para la organización. Sale caro, pero tú no tienes tiempo para encargarte. —Era justo lo que había sugerido Morgan. La constante generosidad de su padre no hacía más que conmoverla. Seguía ayudándola con los gastos a pesar de que Sasha tenía ya treinta y dos años, y no se quejaba jamás. Sabía que su hija trabajaba mucho, y que un día, cuando terminara la residencia, podría ser económicamente independiente, aunque para eso tenía que pasar un tiempo—. ¿Ya tenéis fecha?

—Será en junio, aún no sabemos qué día. —Su padre se quedó pensativo un momento, y a continuación le dijo que lo que decidiera estaría bien—. Gracias otra vez, papá. —Se había emocionado ante su ofrecimiento inmediato para correr con los gastos de la boda, a diferencia de su madre, que solo aspiraba a ser una invitada más.

—Tenéis que venir a Atlanta para que conozcamos al novio.

—Iremos en cuanto podamos. Tenemos unos horarios complicados.

—Pues cuando vengáis celebraremos juntos vuestro compromiso.

Sasha volvió a darle las gracias y colgó. Era un alivio que con él hubiera sido todo tan fácil, y la conversación con su madre no había ido peor de lo que esperaba. Por lo menos ya lo sabían los dos, así que no podrían quejarse de no estar avisados. Solo quedaba elegir el lugar y la fecha de la boda, y contratar una empresa para la organización. Sasha se sentía un poco abrumada cuando se dispuso a salir de casa para reunirse con Alex a la hora de comer. Tenían el día y la noche libres. Al ver los destellos de su anillo de compromiso, sonrió. Le dijo adiós con la mano a Abby, que estaba sentada frente al ordenador y le respondió levantando los pulgares.

Abby había estado pegada al ordenador desde Acción de Gracias, trabajando en la novela y en los relatos cortos. Y se sentía satisfecha con el resultado. Estaba volcada en sus escritos. Sus padres la habían llamado desde México durante las fiestas y les alegró saber que estaba trabajando con ahínco. Tal como le dijo su madre, al final siempre daba resultado.

Había pasado unas fiestas un poco solitarias, con sus padres de viaje e Ivan lejos de su vida, aunque a este último apenas lo echaba de menos. Claire estaba en San Francisco, Sasha y Alex se pasaban la vida en el hospital, Morgan ayudaba a Max en el restaurante, y ella en ocasiones se sentía muy triste. Escribiendo se distraía, pero no era como tener a alguien con quien hablar. Aquella tarde salió a pasear para tomar un poco el aire, y pasó frente a una clínica veterinaria en cuyo escaparate había carteles de perros y gatos en adopción, entre ellos varios híbridos de chihuahua que se parecían a los perros de Oliver y Greg, una mezcla de doguillo y beagle al que llamaban puggle y varios ejemplares de pelo largo que tampoco eran de pura raza. Su anuncio favorito era el de un mestizo de chihuahua y perro salchicha al que llamaban chiweenie, que la hizo reír. Abby sintió una irresistible atracción hacia las fotografías del escaparate, y entró. Un cartel indicaba que el centro de adopción estaba arriba, y siguió las flechas hasta la segunda planta, donde se quedó contemplando a través del cristal varios perros abandonados que desgarraban el alma. También había unos cuantos gatos, algunos muy viejos. Todos los animales de la clínica veterinaria procedían de donaciones, bien de personas que los habían encontrado en la calle o bien de sus propietarios. A Abby le pareció muy triste; todos necesitaban un hogar. Al mirarlos, se le llenaron los ojos de lágrimas: se les veía desamparados. De pronto, se encontró casi cara a cara con un enorme perro negro que la miró fijamente y le ladró como diciendo: «Llévame a casa».

—No me mires así —le dijo a través del cristal, y el perro volvió a ladrar. No pensaba aceptar un no por respuesta—. No puedo —respondió, mirándolo a los ojos—, vivo en un apartamento.

El siguiente ladrido parecía decir: «Me da igual».

Abby se alejó, y el perro empezó a ladrar con desesperación mientras ella echaba un vistazo a otro perro en cuyo cartel ponía LHASA APSO, pero era muy viejo. De pronto Abby supo que tenía que marcharse o cometería el terrible error de regresar a casa con un perro. Había entrado por el puro placer de verlos, para animarse, pero aquello le estaba afectando. El enorme perro negro no paraba de ladrar; de pie en la jaula, era casi tan alto como una persona.

—¿De qué raza es? —preguntó Abby a un dependiente que pasaba por allí.

—Un gran danés. Tiene dos años, es un ejemplar de exhibición y su amo lo dejó aquí porque se mudó. No pudo encontrarle un hogar. Se llama Charlie, y es un buen perro. ¿Te gustaría conocerlo? —Abby se sintió como si le estuviera concertando una cita. —De acuerdo— soltó a la ligera, no sin cierto pánico, aunque no temía al perro sino a sí misma.

Charlie salió del cubículo en el que lo había visto y, con muy buena educación, se sentó frente a ella y le ofreció la pata para saludarla.

—Hola, Charlie —dijo Abby con resignación—. Quiero dejar las cosas claras: no puedo llevarte a casa conmigo porque comparto un apartamento con tres amigas y me matarían. —Su mirada de profunda tristeza le hizo pensar que vivía en un loft donde sobraba un montón de espacio—. ¿Cuánto pesa? —preguntó al dependiente por curiosidad.

—Ochenta y dos kilos.

—Dios mío —exclamó Abby. Ivan solo pesaba setenta y cinco. Charlie era tan grande como una persona, o incluso más. El perro la miraba con atención, y Abby notó que estaba muy bien adiestrado. Pero ¿qué haría ella con un perro de ochenta y dos kilos?—. ¿Qué come? ¿Medio ternero?

—Diez o doce tazas de cereales al día, o un par de latas de comida para perro. —No parecía gran cosa, dado su tamaño—. Duerme mucho, y se porta muy bien. —En el momento en que el dependiente dijo aquello, Charlie volvió a tenderle una pata con ojos suplicantes.

—Por favor, no me mires así —dijo Abby dirigiéndose al perro—. No puedo sacarte de aquí, ya te lo he dicho, vivo en un piso compartido.

La mirada de Charlie decía: «¿Y qué?». Abby estaba manteniendo toda una conversación con aquella cara tan expresiva. Charlie no iba a dejar que se marchara así como así.

—¿Es agresivo con la gente? ¿Alguna vez le ha mordido a alguien?

—Nunca. —El dependiente pareció ofendido—. Es el perro más manso de los que hay aquí, y además es muy miedoso. Se esconde cuando otros perros se ponen agresivos. Me parece que no es consciente de su tamaño, cree que es un perro faldero.

—Lo pensaré —concluyó, y se despidió de Charlie para dirigirse a la escalera.

En aquel momento el perro se soltó, corrió tras ella y se echó a sus pies lloriqueando. Abby contenía las lágrimas mientras le daba golpecitos en el lomo y le decía que debía volver a su jaula. Y entonces el perro, allí tumbado, se llevó las patas a la cabeza como si aquella fuera la peor noticia de su vida y no quisiera oírla. Abby se sentó en la escalera, a su lado, y le acarició el pelaje con suavidad mientras él la miraba con ojos implorantes, rogándole que lo adoptara. De pronto, en un arrebato de locura, se puso en pie.

—Me lo llevo —dijo al dependiente.

Charlie se puso a ladrar, y el dependiente sonrió de oreja a oreja.

—¿Tiene jardín? Necesita espacio para moverse.

—Vivo en un loft de doscientos ochenta metros cuadrados.

—Perfecto.

El dependiente fue a buscar una correa para Charlie, la pauta alimentaria que seguía, las vitaminas que tomaba, una hoja de instrucciones y los papeles de la adopción para que Abby los rellenara. El perro no se movía de su lado. Ella lo miró con expresión seria.

—Si se cabrean y me echan del apartamento, será culpa tuya. Más te vale portarte bien cuando lleguemos a casa. —El perro movió la cabeza como si asintiera. El dependiente metió todo en una bolsa en cuanto Abby hubo firmado los documentos y pagado los diez dólares de la adopción; no era una cuestión de dinero, sino de ofrecerle amor y un buen hogar—. Muy bien, vamos —le dijo, y Charlie la siguió escalera abajo con muy buenos modales. Había ganado.

Abby lo llevó a dar una vuelta de regreso al apartamento. Charlie parecía más bien un potro cuando caminaba al trote y al ver aquel perro enorme la gente los rehuía por si acaso. Sin embargo, Charlie no se enfrentó a nada ni a nadie: ni a los transeúntes, ni a los niños, ni a las bicicletas, ni a los patinadores, ni a otros perros. Se limitó a trotar junto a Abby. En un momento dado, un perrito faldero empezó a ladrarle y se asustó, y Abby recordó que el dependiente le había dicho que era un miedica.

El animal subió a toda velocidad la escalera del apartamento. Abby se alegró de que no hubiera nadie en casa. Charlie olisqueó por aquí y por allá y luego se tumbó a sus pies, mientras ella le dirigía una sonrisa. Aquello iba a ser divertido. Si las demás no la mataban, claro. Por cómo la miraba, Abby tuvo la sensación de que Charlie le estaba hablando. Y cuando se sentó a trabajar frente al ordenador, él se puso a dormir.

Todo iba bien hasta que Morgan llegó del restaurante para cambiarse los zapatos. Le dolían las piernas. Había atendido a la avalancha de clientes de la hora del almuerzo con zapatos de tacón y quería ponerse unos planos. Vio a Abby trabajando, y de pronto reparó en aquella bestia enorme y soltó un grito espantoso.

Abby dio un respingo en el asiento y Charlie se cobijó detrás de una silla. Por lo menos no la había atacado, pensó Abby agradecida. El perro permanecía escondido detrás de la silla, temblando como un flan y mirando a Abby con unos ojos que suplicaban protección.

—¿Qué es eso? —preguntó Morgan avanzando hacia ambos con expresión decidida.

—¿Eso? —contestó Abby con aire inocente—. Ah, eso. Es un perro.

—No, no es un perro, es un caballo. ¿Cómo ha llegado hasta aquí?

—Subiendo la escalera —dijo Abby nerviosa. Ella era menuda, por lo que el perro se veía aún más enorme. En cambio Morgan era la más alta del grupo.

—¿Y por qué ha subido la escalera? —le preguntó Morgan con una mirada feroz.

—Porque es demasiado grande para llevarlo en brazos —respondió Abby.

—Pero... ¿por qué está aquí? Por favor, no me digas que se ha instalado en esta casa mientras yo estaba ayudando a Max.

—Mmm... Bueno... En realidad... su propietario se ha marchado de la ciudad y se ha quedado sin casa, y me estaba mirando con esos ojos de pena que no he podido... he tenido que... Es culpa suya.

Charlie había asomado la cabeza en vista de que nadie había vuelto a chillar, y aprovechando el momento oportuno, se acercó a Morgan con cautela y le tendió la pata.

Morgan tomó la pata y esbozó una sonrisa. A Abby le pareció una buena señal. Morgan respiró tranquila al comprobar que el perro no era agresivo, a pesar de su enorme tamaño.

—Por cierto, se llama Charlie —le dijo Abby.

—Abby, por favor, dime que no lo has comprado.

—No, lo he adoptado. Solo me ha costado diez dólares. Y la primera semana la comida es gratis.

—No puedes tenerlo en el apartamento, no es justo para él. Debería vivir en una granja, o en una finca, un rancho, o algo así. —Mientras hablaba, Charlie se tumbó de espaldas con las patas hacia arriba para indicar lo mucho que le gustaba su nuevo hogar—. No puedo creer que hayas hecho una cosa así.

—Yo tampoco —reconoció Abby abiertamente en el momento en que entraban Alex y Sasha. Charlie volvió a esconderse detrás de la silla.

—Esperad a ver lo que ha traído Abby —dijo Morgan con una mirada entre divertida y exasperada cuando Alex y Sasha se acercaron. Charlie volvía a resultar invisible, allí encogido.

—¿Qué es? —preguntó Sasha con una sonrisa, creyendo que se refería a comida o a un mueble. En aquel momento una cabeza enorme salió de detrás de la silla y ella dio un respingo—. ¡Joder! ¿Qué es eso?

—Abby dice que es un perro, pero en realidad es un caballo. Se llama Charlie.

Al oír su nombre, el perro salió del escondite y se acercó para acariciar la mano de Alex con el hocico. A lo mejor le recordaba a su antiguo dueño.

—Fantástico, le has caído bien. Te ha tocado llevártelo a casa —le dijo Morgan a Alex.

—¿Estás de broma? Es más grande él que mi piso, y además nunca estoy en casa.

—Nosotras tampoco —apostilló Morgan—. Todas trabajamos.

—Yo no —dijo Abby con resignación—. Me paso el día en casa. Él me hará compañía.

—¿Vive aquí? —preguntó Sasha con cara de pánico.

—¿Qué es lo que te preocupa? Te marcharás en junio.

Era la primera vez que alguien pronunciaba aquellas palabras desde el día de su compromiso, y de repente todos se dieron cuenta de lo que implicaba aquella boda. Sasha se marcharía a vivir a otro lugar. Y Charlie viviría allí.

—Bueno, todavía no me he ido, Abby. Y tú no puedes encargarte de un perro de este tamaño —dijo Sasha en plan práctico.

—Se porta muy bien —dijo en favor del perro, que permanecía atento al veredicto para saber si se iba o se quedaba.

—¿Por qué no lo probamos, a ver si funciona? Si no va bien y crea problemas, Abby lo devolverá al lugar de donde lo ha traído —propuso Alex.

Morgan parecía escéptica, pero a Abby y a Sasha les pareció una idea sensata y ambas asintieron. Y Charlie, como si supiera de qué estaban hablando, suspiró, volvió a tumbarse, estiró las patas y cerró los ojos; al cabo de un instante estaba profundamente dormido.

—Qué monada —dijo Abby mirándolo, mientras sus dos compañeras se partían de risa.

—Aquí no os aburrís nunca —comentó Alex sonriendo.

—¿No podías adoptar un chihuahua o un perro más pequeño? —le preguntó Morgan mientras se disponía a cambiarse de zapatos.

—Me ha elegido él —explicó Abby a Alex y a Sasha cuando él se agachó para acariciarlo, y Charlie gruñó de placer.

Era un perro con suerte. Y, al menos de momento, tenía un hogar.

16

Aquella noche, Sasha volvió a intentar ponerse en contacto con Valentina para explicarle que iba a casarse, pero le saltó el contestador y no quiso dejarle un mensaje para comunicarle una noticia tan importante. Al día siguiente, Alex y ella estuvieron trabajando en el hospital y no tuvo tiempo de llamarla. Todas las mujeres que habían salido de cuentas iban a dar a luz ese día, dos después de Navidad. Alex y Sasha se habían prometido hacía tres.

A las diez de la noche, después de catorce horas trabajando, Sasha por fin tuvo un respiro. Acababa de practicar la última cesárea y de poner al bebé de cuatro kilos y medio en los brazos de su madre.

—No debe de quedar un solo bebé por nacer en todo Nueva York. Creo que todos lo han hecho hoy —dijo mientras Alex le masajeaba la espalda en la sala de descanso del personal médico.

En ese momento le sonó el teléfono y en la pantalla apareció un número que no conocía.

—Doctora Hartman —respondió por si era una paciente.

—Teniente O'Rourke, del Departamento de Policía de Nueva York —dijo la voz empleando un tono oficial—. Tenemos hospitalizada a su hermana, y usted aparece como persona de contacto en caso de emergencia y pariente más cercano. —A Sasha se le aceleró el corazón mientras escuchaba—.

Está bien —prosiguió con sequedad—, pero la han herido. Ha habido un homicidio. La víctima recibió un disparo en la espalda. La bala lo atravesó y ha quedado alojada en la pierna de su hermana. La arteria está intacta, pero ha perdido mucha sangre. Está consciente. La han ingresado en la unidad de traumatología del hospital de la Universidad de Nueva York. ¿Podría reunirse con nosotros allí?

—Dios mío, estoy unas plantas más arriba. Ahora mismo bajo —dijo Sasha, y cuando colgó miró a Alex muerta de pánico.

—¿Qué ocurre?

—Es Valentina. Han matado a alguien, y la bala lo ha atravesado y ha ido a parar a su pierna. Está en traumatología.

—¿Aquí?

Sasha asintió y salió corriendo hacia el puesto de enfermería.

—Que alguien me sustituya —dijo aparentando más calma de la que sentía—. Han disparado a mi hermana y está en traumatología. Si no encontráis a nadie, ya volveré. No hay ninguna paciente de parto.

—Por ahora —añadió la enfermera, horrorizada ante lo que Sasha acababa de contarle—. ¿Y tu hermana? ¿Está bien?

—No lo sé, creo que sí. Le han disparado en la pierna.

Se despidió de Alex con un beso, ya que él tenía que volver al trabajo, y bajó la escalera como un rayo hasta la planta baja, donde estaba la unidad de traumatología. Preguntó por Valentina y la encontró en un box, rodeada de policías, manchada de sangre de pies a cabeza y con un ataque de histeria.

—¿Qué ha pasado?

Valentina estaba lívida como un cadáver. Le habían administrado un analgésico y le estaban examinando la pierna.

—Han matado a Jean-Pierre. Hemos vuelto hoy. Estábamos haciendo el amor cuando alguien le ha disparado. La bala lo ha atravesado y está en mi pierna. Lo han asesinado. —Estaba sollozando y en estado de shock.

Sasha vio que la sedaban. Cuando su hermana perdió el mundo de vista, salió del box y fue a buscar al teniente O'Rourke, que estaba esperando fuera. Sasha se presentó. El teniente la miró de arriba abajo y se la llevó a una sala de reconocimiento para explicárselo todo. Kevin O'Rourke era un irlandés corpulento, y enseguida se declaró miembro del Departamento de Policía de Nueva York. Homicidios.

—El novio de su hermana era traficante de armas —dijo sin rodeos—. De los peces gordos de Francia. Hace unos meses empezó a operar en Estados Unidos y el Caribe, y desde que llegó aquí lo hemos estado vigilando. Acababa de cerrar un trato importante en Francia. Aún no sabemos de qué va, estamos esperando noticias de la Interpol. Esta noche han dado con él y le han pegado un tiro por la espalda mientras estaban... mmm... en la cama. La bala le ha atravesado el corazón, se ha desviado hacia abajo, le ha salido por el pecho y ha quedado alojada en el muslo de su hermana, y todavía está allí. Es todo lo que sabemos de momento. Cuando le hayan extraído la bala, tendremos que interrogarla para averiguar qué sabe. Por ahora no está en condiciones de hablar. Ha tenido una suerte tremenda; si la bala le hubiera alcanzado la arteria, estaría muerta. —Lo dijo muy serio.

—¿Se ha metido en algún lío? —preguntó Sasha sin tapujos.

—Que nosotros sepamos, no. Hacía meses que los veíamos juntos, y puede que nos ayude a identificar algunas caras, aunque esos peces gordos no suelen compartir la información con sus mujeres. De momento no tendrá problemas con nosotros, pero puede que los tenga con los asesinos, quienesquiera que sean. Es posible que haya visto a la persona que ha disparado. En ese caso correría un grave peligro. Jean-Pierre no era un delincuente de pacotilla. Últimamente había empezado a vender armas nucleares a países de Oriente Próximo y a individuos de distintas nacionalidades. Las autoridades francesas también le seguían la pista.

—¿Y qué harán para proteger a mi hermana? —preguntó Sasha muerta de miedo, y consternada ante la idea de que Valentina acabara enfrentada con la ley.

Kevin O'Rourke no le dio una respuesta muy alentadora.

—Hace diez minutos teníamos un problema. Ahora tenemos dos. No sabíamos que su hermana y usted eran gemelas. Es posible que tengamos que ocultarla durante un tiempo.

—A mí no pueden ocultarme —repuso Sasha con firmeza—. Soy residente de último año en la planta de obstetricia y no puedo faltar al trabajo mientras ustedes buscan al asesino.

—Pues tal vez tenga que hacerlo —dijo el teniente con gravedad.

—No puedo —insistió Sasha sin ceder ni un milímetro. No pensaba dar al traste con su carrera por culpa de Valentina, después de todo el esfuerzo que le había costado.

—También su vida podría correr peligro.

—No hay razón para relacionarme con mi hermana. Ella se mueve en las altas esferas y viaja por todo el mundo, y yo me paso la vida aquí, asistiendo partos.

—Ya hablaremos de eso —concluyó el teniente esquivando el tema cuando el cirujano se acercó a hablar con Sasha.

Se llevaban a Valentina al quirófano para extraerle la bala. Había perdido mucha sangre, pero las constantes vitales eran estables e iban a ponerle una transfusión.

Sasha volvió a visitar a Valentina, que aún estaba atontada a causa de la sedación preoperatoria. Le dio un beso y le dijo que todo iría bien, y luego se la llevaron. Sasha no entró en el quirófano. Al cabo de unos minutos llegó Alex. Había dado con alguien que podría sustituirlo un rato. Sasha le explicó lo que había ocurrido, y lo que el teniente le había contado sobre Jean-Pierre. La historia resultaba de lo más inquietante, sobre todo teniendo en cuenta el riesgo que corría Valentina si el asesino intentaba encontrarla.

—Tuve un presentimiento horrible cuando conocí a ese tío. No sé de dónde los saca, pero ese se llevaba la palma.

Sasha estaba descompuesta.

—A lo mejor esto le sirve para aprender la lección—dijo Alex disgustado.

Sasha asintió, pero mientras tanto Valentina se vería obligada a cambiar radicalmente de vida para permanecer oculta, tal vez por mucho tiempo. Pero Sasha no pensaba esconderse. A Alex no le comentó nada del riesgo que corría ella ni de lo que le había sugerido el teniente, así que él se limitó a volver al trabajo. Al cabo de dos horas trasladaron a Valentina a una habitación privada de la planta de cirugía, donde dos agentes vigilaban en la puerta y una enfermera controlaba que no empezara de nuevo a sangrar. Sasha pasó unos minutos con su hermana, pero Valentina estaba atontada a causa de la anestesia y los analgésicos y decía incoherencias, así que se fue. Estaba a punto de volver al trabajo cuando el teniente acudió de nuevo en su busca.

—¿Cómo está? —se interesó.

—Bastante atontada por la medicación, pero por lo demás, bien.

El cirujano le había explicado que Valentina había tenido mucha suerte porque la bala no había causado daños mayores. Podría haberle pasado de todo, desde perder la pierna hasta morir, una clara demostración de que su hermana había perdido el control sobre su vida y de que tenía un criterio nefasto a la hora de elegir a los hombres.

—¿Le había hecho algún comentario sobre la víctima? —preguntó el teniente.

—Solo que era una persona maravillosa y que la trataba como a una reina. Pero lo vi una vez y daba miedo. Mi hermana tiene debilidad por los chicos malos.

—Pues esta vez le ha tocado el gordo —dijo él, haciendo eco de los pensamientos de Sasha—. Mañana hablaremos con ella y le diremos que vamos a ocultarla un tiempo y que queremos saber si puede identificar al asesino. También tendremos que hablar con usted.

—Ya se lo he dicho, no pienso esconderme. Tengo un buen trabajo, y ese tío no era mi novio.

—Tal vez, pero usted y su hermana son como dos gotas de agua. Si no permite que la protejamos, tendrá que cambiar radicalmente de aspecto. Podemos ayudarla. No podemos permitir que vaya por ahí pareciéndose como se parece a su hermana, porque si por casualidad se topa con el asesino, la matará. Esa gente no se anda con chiquitas; van al grano.

Sasha ya se había dado cuenta, y Valentina también.

—¿Adónde la llevarán?

—A un lugar seguro, fuera de la ciudad. Tenemos escondites. Necesitaremos que su hermana colabore con nosotros. Y usted hará todo lo posible para cambiar de aspecto. Si no, acabará sirviendo de señuelo. No queremos que esa gente le haga daño —dijo con una voz amable. Sasha era inocente, a diferencia de Valentina, que se había arriesgado al relacionarse con delincuentes, aunque no supiera hasta qué punto lo eran. Saltaba a la vista que Jean-Pierre no era un simple empresario, y ella debería haberse dado cuenta a pesar de no disponer de información detallada. Aquel tipo no tenía un pelo de bueno. Esa noche le habían requisado el avión y habían encontrado la bodega llena de armas ocultas—. ¿Trabaja esta noche? —quiso saber el teniente.

Sasha asintió.

—Hasta las seis de la mañana.

—Le enviaré arriba a dos de mis hombres, y también la acompañarán a su casa. Quiero que esté constantemente bajo vigilancia, hasta que hayamos atrapado al asesino.

—¿Podrán ir de paisano? —El teniente lo pensó un momento y asintió. Era lo más conveniente—. Bien, pues quiero que lleven uniforme de médico cuando anden por aquí. No me apetece ser la comidilla de todo el hospital si me ven con la policía pegada a la espalda.

—Puede agradecérselo a su hermana —se limitó a responder O'Rourke.

—Ya lo sé —repuso asintiendo de nuevo.

Le asignaron dos policías. Sasha les pidió que se vistieran con el uniforme azul del quirófano antes de subir a su planta. La fina tela dejaba entrever las armas, por lo que les pidió que se pusieran también una bata blanca. La cosa funcionó, y el teniente se echó a reír al verlos con aquella pinta.

—Igualitos que en la tele —bromeó—. Intentad que no os pongan una demanda por negligencia, el departamento no correrá con los gastos.

A continuación siguieron a Sasha hasta la planta de obstetricia, donde no había ingresado ninguna parturienta. Era un milagro. Los dos policías disfrazados la acompañaron a todas partes, e incluso permanecieron en la sala de médicos mientras ella echaba una cabezada. Estaban en constante alerta, y se levantaron de inmediato cuando Alex entró para ver qué tal estaba Sasha. Se la llevó a una esquina para poder hablar con cierta intimidad.

—¿Qué hacen esos tíos?

—Están aquí para protegerme —susurró ella—. Puede que los necesite durante un tiempo.

Entonces reparó en que también iba a necesitar el permiso del jefe del programa de residencia. Su hermana la había metido en un lío tremendo. Cuando dieron las seis y se dispuso a marcharse con Alex, los dos policías los siguieron hasta el apartamento, listos para permanecer vigilando en la puerta. Sasha los invitó a tomar un café en la cocina. El gran danés los observó con interés levantando su enorme cabezota, y luego se durmió. Alex y Sasha dieron las buenas noches al resto, se retiraron a su habitación y se metieron en la cama. Él estaba preocupado; no le hacía ni pizca de gracia lo que estaba pasando.

—¿Por qué no me lo cuentas?

Sasha no quiso mentirle.

—Temen que el asesino persiga a Valentina, si cree que puede identificarlo.

—Mierda. Y tú eres igualita a ella.

—Pero él no lo sabe. Nadie de ese mundillo nos ha visto juntas. Solo vi a Jean-Pierre una vez, así que nadie va a perseguirme. Se trata de evitar que me tope con ese hombre por casualidad y me confunda con Valentina.

—¿Y qué piensan hacer? —preguntó Alex con aire sombrío.

—Ocultar a Valentina hasta que encuentren al asesino, puede que con la ayuda de un confidente. Yo les he dicho que no pensaba esconderme, así que es posible que me hagan cambiar de aspecto durante un tiempo.

—¿Cómo? ¿Con una nariz de payaso? —No le hacía ninguna gracia. Nunca se había visto en una situación así, y Sasha tampoco.

—No lo sé. Mañana me lo dirán.

—Menuda situación de mierda —soltó Alex tumbado en la cama, y rodeó a Sasha con el brazo, más que preocupado—. Soy yo quien va a matar a tu hermana.

—Espero que esto le sirva de lección. Necesita cambiar de actitud. Más le vale que ese tío haya sido el último chico malo de su vida.

Alex asintió. Permanecieron abrazados hasta que ambos se durmieron. Los agentes de policía aguardaban en la cocina.

A las ocho de la mañana, Sasha se levantó con sigilo para llamar a sus padres y explicarles lo que había ocurrido. Su madre fingió quedarse tan fresca, aunque Sasha notó que estaba inquieta, y a su padre le entró pánico y quiso coger un vuelo hasta Nueva York, pero Sasha le explicó que iban a hacer desaparecer a Valentina enseguida para llevarla a un lugar seguro.

Después habló con Valentina desde el teléfono del hospital. Su hermana estaba por los suelos y lloraba por Jean-Pierre.

—Se dedicaba a vender armas nucleares —dijo Sasha enfadada.

—Conmigo se portaba de maravilla —se lamentó Valentina.

—Mataba a gente. Tienes que sentar la cabeza después de una cosa así. Podrían haberte matado a ti también.

—Ya lo sé —admitió con tristeza—. Han estado a punto. El médico dice que si la bala me hubiera alcanzado la arteria, estaría muerta.

—Exacto. ¿Viste al hombre que le disparó?

—No. Estábamos haciendo el amor y yo tenía los ojos cerrados, y de repente lo noté encima de mí y lo vi lleno de sangre. No vi nada más. ¿Qué va a hacer la policía conmigo?

—Creo que van a esconderte para que estés a salvo.

—Los de la agencia se van a cabrear —dijo preocupada—. La semana que viene tengo dos sesiones de fotos para *Harper's Bazaar*.

—Más me cabrearé yo si te matan —repuso Sasha, y prometió pasar a verla más tarde, si la policía se lo permitía.

Los policías de la cocina habían cambiado de turno. Alex se levantó dos horas más tarde y encontró a Sasha hablando con el teniente, que había ido a verla con tres agentes de los servicios de inteligencia especializados en camuflaje. La estuvieron examinando con detalle: la estructura ósea, el pelo, los ojos... Tardaron una hora en decidir lo que había que hacer. Comunicaron su recomendación al teniente, mientras Sasha los escuchaba con el corazón encogido. Aquello no sonaba nada bien. Tenían que cortarle su larga melena rubia a lo chico y teñirla de color castaño. Le pondrían lentes de contacto para transformar sus ojos verdes a azules. Querían que llevara prendas holgadas, nada ajustado ni sexy como su hermana, aunque Sasha nunca se ponía ese tipo de prendas, y zapatos planos para no ser tan alta como Valentina, que siempre iba con tacones. Pensaban que con el cambio de color y de corte de pelo y los ojos azules en lugar de verdes bastaría. No podían hacer gran cosa más. Era preciso que tuviera un aspecto anodino en lugar de llamar la atención como su hermana, pero Sasha seguía siendo una mujer muy guapa, por lo que se plantearon si ponerle las lentillas marrones en lugar de azules.

Sasha lloró cuando le cortaron el pelo y se lo tiñeron de castaño oscuro, aunque aquel peinado masculino de hecho le sentaba muy bien. No obstante, Alex estaba molesto. Le encantaba su melena rubia.

Ya volverá a crecerme —le dijo Sasha, y luego aprendió a colocarse las lentillas.

Al final se decidieron por las azules. El cambio resultaba sorprendente. Era otra persona. No se parecía en nada a Valentina ni a ella misma. Cuando Abby y Morgan fueron a la cocina para desayunar, se quedaron atónitas. Sasha les relató lo que había ocurrido la noche anterior. Al cabo de un rato, el teniente O'Rourke y sus hombres se marcharon, y quedaron allí los dos agentes de incógnito, vestidos con vaqueros, camiseta y cazadora de béisbol para ocultar las armas. Sasha tenía la sensación de que su vida estaba patas arriba. El teniente le comunicó que no podría visitar a su hermana porque no querían que nadie las viera juntas. Antes del mediodía Valentina saldría del hospital con destino desconocido, hasta que dieran con el hombre que le había disparado a Jean-Pierre.

Las tres chicas y Alex estaban sentados a la mesa de la cocina comentando lo ocurrido, y los dos policías se habían retirado a un discreto rincón de la sala donde jugaban con el perro. Había sido una noche horrorosa, y Sasha aún tenía que ir a hablar con el jefe del programa de residencia para explicárselo todo antes de empezar el siguiente turno.

Morgan se marchó a trabajar al restaurante y Alex salió un rato para tomar el aire y pasar por su piso a coger algo de ropa. Pensaba quedarse con Sasha en el loft hasta que hubieran dado con el asesino. Por la tarde, regresó al apartamento y sacó a pasear al perro mientras Sasha dormía y Abby trabajaba frente al ordenador.

A las cinco, Claire regresó de San Francisco y se quedó

estupefacta: en la cocina había dos hombres a los que no conocía de nada, Sasha no se parecía a la persona que era antes y un perro del tamaño de un caballo roncaba en el sofá.

—¿Qué narices está pasando aquí? —le preguntó a Alex, que la miró con pesadumbre.

—Buena pregunta. Anoche Valentina nos hundió en la miseria, y a ella casi la matan.

Sasha se lo explicó todo. Claire no daba crédito. Era la historia más terrible que le habían contado jamás. Y en un orden de cosas más liviano, le parecía imposible que un perro pudiera alcanzar semejante tamaño. Con todo, tuvo que reconocer que tenía pinta de cariñoso. También a ella le tendió la pata, y le lamió la mano con su lengua gigantesca. Al cabo de un rato, Claire se sentó en el sofá, y le entró risa.

—Bueno, por lo menos no nos aburrimos —comentó.

Alex soltó una carcajada.

—De eso sí que no pueden acusarnos.

No les permitirían mantener ningún tipo de contacto con Valentina mientras permaneciera oculta, cosa que, en opinión de Alex, más bien suponía un alivio. Sasha le había explicado a Claire que Alex y ella iban a casarse, y la diseñadora los felicitó a ambos. Al cabo de un rato, Valentina llamó desde el hospital y se despidió entre lágrimas.

A las siete de la tarde, Sasha acudió a la cita con el jefe del programa de residencia, que no se alegró de la situación precisamente pero le permitió seguir trabajando mientras fuera disfrazada y acompañada a todas horas por agentes de policía armados. Aun así le advirtió que no quería problemas, ni con los pacientes ni con el personal, y Sasha le prometió que así sería. Todo cuanto deseaba era seguir cumpliendo con su deber.

A las ocho se encontró con sus compañeros en el restaurante de Max y disfrutaron de una cena relajada con los dos policías de incógnito en una mesa cercana. Claire habló de la firma de zapatos que pensaba lanzar con su madre y todos se sintieron entusiasmados. Sasha y Alex habían cambiado el turno esa noche. Para ellos era un alivio poder estar juntos y actuar como personas normales, y aunque Sasha no tenía el aspecto de siempre, por lo menos pudo lucir el anillo. Todos coincidieron en que había sido un mes de locos, entre el compromiso de boda, el asesinato y aquel perro en casa, por no hablar del disgusto sentimental de Claire, de su despido y del negocio que iba a emprender con su madre.

—¿Y qué haremos en Nochevieja? —preguntó Oliver tras aparecer con Greg a la hora del postre. Todos lo miraron con cara de no tener ni idea.

—Nosotros trabajamos —dijeron Alex y Sasha al unísono.

Morgan siempre ayudaba a Max en el restaurante, de modo que solo Claire y Abby estaban libres. Greg propuso que fueran los cuatro a Times Square para ver bajar la bola de fin de año y luego a tomar algo con Max y Morgan, cuando el restaurante estuviera más calmado.

—Me parece un buen plan —opinó Oliver sonriendo a las dos amigas.

—Esperemos que sea el inicio de un año fantástico —añadió Max.

Todos alzaron sus copas para brindar por que así fuera, y una vez más, por la pareja recién prometida.

17

Dos días después de que se llevaran a Valentina a un lugar desconocido para protegerla, Abby estaba escribiendo tranquilamente en su mesa de trabajo con Charlie dormido a sus pies cuando le sonó el móvil. Era Josh Katz, el productor que había conocido en casa de sus padres en Acción de Gracias. No se había acordado de él desde su encuentro, un mes atrás.

—He venido a pasar el Año Nuevo en Nueva York. —Le contó que se había mudado a Los Ángeles, donde se habían conocido, pero que había ido a pasar el fin de semana con unos amigos—. Leí lo que me mandaste. Tiene mucha fuerza. —Abby no tenía claro si eso era bueno o malo, pero le dio las gracias por haberlo leído y le dijo que había escrito unos cuantos capítulos más de la novela y que eran más cinematográficos incluso—. Eso suena bien. ¿Tienes tiempo para que nos veamos? —le preguntó. Abby lo pensó un momento. Quería terminar lo que estaba escribiendo aquella tarde.

—Claro. ¿Cuándo?

—¿Qué tal hoy? ¿Ahora mismo? Estoy en Chelsea, pero dentro de media hora podría estar ahí. Siento no haberte avisado antes. No estaba seguro de si me daría tiempo porque tenía una reunión para la posproducción de la película que estoy terminando.

—No pasa nada. Estoy trabajando en casa, puedo tomarme un respiro.

No tenía claro si el encuentro era social o profesional, pero disponía de tiempo para un paréntesis.

Josh llegó al cabo de media hora. Era más alto de lo que Abby recordaba, y llevaba una parka de esquiador y un jersey grueso. De inmediato, reparó en Charlie y lo acarició.

—Un perro estupendo. —Los hombres adoraban esa clase de perros.

—Me adoptó hace unos días, aún nos estamos conociendo. —Abby le sonrió y le ofreció una copa de vino, pero Josh prefirió una taza de café. No se anduvo con rodeos. No era persona de charlas triviales y enseguida empezó a hablarle de su trabajo para luego pasar a hablar del de ella.

—He venido para hacerte una oferta. Me gustó lo que me enviaste. Escribes textos muy buenos; un poco lúgubres, pero me gusta el género. Estoy preparando una película que es ideal para ti. Tenemos un guión, pero no me convence y necesito que alguien le dé otro aire. Está basada en una novela que compré hace años. La tenía muerta y creo que ahora es un buen momento para recuperarla. Casa a la perfección con el estado de ánimo que impera en el país. Y en cuanto leí tu trabajo, supe que te venía como anillo al dedo. Quiero contratarte para que escribas el guión.

Abby puso los ojos como platos al oír aquellas palabras.

—¿Así, tal cual?

—Así, tal cual. —Josh le sonrió—. Tengo buen olfato para saber a quién le va qué. Tú eres perfecta para escribir el guión de la película basada en ese libro.

Le dijo el título y ella se echó a reír.

—Era mi libro de cabecera hace cinco años. Lo leía todas las noches.

—Entonces tengo razón. —Sonrió.

—Pero no es un poco lúgubre, es pero que muy lúgubre —lo corrigió.

—Tus obras también, aunque con ciertos toques frívolos que me resultan agradables. Sabes reírte de ti misma, y eso se nota.

—¿Y qué debería hacer?

—Tienes que entregarnos un guión que nos sirva de pauta de trabajo. Yo te enseñaré cómo. Además, dices que tus últimos escritos son más cinematográficos, ¿no? Podemos trabajar juntos cuando acabe la posproducción de la película que tengo entre manos. Te necesitaré en Los Ángeles. Durante un año, a partir de marzo. —A Abby se le cayó el alma a los pies al oír aquello, y él se dio cuenta—. Puedes volver a Nueva York dentro de un año. No tienes que quedarte a vivir allí para siempre, solo mientras rodamos la película. Luego haz lo que quieras, pero podrás decir que has trabajado para el cine independiente, y dirigirás la orquesta en la siguiente película si la que hagamos juntos tiene éxito. Te habrás hecho un nombre y te ofrecerán contratos. —Josh era un buen vendedor, y por un momento Abby se preguntó si todo aquello habría sido idea de sus padres, aunque lo veía demasiado independiente para eso. Josh tenía un punto de inconformista que a Abby le gustaba. Y parecía honrado.

Entonces le dijo cuánto pensaba pagarle. Era más dinero del que Abby esperaba ganar, sobre todo en aquel momento de su carrera, sin ninguna novela publicada.

—¿Por qué me das esta oportunidad?

—Porque creo que eres buena, y lo que escribes tiene frescura. No estás contaminada por Hollywood y no te has vendido a nadie. Tus textos traslucen una franqueza que me gusta de verdad. ¿Lo pensarás?

—¿Y si Hollywood me atrapa para siempre?

—Eso significaría que tienes éxito. Hay destinos peores, amiga mía. Y entre película y película, puedes vivir donde te dé la gana. Yo lo hago, y no está mal. Además, Los Ángeles es un buen lugar para trabajar. Tienes de todo.

En su cabeza, Abby oía la voz de Ivan gritando: «¡Mediocre!». Pero ¿qué tenía aquello de malo? Iba a rodar una película independiente con un hombre que le pagaría dinero contante y sonante por su trabajo y que encima sentía un sincero respeto hacia sus textos y quería mantener su estilo intacto.

—Lo pensaré —dijo Abby. Josh se puso en pie—. ¿Cómo están tus hijos?

Él sonrió ante la pregunta.

—Gracias por acordarte de ellos. Están muy bien. Hemos pasado la Navidad juntos. Tienen una edad muy bonita. Puedo llevarlos a todas partes y lo pasamos bien. Ojalá tuviera más hijos.

—Puede que algún día los tengas —dijo ella por ser amable. La edad todavía no era un problema, desde luego.

—Tal como trabajo, no lo creo. Mi mujer se subía por las paredes cuando estábamos juntos. Decía que me pasaba la vida trabajando, y no se equivocaba. Ahora me lo tomo con más calma, aunque no mucha. Me gusta estar con los chicos, pero el resto del tiempo estoy muy ocupado.

—Yo también. —Abby le sonrió. Además ahora lo dedicaba a escribir lo que le gustaba, no lo que le parecía bien a Ivan.

—Pues anímate a trabajar en mi película. Haz que sea nuestra película —dijo en un tono de lo más convincente. Abby se echó a reír.

—Lo pensaré y te diré algo.

Solo por el dinero ya resultaba tentador, y le encantaba el libro en que se basaba la película. Aun así, tenía dudas, porque no quería marcharse de aquella ciudad. Sin embargo, un guión para el cine independiente era perfecto, justo lo que le apetecía hacer. Si el proyecto fuera en Nueva York, habría dicho que sí de inmediato. Josh era consciente de sus reservas.

—Siempre podrás volver —le recordó de nuevo antes de marcharse.

Abby permaneció un buen rato sentada dándole vueltas al tema mientras acariciaba a Charlie, que la miró con expresión inquisitiva, como si supiera que se estaba cociendo algo.

—¿Quieres trasladarte a Los Ángeles? —le preguntó, y él

meneó la cola y volvió a apoyar la cabeza en las patas, como si estuviera demasiado cansado para planteárselo y lo dejara en manos de Abby—. Muchas gracias, hombre —dijo su dueña—. ¿Qué quieres decir? ¿Que la decisión es mía? Pues si yo me traslado, tú también, así que más vale que lo pienses un poco. Los Ángeles es una ciudad calurosa y sucia.

Claro que Nueva York también lo era. Pero Josh tenía razón, siempre podría regresar, y encima con una película independiente a sus espaldas. Tenía veintinueve años, tal vez había llegado el momento de aceptar un trabajo de verdad y ganar algo de dinero en lugar de limitarse a especular y a escribir para sí misma. Era una decisión muy importante, y quizá el inicio de una carrera profesional.

Al día siguiente era Nochevieja. Greg y Oliver pasaron a recoger a Claire y a Abby para acercarse caminando a Times Square, donde había un gentío tremendo y el ambiente era festivo. Cuando empezó la cuenta atrás, la multitud empezó a gritar al tiempo que veían bajar la bola luminosa cuya imagen aparecía en las televisiones de todo el mundo. Los cuatro se desearon un feliz año nuevo. Al rato se dirigieron al restaurante de Max, donde habían reservado una mesa. A la una de la madrugada, Max y Morgan se les unieron. Era la mejor manera de celebrar aquella fecha, rodeados de buenos amigos.

Tomaron champán, y a las dos se marcharon, un poco achispados. Al llegar a casa, Abby encontró a Charlie roncando sobre su cama. Lo apartó con suavidad y se acostó a su lado, y entonces le vino a la cabeza la película de Josh y su oferta de escribir el guión. Y justo antes de quedarse dormida, supo que había tomado una decisión. El champán ayudaba. Se le brindaba una oportunidad magnífica que no podía dejar escapar y que le proporcionaría independencia económica y un buen nombre. ¿Qué más podía pedir? Era hora de madurar. Lo que había hecho con Ivan era trabajo de aficionada, y ya no podía seguir así. Debía aceptar el proyecto para ver si era capaz de convertir aquello en una profesión real. Además, una película independiente basada en un libro que adoraba era una manera agradable de iniciarse en una carrera. No podía pedir más. Y cuando al cabo de un año terminara la película, regresaría a Nueva York, aunque no a su vida de antes, sino a la nueva vida que tendría por delante. Por otra parte, no se marcharía hasta marzo, de modo que aún viviría dos meses en el apartamento junto a sus mejores amigas. Luego pasaría un año en Los Ángeles, donde intuía que aprendería un montón al lado de Josh. Antes de quedarse dormida se prometió a sí misma que a la mañana siguiente, si seguía pensando lo mismo, lo llamaría.

Cuando Charlie la acarició con el hocico eran las nueve. Quería salir a la calle y le daba igual que su dueña tuviera resaca. Abby lo sacó a dar una vuelta a la manzana y regresó al apartamento. A continuación cogió el móvil y llamó a Josh, que contestó de inmediato con una voz tan deplorable como su estado.

—Siento llamarte tan temprano —se disculpó Abby.

—No te preocupes —contestó Josh con la voz ronca de quien acaba de despertarse y le ha dado bastante al tequila la noche anterior. Se alojaba con un escritor que bebía mucho.

En el instante en que sonó el teléfono supo que lo que estaba a punto de oír era importante. Lo presentía, igual que al leer el material que Abby le había enviado. Iba a ocurrir algo grandioso, a ambos.

—Acepto el trabajo —dijo ella con un hilo de voz—. Quiero hacerlo. De verdad quiero hacerlo. Y siempre podré volver.

—Sí, siempre podrás volver. Yo me marcho mañana. ¿Quieres que cenemos juntos esta noche? Así podremos hablar del tema.

—Estupendo. ¿Quieres venir a mi casa? Suelo cenar con mis compañeras de piso alrededor de las siete.

—Me encantaría. Ah, Abby, una cosa, solo para que lo

sepas: eres una escritora genial. Vamos a hacer una película estupenda los dos juntos.

—Ya lo sé, por eso he aceptado.

—Bueno, pues hasta luego —se despidió él.

Josh conocía la dirección puesto que había ido a verla para ofrecerle el trabajo. Aquello no era más que el principio. Lo que estaba por venir sería maravilloso. Cuando colgó el teléfono, permaneció tumbado en la cama sonriendo, consciente de que acababa de cerrar el mejor trato de su vida.

18

Todos tenían resaca cuando se reunieron en el apartamento el día de Año Nuevo. Max llevó sobras de comida del restaurante, ya que no tenían fuerzas para cocinar. La visita de Josh Katz a la hora de cenar fue toda una sorpresa, pero la mayor sorpresa se la llevaron cuando, al final de la noche, Abby les dijo que había aceptado trabajar con Josh en su siguiente película y que en marzo se marcharía a vivir a Los Ángeles. Se quedaron estupefactos y hubo un momento de silencio, hasta que de repente le llovieron las preguntas: ¿Cuánto tiempo estaría fuera? ¿Cuándo regresaría? ¿Cuándo se marcharía? Josh sintió una punzada de culpabilidad al ver la cara de pena de sus compañeras de piso. Y entonces cayeron en la cuenta de que Sasha dejaría de vivir allí en junio, después de la boda, y Abby se marcharía a Los Ángeles para escribir el guión de una película. La escritora miró a sus amigos con lágrimas en los ojos cuando anunció que estaría fuera un año entero, aunque prometió visitarlos de vez en cuando. De la noche a la mañana, la mitad de las inquilinas del apartamento dejarían de serlo. Además, si la película tenía éxito, probablemente Abby se instalaría en Los Ángeles de forma permanente. Aquello empañó el final de la noche. Se alegraban por ella, pero les dolía pensar que al cabo de seis meses tan solo Claire y Morgan vivirían en el loft de Hell's Kitchen que las había acogido a todas durante cinco años, y a dos de ellas durante nueve. Aquello iba a suponer un gran cambio.

—Me parece que tus amigas me odian —le dijo Josh a Abby con un hilo de voz cuando se marchaba.

—Se alegran por mí, solo que todo cambiará.

Aun así tenía muy claro que había tomado la decisión correcta. Y que se llevaría a Charlie.

—Nos veremos en marzo —dijo Josh despidiéndose con un abrazo. Se alegraba de haber ido y haber conocido a sus amigos. Le caían bien, eran buena gente.

Los dos policías de paisano que le habían asignado a Sasha también se habían unido al grupo para cenar. Como siempre, había sido una comida ruidosa, cordial y familiar, aunque todos se quedaron callados cuando Josh se fue; pensaban en la marcha de Abby. Entre la boda de Sasha y el traslado de Abby a Los Ángeles un año, el ambiente presagiaba cambios, y todos se sentían tristes. El año empezaba con un sabor agridulce.

Al día siguiente Morgan se durmió. No había oído la alarma, y aun así salió volando antes de que los demás se levantaran. Era el primer día de trabajo después de las vacaciones y tenía mil cosas que hacer. Sin embargo, cuando llegó a la oficina dos desconocidos le abrieron la puerta, y al entrar aquello era un caos. Media docena de agentes del FBI estaban retirando cajas de la sala del archivo, y otros cinco se llevaban los ordenadores.

—¿Qué narices está pasando aquí? —preguntó a un agente a la vez que la invadía una creciente oleada de pánico.

Entonces vio a dos agentes más que salían del despacho de George con él esposado. Cuando pasaron por su lado ni siquiera la miró, como si no la hubiera visto en su vida.

Utilizaron la sala de reuniones para interrogar a los empleados mientras Morgan aguardaba en su despacho. Les habían comunicado que nadie estaba autorizado a marcharse y les habían confiscado los teléfonos móviles diciéndoles que se los devolverían más tarde. La gente murmuraba y había corrillos por toda la oficina. Nadie sabía qué ocurría. Morgan tampoco averiguó gran cosa cuando la interrogaron. Dos agentes del FBI tomaban notas mientras otro formulaba las preguntas.

Querían saber si estaba familiarizada con el sistema de contabilidad y los libros de cuentas, y le pidieron que especificara cuáles eran sus tareas. Le preguntaron por los clientes que había visto con George o sola. En aquel momento Morgan recordó la irregularidad que había detectado recientemente y lo comentó. Los agentes quisieron saber si se lo había explicado a alguien o había informado a George, a lo que ella respondió que no. Reconoció que le había parecido extraño, pero como no faltaba nada a pesar de que el dinero había cambiado de cuentas, lo atribuyó a un error que alguien había corregido después. Después de interrogarla durante dos horas, le comunicaron que era objeto de una investigación y no podía salir de la ciudad. Morgan preguntó sin rodeos de qué acusaban a George, puesto que lo había visto con las esposas, y le explicaron que iban a presentar cargos contra él por llevar a cabo un esquema Ponzi, encubierto, parecido al de Bernie Madoff pero a menor escala. Había estado engañando a los inversores, aceptando dinero que en realidad no invertía y que no les devolvería jamás.

—Eso es imposible —dijo Morgan en defensa de su jefe—. Es muy meticuloso con las operaciones.

Pero entonces recordó el nombre de aquella lista de directores, que le había parecido sospechoso porque sobre él recaía una acusación. De todos modos, no lograba imaginarse a George haciendo aquello de lo que lo acusaban. Tenía que tratarse de un error.

Le permitieron salir de la oficina a las seis y le indicaron que no volviera por allí. La plantilla en pleno estaba siendo objeto de investigación, y los habían despedido a todos. Cerraron la oficina y embargaron las cuentas. Le devolvieron el teléfono móvil cuando salió de la oficina. Al abandonar el edificio, Morgan estaba en una especie de estado de shock. Tomó un taxi hasta Hell's Kitchen y de camino paró en el restaurante de Max. Estaba desesperada por ver una cara amiga y rompió a llorar nada más verle. Luego le contó lo ocurrido. Max tampoco podía creerlo, pero la noticia aparecía en internet y esa noche la dieron por televisión. George Lewis estaba siendo investigado y probablemente tendría que enfrentarse al gran jurado, por robar millones de dólares a sus inversores. Un juzgado federal había establecido la fianza en diez millones de dólares, y se esperaba que ese mismo día George saliera de la cárcel.

Claire también se quedó de piedra al oír la noticia. Se preguntaba si tendría algo que ver con el hecho de que la hubiera dejado, aunque sospechaba que se trataba de cuestiones independientes y que George era un delincuente, además de un mentiroso compulsivo. El lobo solitario era un sinvergüenza.

A la mañana siguiente, Morgan y ella estaban en la cocina leyendo el periódico, demasiado afectadas para saber qué decir.

—Ya ves, yo también me he quedado sin trabajo —le dijo Morgan a Claire. La aterraba el futuro, y así se lo había dicho a Max la noche anterior—. Nadie querrá contratarme después de una cosa así. —Siempre se cuestionaría si había tomado parte o no en el esquema Ponzi, aunque en realidad no tenía ni idea de lo que George se traía entre manos.

La policía federal acudió a verla al apartamento y volvieron a interrogarla. Ya les había contado todo lo que sabía, y lo hizo una vez más. También interrogaron a Max en el restaurante, para averiguar qué le había dicho Morgan acerca de su trabajo. Max les explicó que en su día ella le había pedido opinión acerca de las irregularidades en las cuentas, y que él lo había considerado un error de contabilidad y ella estuvo de acuerdo. Sin embargo, ninguno de los dos sospechaba nada semejante: que George hubiera robado millones de dólares a sus inversores. Y para colmo lo había hecho con astucia y de un modo impecable.

Morgan no sabía en qué invertir el tiempo después de que cerraran la oficina. Para mantenerla ocupada y evitar que se volviera loca, Max le preguntó si lo ayudaría en el restaurante y con los libros de cuentas. Ella agradeció poder distraerse y Max le ofreció un sueldo a cambio, pero Morgan no quiso aceptarlo. Con todo, iba con él al trabajo todos los días. Estaba pasando una época horrible, y se aferró a Max como quien se aferra a una roca en mitad de un temporal.

En medio de todo aquel jaleo, la madre de Claire llegó a Nueva York y al leer la noticia se quedó estupefacta. A juzgar por la descripción de su hija, George parecía el hombre perfecto, y ahora resultaba que era un granuja de tomo y lomo.

—Gracias a Dios que no estabas saliendo con él cuando descubrieron el pastel —le dijo a Claire—. ¿Crees que lo vio venir?

—No, no lo creo. Al parecer llevan meses controlando sus cuentas bancarias, y según Morgan él no tenía ni idea, igual que ella. Está hecha polvo.

Morgan no podía dormir y se le estaba cayendo el pelo como consecuencia del trauma que estaba sufriendo. Aún no sabía si iban a acusarla a ella también. La habían interrogado una y otra vez y todavía no habían llegado a ninguna conclusión. Además no podía buscar trabajo hasta que la absolvieran y quedara libre de cargos. Estaba segura de que considerarían que no estaba al corriente de nada y la declararían inocente. Pero mientras tanto su vida estaba en entredicho y su futuro era incierto.

Sarah llegó por la mañana. A la hora del café, Claire le preguntó cómo se había tomado su padre lo de la separación.

—Se quedó de piedra —dijo Sarah con un hilo de voz—. Nunca me había creído capaz de una cosa así. Pero me alegro de haberlo hecho. Ahora tendrá que hacerse cargo de su vida, sin mí. Yo tengo que ocuparme de mí misma.

Claire nunca había oído a su madre hablar de ese modo, y se sentía orgullosa de ella. Sarah era más fuerte de lo que había imaginado y demostraba que era posible empezar de cero a cualquier edad. Habían pasado varias semanas desde su ruptura con George y seguía sufriendo las consecuencias, pero al final aquello había resultado ser una gran suerte, visto lo que le estaba ocurriendo.

Claire y su madre se pusieron enseguida manos a la obra. Tenían mucho que hacer.

Con el asesinato del novio de Valentina, ella escondida, la detención de George por delitos federales, la inesperada ruptura con Claire, el despido por parte de Walter, los dos agentes de paisano para proteger a Sasha y la noticia de que Abby iba a marcharse en marzo y Sasha en junio, el ambiente del apartamento era, sin duda, de lo más triste, a pesar del entusiasmo general por el nuevo negocio de Claire, la boda de Sasha y el guión cinematográfico de Abby.

Claire le mostró a su madre los bocetos en los que había estado trabajando desde Navidad, y a Sarah le parecieron muy buenos.

—¿Cuándo iremos a Italia? —le preguntó su madre con evidente entusiasmo. Claire sonrió. Aquello iba a ser divertido.

—Tal vez el mes que viene, cuando tengamos suficientes diseños para lanzar la primera colección. Si vamos en febrero, podremos tener las muestras en abril, a tiempo de presentarlas en ferias comerciales y de aceptar encargos para el otoño.

Claire explicó a su madre los diversos aspectos del negocio —estaba claro que conocía bien el funcionamiento— y entre las dos establecieron un calendario de los pasos a seguir. Iban a tener mucho trabajo. Tras la reunión con la fábrica podrían fijar el precio final. Claire quería mantener los precios bajos y a la vez ofrecer modelos de alto diseño, lo que suponía todo un reto. Sin embargo, por fin se sentía libre para diseñar los zapatos que quería, tras años de trabas por parte de Walter.

A medida que pasaban las semanas, el catálogo iba tomando forma, de modo que concertó una cita en la fábrica para mediados de febrero. La semana anterior a su partida, Morgan fue informada de que no había pruebas que demostraran su implicación en los delitos de George, y que por tanto quedaba libre de toda sospecha. Aquello suponía un gran alivio. Sin embargo, le pidieron que estuviera disponible por si necesitaban más información para el caso del fiscal federal contra George.

—Hablando en plata —le dijo Morgan a Max cuando el gran jurado hubo retirado los cargos contra ella—, George está de mierda hasta el cuello.

Se daba cuenta de que en realidad no conocía a George ni sabía qué era capaz de hacer. Ni ella ni nadie. Era el clásico sociópata, sin escrúpulos en el momento de hacer daño a las personas, como había demostrado con Claire. La había incitado a confiar en él y a creerle para, una vez que ella había bajado las defensas y era vulnerable, desaparecer de su vida. Morgan se preguntaba si lo habría planeado de ese modo solo para herirla, y Claire también lo había pensado. De ser así, era más morboso de lo que creían.

Entretanto, Sasha se mantenía en contacto con el teniente O'Rourke para estar al corriente de la situación de su hermana, pero no había noticias. Por lo visto estaban hablando con todos los confidentes, pero nadie sabía nada. Por lo menos Valentina estaba a salvo. Sin embargo, Sasha estaba harta de parecer un bicho raro y de andar por todas partes con los agentes de incógnito pisándole los talones.

Alex y ella trabajaban más que nunca, y cuando Sarah y Claire se marcharon a Italia, ellos todavía no habían viajado a

Atlanta para que Alex conociera a los padres de Claire. No había manera de tener más de un día libre, pero estaban decididos a ir antes de casarse. Tampoco habían decidido todavía quién iba a organizar la boda. Sasha no tenía ni idea de a quién contratar ni dónde buscar. A Oliver al final le pasaron un contacto a través de un cliente cuya hija acababa de casarse. Claro que aquella boda había costado una fortuna, y Sasha no quería abusar de su padre, por muy generoso que se hubiera mostrado.

—Es una lástima que Valentina no haya encontrado un tipo decente. Si os casarais a la vez, a lo mejor os harían descuento —bromeó Oliver una noche por teléfono.

Al día siguiente, Alex y Sasha se reunirían con la candidata a organizar la boda. Estaría bien ocuparse de un asunto agradable, para variar. En el apartamento solo se hablaba de la acusación de George y de la inocencia de Morgan, que había decidido seguir ayudando con las cuentas del restaurante. Max la consideraba un genio. Con solo echar un vistazo a las hojas de cálculo, había descubierto que el camarero del bar se estaba apropiando del dinero que la gente dejaba sobre la barra. Ante la evidencia, el hombre había reconocido su culpa y Max lo había despedido de inmediato. Morgan pensaba buscar otro trabajo, pero necesitaba recuperar el equilibrio y la serenidad antes de presentarse ante un cazatalentos para volver a Wall Street. Aún no se sentía preparada. Lo ocurrido había sido un escándalo y los medios de comunicación seguían hablando a diario.

En cambio la muerte del novio de Valentina había caído en el olvido sin más. Se trataba tan solo de un mafioso, asesinado por alguien de su calaña. Había aparecido en los periódicos el día posterior a los hechos y nunca más. El artículo explicaba que en el momento del crimen había una mujer con él, pero no mencionaba el nombre de Valentina, a instancias de la policía y por su seguridad. Sasha seguía sin tener ni idea de dónde estaba su hermana y no había recibido noticias suyas.

La policía les había pedido que no mantuvieran ningún tipo de comunicación.

Por otra parte, Alex y Sasha no sabían si reír o llorar cuando conocieron a la organizadora de bodas. Era inglesa, se llamaba Prunella, y daba la impresión de montar funerales en lugar de bodas, con aquel traje oscuro tan serio y con el pelo teñido de negro azabache y recogido en un moño bien apretado. Oliver les había explicado que de joven era bailarina, pero a Alex le pareció más bien la vigilante de una prisión, y cuando Prunella se ausentó unos momentos, le confesó a Sasha al oído que le ponía los pelos de punta.

—A lo mejor lleva el negocio con mucha disciplina —comentó Sasha esperanzada.

A ella tampoco le caía bien la mujer, pero no tenían a nadie más. Las alternativas eran pocas y costaban una fortuna, aunque Prunella tampoco era precisamente barata. Les pidió que describieran la boda de sus sueños y los dos estuvieron de acuerdo en que querían una boda sencilla, de unos cien invitados.

—¿Estáis seguros? —preguntó con expresión reprobatoria, y ambos asintieron. Alex explicó que sus padres habían invitado a unas cien personas a la suya. Le habían propuesto celebrar la boda en Chicago, y le ofrecieron la casa para el convite, pero Alex y Sasha preferían Nueva York—. Es posible que ya sea tarde para casaros en junio; puede que tengáis que esperar un año para reservar un sitio de categoría.

—No queremos esperar un año —repuso Sasha con firmeza, y Prunella arqueó una ceja con aire inquisitivo—. No estoy embarazada, pero queremos casarnos en junio de este año, no del que viene —insistió mirándola a los ojos.

—Últimamente he tenido varias novias embarazadas —repuso Prunella con desdén—. Tiempos modernos. Una de ellas fue directa al hospital desde el convite. ¿Queréis celebrarla en un jardín? ¿Un restaurante? ¿Un hotel? ¿Dentro o fuera? ¿Por la tarde? ¿Por la noche?

Les entró vértigo ante tantas opciones. Cuando salieron

de aquella casa de la calle Sesenta y ocho Este, no habían tomado ninguna decisión.

—Ahora entiendo por qué la gente se casa en Las Vegas —dijo Alex agobiado—. Tal vez deberíamos celebrar la boda en Chicago —comentó como de pasada.

—Nuestros amigos viven aquí —le recordó Sasha—. Tampoco quiero casarme en Atlanta.

Cuando Oliver llamó a Sasha para ver qué tal les había ido, le habló del encuentro con Prunella y de lo desconcertados que estaban, y le pidió opinión.

—Las bodas de noche son más divertidas y más elegantes. ¿Y si alguien te cediera una casa con jardín? Déjame pensarlo. ¿Quieres casarte por la iglesia?

—Supongo que sí.

A Sasha le gustaba la idea del jardín, sobre todo en junio, pero no se le ocurría quién podría cederle una.

Oliver la llamó al día siguiente.

—No sé hasta qué punto voy a decir un disparate, pero conozco a una mujer que tiene un ático enorme con una terraza preciosa en la Quinta Avenida, con vistas a Central Park. Lo he alquilado alguna vez para mis clientes, pero es una mujer muy selectiva y no sé qué tal le parecerá cederlo para una boda. Es propietaria de dos plantas enteras, así que no hay peligro de que los vecinos se quejen. Nos lo dejaría hasta bastante tarde. No es barato, pero tampoco prohibitivo, y no es como un hotel, que tienes que reservarlo con años de antelación. Si quieres, la llamaré. ¿Sabes el día?

—¿El catorce de junio? —dijo Sasha vacilante. Le parecía una buena fecha porque la temperatura sería agradable. Además era antes del fin de semana del Cuatro de Julio y de los planes de veraneo.

—Le preguntaré.

Al cabo de diez minutos volvió a llamarla, cuando ella ya estaba camino del trabajo. Ese día no coincidía en el turno con Alex.

—Solucionado —le anunció Oliver—. El catorce de junio, por la noche. Dice que caben ciento veinte personas. Tú te encargas del catering, de las flores, de la música y demás, y ella te cede el espacio. —Le dijo el precio, y a los dos les pareció razonable.

—Me parece perfecto. —Sasha estaba contentísima.

—A mis clientes les encantó celebrar allí sus eventos. Uno era de empresa, y el otro, particular. Y en ambos casos fue estupendo.

—Ojalá te encargaras tú de organizar la boda —se lamentó Sasha. Con Oliver todo parecía fácil. Era un chico de grandes recursos.

—No, gracias. Las bodas son una pesadilla. Te las regalo. Si alguna vez me caso, será en la capilla de Elvis, en Las Vegas.

—Es justo lo que Alex dijo ayer —comentó, de nuevo apenada.

—Entonces ¿qué? ¿Reservo?

—Sí. Se lo diré a Prunella.

Antes de llegar al hospital llamó a la organizadora de bodas para decirle que ya tenían el sitio.

—Pues tenemos que comunicar la fecha a los invitados de inmediato —dijo con un tono mandón—. Y tendrás que elegir ya el modelo para las invitaciones. A estas alturas deberían estar impresas. Solo faltan cuatro meses para la boda; como quien dice, eso es pasado mañana. Nos queda mucho por hacer —aseguró tajante.

—¿Podría mandarme una lista de todo? —le pidió Sasha, tan agobiada como lo estaba Alex el día anterior.

—En cuanto firméis el contrato. —Les había entregado una copia. En ella se exigía el ingreso de una cantidad importante que Sasha quería que su padre aprobara, pero no había tenido tiempo de mandársela.

—Me encargaré de eso —dijo resignada. A ella también le ponía los pelos de punta esa mujer.

—Podemos vernos a las cuatro y media —propuso Prunella con afectación.

—Estaré asistiendo partos hasta mañana. Además tengo que mandarle el contrato a mi padre para que dé el visto bueno.

—Muy bien, pero no hay tiempo que perder —volvió a recordarle en el momento en que Sasha llegaba al hospital.

—La llamaré en cuanto pueda —prometió, y se olvidó de la mujer en cuanto cruzó la puerta de la planta de obstetricia. Tenían cuatro partos en curso, una comadrona que estaba volviendo loco a todo el mundo con exigencias para su paciente y una ambulancia que traía a unos gemelos prematuros—. Qué bonito día nos espera —dijo saludando a Sally, que estaba en el puesto de enfermería, corriendo a ponerse el uniforme—. ¿Tenemos a algún anestesista en la planta?

—Todavía no —respondió la enfermera cuando Sasha pasó a toda velocidad por su lado.

—Pues pide dos, creo que vamos a necesitarlos.

Oyó chillidos procedentes de dos de las habitaciones. «Bienvenidos a mi mundo», pensó. Aunque aquello era mucho más fácil que organizar una boda. Allí sabía cómo actuar. En cambio las bodas representaban todo un misterio para ella, y no contaba con los consejos de una madre. Muriel no querría ni oír hablar del tema. Al cabo de dos minutos entró en la primera sala, justo a tiempo de examinar a la parturienta y pedirle que empujara.

—Está dilatada de diez centímetros. Vamos —le dijo a la madre, que lloraba a lágrima viva, estaba vomitando, le gritaba a su marido y se negaba a empujar—. Tengo muchas ganas de ver al pequeñín, ¿usted no? —insistió en un tono calmado y sonriendo. La joven madre asintió y empezó a empujar de mala gana y entre gritos. No había querido que le pusieran la epidural, para tener un parto natural, y ahora era demasiado tarde y no tenía más remedio que aguantar. Además, por lo que veía Sasha, el bebé era grande. Aquello no iba a resultar fácil—. Un empujoncito... Otro... Lo está haciendo muy bien —dijo sonriendo a la mujer, que no paraba de chillar y vomitó de nuevo. Era un parto difícil que aquella madre no olvidaría jamás. Sasha sabía que habría resultado mucho más llevadero con la epidural, pero debía atenerse a lo que tenía allí: un bebé grande, una madre desconsolada y nada de anestesia. La mujer estuvo una hora más empujando, hasta que por fin el bebé sacó la cabeza y se deslizó en las manos de Sasha. La madre lloraba y reía a la vez. La agonía tocó a su fin en el instante en que salió el bebé—. ¡Buen trabajo, mamá! —la felicitó Sasha.

A la doctora se le daba muy bien su trabajo, y lo adoraba. Resultaba gratificante saber que ella marcaba la diferencia a la hora de ayudar. Salió de la sala de partos media hora más tarde, después de suturar la herida. Cuando pasó frente al puesto de enfermería, Sally la llamó.

—Tienes tres llamadas de una tal Prunella.

Sasha se la quedó mirando sin dar crédito.

—¿Está de broma?

—Me ha pedido que fuera a buscarte inmediatamente, y le he contestado que estabas en mitad de un parto. ¿Era urgente?

—No, para nada. Se encarga de organizar la boda, pero eso puede esperar.

Sally se echó a reír a la vez que Sasha desaparecía por la puerta de la siguiente sala, justo en el momento en que el personal sanitario entraba en camilla a la mujer que iba a tener gemelos a las treinta y cuatro semanas. Había que avisar a alguien de guardia; Sasha no podía estar en todas partes a la vez. Los camilleros dejaron a la mujer en manos del personal de planta y le desearon buena suerte.

Era una de aquellas jornadas de locos en que no paraban de nacer bebés durante todo el día. Sasha estuvo trabajando hasta medianoche. Cuando llegó al apartamento casi a la una de la madrugada, Alex ya estaba allí. Se había quedado frito en su cama y al oírla entrar se dio la vuelta y la miró adormilado.

—Prunella está enfadadísima contigo porque no la has llamado —le dijo con voz soñolienta.

—¿En serio? Joder, estaba trabajando.

Lo de la capilla de Elvis le sonaba cada día mejor. Se sacó el uniforme, se quitó los zuecos de una patada y se tumbó en la cama junto a Alex; al cabo de cinco minutos, los dos dormían. Prunella podía esperar.

19

Claire y su madre embarcaron en el aeropuerto JFK con rumbo a Milán el día de San Valentín. A Claire le pareció adecuado pasarlo con ella ese año, y las dos estaban emocionadas con el viaje. Volaban en clase turista para ahorrar presupuesto, pero ni siquiera eso podía estropearles la diversión. El avión estaba lleno de italianos impacientes por llegar a casa, y al oír las conversaciones alrededor, de pasajeros pegados a ella o que gritaban a sus amigos de otras filas, no pudo evitar recordar el exquisito lujo del avión de George y de los viajes que habían hecho juntos, y lo maravillosamente bien que lo había pasado. Sin embargo, él estaba donde estaba y era lo que era. Aún costaba creerlo. Primero la ruptura inesperada y luego el descubrimiento de los delitos que había cometido. No cabía duda de que se trataba de un hombre sin corazón ni conciencia; un sociópata absoluto.

Se obligó a quitárselo de la cabeza y a concentrarse en lo que estaban haciendo y adónde se dirigían. Llevaba el ordenador a mano para enseñar a su madre los últimos diseños. Tenían mucho que hacer para poner en marcha aquel negocio en ciernes, y sus compañeras de piso habían sido muy pacientes con las entregas de muestrarios de color, de piel y de tela, y todas las herramientas y los materiales necesarios para enseñarles sus modelos a los clientes. Además les buscaron un abogado para que les ayudara a constituir la empresa. Su primera feria comercial sería en Las Vegas. A ambas les pareció divertido, aunque no tanto como el viaje a Milán.

Parabiago pertenecía a lo que se conocía como el distrito del calzado de Italia, donde estaban las mejores fábricas. Se alojarían en Milán, a menos de una hora de camino, donde habían encontrado un pequeño hotel cercano a la Via Montenapoleone, la mejor zona para ir de compras, adonde tenían pensado ir cuando hubieran acabado las reuniones de trabajo. Milán era la Meca del mundo de la moda y Sarah no la conocía. La ciudad era famosa no solo por las importantes firmas ubicadas allí, como Prada y Gucci, sino también por las fantásticas peleterías. Claire se moría de ganas de ir de tiendas, aunque intentaba ahorrar dinero para el negocio. Su madre había sido muy generosa, pero Claire también deseaba contribuir. Acordaron dedicar un día a las compras antes de marcharse de la ciudad.

A Sarah le encantaron los diseños que Claire le mostró en el ordenador. Eran sofisticados y elegantes, en colores neutros básicos que supondrían una sólida adquisición como fondo de armario. También había media docena de zapatos de fantasía, más extravagantes, a los que ninguna mujer sería capaz de resistirse, o al menos eso esperaba Claire. Dos de los modelos eran de noche, muy elegantes, y había tres de diseños de zapatos planos, preciosos. A la larga, Claire quería añadir botas. Si producían todos los diseños que llevaba consigo, su primera colección constaría de veinte estilos diferentes. Los pedidos que les encargaran en la feria comercial les darían una orientación acerca de qué tiendas deseaban añadir su marca a las que ya estaban ofreciendo. Una vez en la fábrica, tendrían que elegir la calidad de la piel y los colores de cada modelo. Existía una amplia variedad de calidades y precios posibles, por lo que deberían tomar muchas decisiones y ajustarse al presupuesto. Sin embargo, gracias a su madre, disponían de una gran libertad de acción, mucha más de la que Claire había tenido cuando diseñaba para Walter Adams. Por fin había conseguido diseñar zapatos a su gusto. Le agradecía infinitamente a su madre aquella oportunidad.

En el avión, charlaron durante toda la comida. Luego Sarah vio una película y Claire ojeó ejemplares atrasados de *Women's Wear Daily*. Desde que trabajaba en la colección no estaba al día y quería ver los desfiles de otoño de la Fashion Week de Nueva York para asegurarse de que tomaba la dirección correcta con sus zapatos. Quedaban muchas cosas por incorporar a sus planes. Y la calidad y el material del interior de los zapatos también eran esenciales. Cuando acabó de leer las revistas se quedó dormida, y se despertó en el momento en que aterrizaban en Milán.

Malpensa, el aeropuerto de Milán, tenía fama de caótico y de sufrir retrasos importantes y una cantidad desorbitada de hurtos. Les llevó una hora larga recuperar las maletas antes de, por fin, tomar un taxi hasta el hotel, que era pequeño, austero y pulcro, todo cuanto necesitaban. Después salieron a echar un vistazo por los alrededores. La ciudad no era bonita, pero constituía el centro neurálgico de la moda.

Cenaron en una pequeña trattoria y Claire reparó en que los hombres se fijaban tanto en su madre como en ella, dando por sentado que eran dos amigas. En Italia no se concedía importancia a la edad; su madre seguía siendo una mujer bella y atraía tantas miradas como Claire, y Sarah estaba encantada. Cuando una mujer les parecía atractiva, los italianos lo dejaban claro, aunque no tuvieran segundas intenciones. Sus respectivos egos lo agradecieron. Al día siguiente Claire puso un empeño especial a la hora de arreglarse. Cuando alguien, aunque fuera un desconocido, se fijaba en ti y te dirigía una mirada furtiva y una media sonrisa, valía la pena.

Alquilaron un coche con chófer hasta Parabiago. Claire había preseleccionado tres fábricas, entre ellas la que servía a Walter Adams. Tenían cita en todas, y a las diez de la mañana ya estaban manos a la obra. La primera fue la que había visitado varias veces con Walter, y los dueños se acordaban de

Claire. Era una de las que gozaba de mayor prestigio y fiabilidad de Italia, hacían un trabajo de calidad y manufacturaban productos para algunas marcas importantes de Estados Unidos y de toda Europa. Claire la consideraba una buena posibilidad, pero quería ver las otras para poder comparar. Aquella sería una de las decisiones más importantes para su negocio.

A las once visitaron una pequeña fábrica artesanal, donde la mayoría de los zapatos se hacían a mano. Eran zapatos muy bellos, de asombrosa complejidad y detalles delicados, pero demasiado recargados comparados con sus diseños, y seguramente no lo bastante resistentes para el cliente final. El punto fuerte de aquella colección era el calzado de noche. La visita a los talleres resultó fascinante. Los precios eran extraordinariamente altos, debido a la cantidad de horas que los artesanos invertían en el trabajo. Fabricaban zapatos para dos casas de alta costura de París, y el fundador de la compañía, siglos atrás, había elaborado el calzado de María Antonieta y de todas las reinas de Italia, lo cual era motivo de gran orgullo. A Claire le encantó la visita, pero tuvo la sensación de que sus diseños no encajaban allí. Necesitaban algo más fresco y contemporáneo, y también más duradero, teniendo en cuenta el nicho de mercado al que se pretendían dirigir.

La tercera fábrica era modernísima y disponía de salas impresionantes donde se exponía el trabajo presente y pasado. Allí fabricaban zapatos para casi todas las primeras marcas, y también para algunas de precio más competitivo. Los propietarios eran Biagio Machiolini y sus dos hijos, quienes, tal como sucedía en las anteriores, regentaban un negocio familiar desde hacía varias generaciones, y eran primos de los propietarios de la segunda fábrica, que Claire y su madre acababan de visitar. En la tercera todo era moderno, nuevo y fascinante, y al segundo hijo del dueño, Cesare, le fascinó la idea de la nueva firma y los diseños de Claire. Ella le mostró todo lo que había preparado y expuso su punto de vista, y los tres estuvieron hablando durante dos horas. Luego se les unieron el padre y el hermano de Cesare, Roberto, e invitaron a Claire y a Sarah a comer y a realizar una visita más detallada. Salieron de la fábrica a las cuatro de la tarde; habían estado allí desde las doce del mediodía, y en Parabiago desde las diez de la mañana. Los precios que le ofrecieron, con un pequeño descuento durante el primer año para ayudarlas a poner en marcha el negocio, resultaban interesantes. Claire llevaba una copia del contrato en el maletín, traducida al inglés para que su madre y ella pudieran leer la letra pequeña una vez en el hotel, que enviaron por e-mail al abogado de Nueva York. Claire estaba acostumbrada a leer contratos, pues era tarea suya en la empresa de Walter, y sabía en qué fijarse. Cuando lo revisó al detalle en el hotel, no encontró sorpresas; todo constaba tal como les habían dicho. Las tres fábricas gozaban de una excelente reputación, y Claire sabía que estarían en buenas manos fuera cual fuese la decisión. Era una cuestión de gustos y preferencias, y de cierta química, pues deberían trabajar codo con codo con los propietarios y la fábrica debería mostrarse receptiva ante sus necesidades y peticiones.

—¿Qué te parece, mamá? —preguntó Claire, tumbada en la cama después de dejar el contrato a un lado.

Habían pasado un día fantástico y las dos habían aprendido muchos pormenores de aquel negocio. Era imposible no quedar impresionado por la historia y los conocimientos que había tras cada una de las fábricas que habían visitado.

—Creo que la decisión deberías tomarla tú —fue la sincera opinión de Sarah—. Sabes mucho más que yo sobre calzado —añadió con modestia. La admiración por su hija había aumentado tras verla llevar la batuta en las reuniones durante todo el día. Conocía muy bien lo que se traía entre manos, y tenía mucho talento como diseñadora.

Revisaron de nuevo las tres opciones, y Claire quiso que su madre tuviera voz y voto, puesto que era la única inversora del negocio. Ella, personalmente, prefería la tercera sin duda alguna, y Sarah estuvo de acuerdo.

—Además, el padre está de muy buen ver —comentó Sarah con cierto brillo en la mirada.

—Los hijos también —añadió Claire. Cesare y Roberto tenían poco más de cuarenta años, y lo habían pasado muy bien con ellos durante la comida.

A los Machiolini les había gustado la idea de que una madre y una hija fundaran juntas un negocio, como mandaban los cánones europeos. Claro que el suyo llevaba funcionando varias generaciones.

Aquella noche Claire y Sarah también cenaron en un restaurante cercano, y al día siguiente volvieron a la fábrica para ultimar los detalles. Habían recibido noticias favorables del abogado, de modo que firmaron juntas el contrato y todos se estrecharon la mano. Cesare convino en enviarles veinte prototipos antes del 1 de abril. Faltaban tan solo seis semanas, pero los Machiolini contaban con un sistema eficiente y de gran alcance, y les aseguraron que podían cumplir con la entrega sin problemas y que ya harían los ajustes necesarios más adelante. Claire se dio cuenta entonces de que iba a necesitar una modelo de pie del número 37 europeo, que equivalía a un seis y medio o siete de Estados Unidos. Serviría cualquier persona con un pie de tamaño normal, y debería dar su opinión acerca de la comodidad y la fiabilidad de la talla. El empeine debía quedar ajustado, el talón debía sujetar bien el pie y la puntera debía cubrir lo bastante para resultar cómodo sin parecer excesivamente cerrado. Claro que, con la confianza que le merecía la producción, no esperaba tener problemas en ese sentido. La dificultad residía en diseñar zapatos a gusto de las mujeres y con un precio adecuado, y dirigir las ventas al mercado y los establecimientos correctos. La feria comercial de Las Vegas resultaría de vital importancia y les daría la información que necesitaban. Tal vez decidieran no producir algunos modelos, si los mayoristas consideraban que no resultaban prácticos, que iban dirigidos a una clientela demasiado limitada o que el precio era exagerado. Claire procuraría conservar los diseños simples para que los costes de fabricación no se tragaran sus beneficios. Tenía que pensar en ello, y envió sus dibujos a los Machiolini en formato digital.

Tras una copa de vino, se despidieron como buenos amigos, y Claire y su madre rechazaron otra invitación para comer. Querían disponer de tiempo para ir de compras antes de abandonar la ciudad al día siguiente. Tenían que regresar a Nueva York y ponerse a trabajar en todos aquellos planes de futuro. Ironías de la vida, justo esa noche Claire recibió un e-mail del departamento de recursos humanos de Jimmy Choo. Respondían al currículum que les había enviado y querían hacerle una entrevista. Sin embargo, ella les había escrito hacía tres meses, y su vida había tomado un rumbo completamente nuevo. Entonces se habría puesto a dar saltos de alegría ante la noticia, pero llegaba demasiado tarde. Les contestó dándoles las gracias y diciendo que ya estaba implicada en otro proyecto. Era curioso la de vueltas que daba la vida.

Claire se concentró en sus esbozos durante todo el viaje de vuelta a Nueva York. Se había comprado una chaqueta fantástica en Prada, tres pares de zapatos en una tienda de la que nunca había oído hablar, cuyos diseños resultaban condenadamente sexis pero demasiado extremados para su colección, y un vestido de algodón blanco para llevarlo en verano. Sarah, por su parte, se había comprado un jersey, unos bonitos pantalones de tipo sastre y una falda en Prada. Pero lo más importante era que el viaje había supuesto un gran éxito para su nuevo negocio. La marca Claire Kelly estaba en marcha, y los Machiolini iban a convertir su sueño en un producto tangible. No cabía en ella de tanto entusiasmo.

Reparó en que su madre recibía un mensaje de texto en el momento en que aterrizaban en el JFK.

—¿De quién es? —Se preguntaba si sería de Biagio Machiolini, pues el hombre había demostrado adorar a su madre y le llevaba pocos años, aunque estaba casado y tenía seis hijos, cosa que no le había impedido flirtear con ella.

—De tu padre —respondió Sarah con timidez—. Me echa de menos. Pregunta qué tal han ido las cosas por Italia, y yo le he dicho que bien, que lo hemos pasado en grande.

El padre de Claire seguía sin dar crédito a que su esposa estuviera ayudando a su hija con el negocio y tuviera capacidad para hacerlo. Empezaba a darse cuenta de que había muchas cosas de su mujer que no conocía, y su ausencia había puesto de manifiesto hasta qué punto la echaba de menos y lo importante que era para él, y también que durante mucho tiempo había dado por sentado que siempre estaría allí.

—¿Está bien? —preguntó Claire con cautela. Apenas mantenía contacto con su padre, pues no tenían casi nada que contarse.

—Eso espero —contestó Sarah con un hilo de voz, y cambió de tema aprovechando que se dirigían a la cinta del equipaje para recuperar las maletas.

Sarah se había mostrado tan incansable como su hija durante el viaje, e igual de impaciente por ponerse a trabajar. En cuestión de pocos meses, Claire quería contratar a una ayudante, a ser posible antes de la feria de Las Vegas, pero de momento no la necesitaban. Entre las dos eran más que capaces de ocuparse de todas las tareas, incluido el trabajo sucio, en sentido literal, cuando llegaran las muestras. Las dos eran unas trabajadoras tenaces y les sobraba energía. Durante el trayecto en taxi hasta el apartamento de Hell's Kitchen charlaron muy animadas intercambiando ideas. Llevaban fuera cuatro días, aunque les parecía un mes, y la puesta en marcha del negocio había ido fenomenal.

A finales de febrero, durante el turno de noche, el teniente O'Rourke llamó a Sasha al hospital y dejó un mensaje de que era urgente. Ella temió de inmediato que le hubiera ocurrido algo malo a Valentina. No habían vuelto a hablar ni se habían visto desde hacía dos meses, por primera vez en su vida. Jamás habían pasado más de cuatro días contados sin hablar, ni siquiera durante los viajes de Valentina o cuando Sasha estudiaba en la facultad de medicina. El silencio había resultado doloroso y atroz para ambas.

Sasha llamó al teniente con pulso tembloroso y, conteniendo la respiración, aguardó a oír lo que tenía que decirle. Como siempre, fue directo al grano.

—Hemos dado con él. Al parecer Jean-Pierre incumplió un trato y recortó la comisión además de entregar armas de segunda clase. Todo se acaba pagando, así que ordenaron que lo mataran. Gracias a uno de nuestros confidentes, hemos detenido al asesino, y la policía francesa tiene al hombre que le dio la orden. No lo extraditarán, sino que lo juzgarán allí. El asesino está aquí bajo custodia, y lo vamos a encarcelar. No creemos que llegaran a perseguir a su hermana, pero nunca se sabe. Teníamos que actuar para garantizar la seguridad, tanto la de ella como la de usted. Su hermana quedará libre por la mañana, y usted puede quitarse las lentillas y dejarse el pelo largo. —Se echó a reír. Lo más importante era que estaban a salvo—. Retiraré a mis hombres esta noche, si lo desea.

Sasha se había acostumbrado a ellos, ocho policías que la vigilaban por turnos. Trataban bien a todos en el apartamento, ayudaban siempre que podían y eran amables con las enfermeras del hospital.

—Los echaremos de menos —dijo Sasha con amabilidad. El teniente rio.

—Su hermana también... Es un caso... Pero eso es otra historia. —Sasha se preguntó en qué lío se habría metido. Decir que su hermana era «un caso» era quedarse corto, lo sabía. Su conducta y sus arriesgadas elecciones habían provocado todo aquello y habían puesto sus vidas en peligro durante dos meses.

Sasha dio las gracias al teniente. En cuanto colgó, llamó a la unidad de cuidados intensivos neonatales para hablar con Alex.

—Tienen al asesino —dijo respirando hondo. Alex cerró los ojos. Jamás en toda su vida había pasado tantos nervios. Había estado muy preocupado por ella. Ni siquiera los agentes vestidos de paisano que la protegían día y noche le daban tranquilidad.

—Gracias a Dios.

Al cabo de diez minutos, los dos agentes que estaban de servicio acudieron a despedirse de Sasha. El teniente O'Rourke los había llamado y los había relevado de la operación. Sasha les dio las gracias y se despidió con un abrazo. La pesadilla había tocado a su fin con tanta rapidez como había empezado. Envió un mensaje a sus padres para comunicarles la noticia. De hecho, le correspondía a su hermana llamarlos y disculparse por el daño causado a toda la familia, pero conociéndola, seguramente no lo haría. Valentina nunca se disculpaba por nada.

No obstante, si volvía a liarse con algún impresentable, le diría que dejara de verle. Había tomado la decisión durante aquellos dos meses. No podía pasar otra vez por eso, ni ella ni Alex, después de lo que había sufrido. Alex no les había explicado nada a sus padres para no preocuparlos, y también eso había sido duro puesto que estaban muy unidos. De haberlo sabido, habrían pasado mucho miedo por él y por Sasha, y se preguntarían con qué clase de personas se codeaba su hijo. En la familia de Alex nadie se había relacionado nunca con traficantes de armas ni había resultado herido en un asesinato. Esta vez Valentina se había pasado de la raya. Había jugado con fuego otras veces, pero no hasta ese punto. Además, aunque de forma inconsciente, había puesto en peligro a su hermana. Sasha estaba segura de que Valentina se había puesto una venda en los ojos al salir con Jean-Pierre y jamás se le había pasado por la cabeza que pudiera suceder una cosa así.

Él llevaba escrito en la cara su peligroso estilo de vida, pero a Valentina le gustaba demasiado el lujo que conllevaba. A Sasha le parecía curioso que los dos hombres ricos y generosos que habían entrado recientemente en su vida, Jean-Pierre y George, fueran en realidad unos delincuentes de alto nivel. Ella se sentía feliz y agradecida de tener a su lado a Alex, un hombre más de carne y hueso. Si su hermana quería llevar una vida decente, tendría que encontrar a alguien como él, pero Sasha sabía que eso la aburriría.

Valentina había adquirido gustos, hábitos y contactos peligrosos a lo largo de su carrera de modelo. No todo el mundo tomaba ese camino, pero ella sí, y aquellos lujos se pagaban muy caros. La gran cantidad de guardaespaldas y de hombretones armados que acompañaban a Jean-Pierre deberían haberla puesto sobre aviso de sus andanzas.

Por la noche, Alex y Sasha salieron juntos del hospital y estuvieron hablando del tema. A raíz de aquella experiencia se habían vuelto más circunspectos, y se alegraban de que el drama hubiera terminado.

Cuando Valentina la llamó por la mañana, a Sasha se le llenaron los ojos de lágrimas. A pesar de los problemas que había causado a todos, y en particular a ella, seguían siendo hermanas gemelas, unidas por un lazo indestructible.

—Te he echado mucho de menos —dijo Sasha suspirando, pegada al auricular, mientras las lágrimas le resbalaban por las mejillas—. Estábamos todos muy preocupados por ti.

—Yo también —dijo Valentina en un tono displicente—. Vaya mierda, me llevaron a un monasterio de Arizona. No podían llevarme a un rancho con tíos buenos, no. Al menos los polis estaban bien. Pero en el monasterio todo eran curas y monjas. He tenido que ponerme un hábito y trabajar en el huerto. Había días en que deseaba que el asesino se me hubiera cargado a mí también.

Como era de esperar, no dijo ni una palabra de los problemas que había ocasionado a Sasha.

—Me encantaría verte con un hábito de monja. —Sasha rio y se enjugó las lágrimas de la cara.

—Ni lo sueñes. Además, tengo que devolverlo cuando me vaya. Se ve que lo consideran mágico o algo así.

—Más bien no quieren que te hagas una minifalda con él y la lleves con zapatos de tacón y sin ropa interior. —Valentina era muy capaz de una cosa así, y las dos lo sabían.

—Ojalá se me hubiera ocurrido. He tenido que llevar sandalias y me han salido callos y ampollas. Tengo los pies hechos un desastre. —Era cuanto se le ocurría decir después de esconderse de un asesino durante dos meses. No obstante, parecía animada, y le entusiasmaba volver a Nueva York—. Me mandan a casa hoy mismo —anunció sin más, como si regresara de una sesión de fotos para *Vogue*.

—Tengo muchísimas ganas de verte —dijo Sasha emocionada—. Ha sido muy duro no poder llamarte por teléfono.

—Ya lo sé. Para mí también —reconoció Valentina—. ¿Trabajas hoy?

—En el turno de noche.

Charlaron unos minutos más antes de colgar.

Esa misma tarde, a última hora, Claire y su madre revisaban unas hojas de cálculo sentadas en el sofá. Abby estaba preparando las maletas en su habitación, como desde hacía semanas, siempre que no escribía. Charlie descansaba tendido al sol junto a la ventana, y Morgan acababa de llegar con la compra. En ese momento sonó el timbre. Sasha fue a abrir. Allí estaba la mismísima Valentina, vestida con una minifalda de cuero negro, un jersey rojo y unas botas de tacón de aguja que le llegaban a medio muslo. Saltaron la una sobre la otra y se abrazaron con fuerza. De repente Valentina miró a su hermana y soltó un grito.

—¿Qué le ha pasado a tu pelo? —Sasha lo seguía llevando corto y teñido de castaño oscuro.

—Ha sido por ti. He tenido que cambiar de aspecto —le explicó Sasha.

Era el primer día que no llevaba las lentillas azules desde hacía dos meses; las había tirado a la basura.

—Menudo sacrificio. Alex debe de odiarme. Estás horrorosa con el pelo oscuro —dijo con una mueca.

—Gracias.

Entonces Sasha vio detrás de Valentina a un hombre con aire incómodo. Era un muchacho atractivo de constitución fuerte, con la espalda ancha y el rostro juvenil. Llevaba una camiseta blanca, vaqueros, unas botas camperas desgastadas y una cazadora del Departamento de Policía de Nueva York con los laterales sospechosamente abultados. Estaba claro que llevaba una pistolera, algo que Sasha había deseado no volver a ver jamás.

—¿Sigues necesitando protección? —le preguntó en voz baja. El teniente O'Rourke había dicho que todo había terminado, pero era obvio que la acompañaba un agente.

—Una mujer siempre necesita protección —repuso Valentina a la vez que dirigía una tímida sonrisa al policía—. Este es Bert. Estuvo en la operación de Arizona, disfrazado de sacerdote. Hacía muy buena pareja conmigo, vestida de monja. —Se echó a reír. Él la miró con adoración y, volviéndose hacia Sasha, asintió con la cabeza.

Parecía seis o siete años más joven que su hermana. De pronto, Sasha reparó en por qué estaba allí. Era el botín de guerra de Valentina. Al mirarlo, Sasha recordó el comentario críptico del teniente O'Rourke acerca de que su hermana era un caso. Ahora se daba cuenta del motivo: se había enrollado con uno de los policías. Sasha estaba segura de que en el monasterio lo habrían comprendido. Valentina no tenía remedio. Siempre había algún hombre en su vida, a poder ser con pistola. Claro que al menos este pertenecía al bando de los buenos. Sasha se preguntó qué haría con él una vez en su mundo. Sus ostentosos contactos pronto la conducirían por la senda del lujo, y el policía de camiseta blanca apenas duraría allí cinco minutos. Sasha lo invitó a entrar y a sentarse. Él vaciló, hasta que por fin se decidió a entrar y fue a acariciar al perro. Los hombres adoraban a Charlie; todos los que ponían los pies en el loft, acababan acercándosele.

Abby salió de su habitación y, al verlos allí, abrazó a Valentina. Claire y su madre hicieron lo mismo. La presencia de la gemela siempre resultaba curiosa: era como ver a Sasha, pero muy distinta. Sin embargo esperabas que fueran la misma persona, aunque eran polos opuestos.

—Bienvenida a casa —dijo Abby con cariño, intentando no mirar a Bert y preguntándose quién era. En realidad tenía más años de los que aparentaba, aunque no muchos.

—¿Quieres que te deje a solas con las chicas? —preguntó amablemente Bert a Valentina, e intercambiaron una sugerente mirada íntima que delataba la historia de los últimos dos meses y lo que habían hecho en el monasterio para entretenerse. Valentina había cambiado de pareja, pero no de juego.

—Claro —dijo ella sin tapujos—. ¿Vendrás a buscarme dentro de media hora?

A él le pareció bien y se dispuso a obedecerla.

—¿Puedo sacar a pasear al perro? —preguntó con una sonrisa.

—Estará encantado —respondió Abby. El animal se sentó y tendió la pata a Bert, que la aceptó con solemnidad.

—Trabajé con un pastor alemán durante un tiempo. —Se puso serio—. En narcóticos. Era buenísimo, pero recibió un disparo y tuvieron que sacrificarlo.

—Menos mal que no te pasó a ti... —le dijo Sasha a su hermana con indirectas, mientras Abby le pasaba la correa a Bert, que se marchó con Charlie. De inmediato se volvió hacia su hermana con expresión severa—: ¿Qué narices estás haciendo? ¿Cuántos años tiene ese tío?

—Veintinueve. Parece más joven, pero es adulto. Muy adulto —repitió con una mirada lasciva. Sasha soltó un gruñido.

—¿Qué vas a hacer con él ahora? Al pobre se lo comerán vivo en tu ambiente.

—He cambiado —contestó Valentina con cierta modestia—. No quiero liarme con chicos malos nunca más. ¿Qué hay mejor que un policía? Es de los buenos, y me siento segura con él.

Sasha lamentó oír aquello, aunque debía admitir que era un paso adelante con respecto a Jean-Pierre, un malo malísimo.

—¿Qué tal un médico o un abogado?

—Sí, claro, como ese tipo para el que trabajaba Morgan, que no saldrá de la cárcel hasta dentro de un siglo. No a todos los malos se les nota que lo son —soltó a su cándida hermana. Sasha había elegido llevar una vida segura. Al principio Valentina también. Sin embargo, se había extraviado en algún punto, al alcanzar demasiado pronto el camino fácil de la fama y el dinero—. Bert me gusta. Me hace reír, es amable, me cuida. No es complicado. Le da igual con quién haya estado y por qué. Vive al día.

—¿De verdad quieres salir con un policía? ¿Dejará el cuerpo por ti?

Sasha esperaba que no, porque Valentina le daría la patada al primer arrebato, en cuanto alguien más emocionante se cruzara en su camino. Su hermana acabaría por romperle el corazón a aquel chico, y tal vez incluso destruyera su carrera, sin importarle lo más mínimo. Valentina siempre hacía lo que le venía en gana, sin importarle el daño que causaba. Sasha adoraba a su hermana, pero sabía que era una egoísta, y una narcisista sin remedio.

—Me da igual cómo se gane la vida. Me trata bien —se limitó a responder Valentina.

—Es pobre —le recordó Sasha—, y a ti no te gustan los hombres pobres. —Ese era también parte del problema. Su hermana se vendía cara, y la mayoría de los hombres que disponían de tanto dinero resultaban dudosos o peligrosos. Por lo menos no era el caso de Bert.

—Yo tengo bastante dinero para los dos —dijo sin darle importancia, y a continuación se sentó al lado de Claire y su madre. Abby había regresado a su habitación para continuar preparando las maletas—. ¿Qué está pasando aquí?

—Vamos a lanzar una firma de zapatos —le explicó Claire—. Mi madre ha venido para ayudarme, y ahora vive aquí. Y Abby se trasladará un año a Los Ángeles para trabajar en una película.

—Menudo cambio. —Valentina parecía sorprendida. Hacía años que por el loft circulaban los mismos personajes, y chocaba que se marchara uno. Entonces reparó en que su hermana se iría de allí cuando se casara—. ¿Cómo van los preparativos de la boda? —preguntó.

—Será en junio. En Nueva York. Tú eres la dama de honor principal —anunció Sasha—. Las chicas serán las otras damas de honor. Es el día 14, y más te vale no faltar —añadió muy seria.

—¿Puedo llevar a Bert? —preguntó Valentina con aire inocente.

—Si sigues saliendo con él... —Sasha lo dudaba. Faltaban tres meses y medio, demasiado tiempo para el mismo novio.

—Ya veremos —repuso Valentina con aire distraído.

Bert regresó con el perro y al entrar le dio un beso a la ligera.

—¡Es un perro fantástico! Tendríamos que tener uno así. —Valentina asintió. Por lo visto estaba dispuesta a todo por aquel chico.

Sasha recordó que Patty Hearst se había casado con uno de sus guardaespaldas, de modo que no sería el primer caso; había mujeres que se encariñaban con el hombre que las protegía.

Valentina se despidió de Sasha con un beso y se marchó con Bert a su apartamento de Tribeca. A Jean-Pierre lo habían matado en su propia casa, de modo que la de Valentina estaba impoluta. Bert ya había llevado algunos objetos personales durante la tarde, cuando la modelo lo invitó a mudarse allí.

El desagradable episodio había terminado. En cambio, la vida de aquella pareja acababa de empezar. Sasha todavía sacudía la cabeza después de que se marcharan.

Claire le dirigió una sonrisa de complicidad.

—Por lo menos el chico se gana la vida honestamente y no irá a la cárcel.

No podía decirse lo mismo del hombre del que había estado enamorada, que había sido puesto en libertad bajo fianza y seguía despilfarrando, según «Page Six». De alguna parte sacaba el dinero... Se concentró de nuevo en las hojas de cálculo. Sasha ayudó a Morgan a colocar la compra en su sitio sin dejar de pensar en Valentina y Bert. Se alegraba de volver a tener cerca a su hermana.

A principios de marzo, cuando Abby se marchó, a todos se les rompió el corazón. Tenían la sensación de que habían perdido un brazo o una pierna, o una pieza fundamental de sí mismos. Abby era parte esencial de aquella familia escogida y había vivido nueve años en el loft junto con Claire. Lloraron y se sintieron deprimidos durante varios días. Abby se alojaría en casa de sus padres en Los Ángeles, pero quería tener un apartamento propio a la larga. Aseguró que regresaría a Nueva York al cabo de un año, pero nadie la creyó. Acabaría adquiriendo compromisos en Hollywood, sobre todo si la película de Josh tenía éxito, como era de esperar.

Se llevó a Charlie consigo, y la casa quedó sin vida. Al cabo de una semana, cuando Sasha llegó del trabajo, encontró a Morgan llorando en la cocina. —Costaba saber por qué lloraba, pues le sobraban razones. Había perdido el trabajo y tal vez no encontrara nunca otro tan bueno, ya fuera porque no confiaran en ella en su nuevo empleo, o porque ni siquiera llegaran a contratarla—. George había mancillado su nombre, posiblemente para siempre. Y además todos echaban de menos a Abby.

Sasha la abrazó con fuerza.

—Yo también la echo de menos.

Era como perder a una hermana pequeña. Incluso durante sus quebraderos de cabeza con Ivan, Abby constituía una presencia cálida y agradable que iluminaba su existencia. Y con Morgan deprimida a causa de su despido, en el apartamento reinaba un ambiente de lo más apagado. Sasha achuchó a Morgan, pero ella negó con la cabeza sollozando.

—No es por Abby —consiguió balbucir.

—Encontrarás otro trabajo.

Sasha sabía que Morgan disfrutaba trabajando en el restaurante de Max por el momento, pero le preocupaba el futuro de su carrera. Sin embargo, ella volvió a negar con la cabeza. Sasha la miró perpleja sin saber por qué lloraba con tal desconsuelo.

—¡Estoy embarazada! —le espetó, y se derrumbó en una silla de la cocina, rota de dolor.

—Dios mío —exclamó Sasha, y se sentó a su lado. Jamás les había sucedido a ninguna. Eran precavidas y responsables, y siempre había preservativos a disposición de cualquiera en los dos cuartos de baño. Eran mujeres adultas y se andaban con mucho cuidado—. ¿Cómo ha ocurrido?

—No lo sé. Estuve tomando antibiótico para una infección de oído; puede que haya anulado el efecto de la píldora, o a lo mejor me he saltado alguna. Estoy embarazada de dos meses. —Miró a Sasha con expresión abatida—. Lo sospechaba, y acabo de hacerme la prueba. Estoy bien jodida. Dejé de tener la regla cuando cerraron la oficina, pero lo atribuí a los nervios.

—¿Se lo has dicho a Max?

Morgan negó con la cabeza. Estaba segura de que se había quedado embarazada cuando detuvieron a George. Por entonces se acostaban juntos con mayor frecuencia porque le servía de consuelo. Sin embargo, ahora sufría su peor pesadilla, y encima no tenía trabajo.

—Si se lo digo, querrá que tenga el bebé, aunque sabe que yo no quiero tener hijos. Si aborto, me dejará. Es un católico irlandés y le encantan los niños. Pero yo quiero abortar, Sash. No me atrevo ni a decírselo. —Entonces dirigió a su amiga una mirada esperanzada—. ¿Tú lo harías por mí? —Morgan tenía plena confianza en ella.

—No, pero puedo recomendarte a alguien, si es lo que quieres. De todas formas, creo que deberías decírselo a Max. Si más adelante se entera de que le has mentido, se enfadará más aún.

—Ya lo sé. La he fastidiado, haga lo que haga. Pero no pienso tenerlo; no puedo. Los niños me aterran, desde siempre. Tengo cero instinto maternal.

—A lo mejor te sorprendes —dijo Sasha con delicadeza—. Le amas, y eso ayuda.

Todo cuanto Morgan podía hacer era llorar, sentada ante la mesa de la cocina mientras Sasha la abrazaba. Era lo peor que le había pasado en la vida, dijo, y a su amiga se le encogió el corazón. Morgan estaba destrozada, y Max sospechó lo del embarazo cuando la vio devolver tres mañanas seguidas. Cuando le preguntó, su cara la delató. Morgan no quería mentirle negándolo, por lo que estalló en lágrimas ante su pregunta.

—¿Por qué no me lo has dicho? —quiso saber Max, abrazándola y dedicándole una sonrisa de oreja a oreja. Estaba encantado.

—No quiero tenerlo —le espetó con una voz de pena que llegaba al alma—. Siempre te lo he dicho, no quiero tener hijos.

—Si se trata de planificarlo, de acuerdo, pero ha ocurrido sin más. No puedes deshacerte de él. Es nuestro bebé. —Max hablaba con lágrimas en los ojos, y la expresión de Morgan le impactó. Era como un animal acorralado, dispuesto a cualquier cosa para sobrevivir.

—No es un bebé, es un error, un accidente. Aún no es nada —repuso muerta de miedo.

—Eso no son más que sandeces, y tú lo sabes. ¿De cuánto estás, por cierto? —Estaba de los nervios al igual que ella, pero por razones opuestas. Max quería ese hijo; Morgan no. Estaba dispuesto a luchar por su supervivencia; en cambio ella deseaba poner fin a su vida. La batalla estaba servida.

—De dos meses —respondió contundente—. Voy a abortar —añadió con expresión férrea.

—¿Cuándo?

—Pronto.

—Sobre mi cadáver. ¿Lo hará Sasha? —Sus ojos lanzaban llamaradas de furia.

—No quiere —admitió Morgan con sinceridad.

—Por lo menos hay alguien humano por aquí. Quiero que sepas que si abortas, no te lo perdonaré nunca, y habremos terminado.

—Ya lo sé —dijo ella con un hilo de voz.

Pero no cambió de parecer. No quería aquel final. Sabía que aquello terminaría de aquel modo y que seguramente no habría vuelta de hoja, por eso no había querido que Max se enterara. Cuando él dijo que no se lo perdonaría, tenía claro que hablaba en serio. Ella actuaba contra todas sus creencias y él deseaba un hijo, siempre lo había deseado. Max salió del apartamento dando un portazo y esa noche no volvió. Morgan lo sabía: la batalla a causa de aquel embarazo no deseado era el principio del final, ganara quien ganase.

20

La encarnizada guerra a raíz del embarazo de Morgan duró semanas y semanas. Max no había vuelto a dormir en el apartamento y le pidió que no pusiera los pies en el restaurante hasta que hubiera tomado una decisión. A su entender, solo cabía una solución: tener el bebé. No existía ninguna otra opción aceptable.

Max y Morgan dejaron de verse. Ella quería abortar, estaba convencida, pero no había programado la intervención porque sabía que Max la desterraría de su vida para siempre en cuanto lo hiciera. Así lo había anunciado, y hablaba en serio; ella le creía. Lo amaba, pero al bebé no. Sin embargo, para Max ella y el bebé eran una sola cosa: no había término medio ni razones de peso para un aborto. Se trataba de una decisión categórica: tenerlo o no tenerlo. Una vez que naciera, no podría devolverlo. Max le había pedido incluso que lo tuviera y se lo diera a él, pero no lo haría. Era una idea retorcida. No pensaba dar a luz a un hijo y regalarlo. Le parecía más sensato acabar con aquello antes de que les arruinara la vida, aunque ya lo había hecho.

Morgan intentó explicarle de nuevo cómo se sentía, pero Max no quiso escucharla. Lo único que deseaba oír era que había cambiado de opinión. Ella, sin embargo, lo tenía claro, solo que aún no había pasado a la acción.

—Tienes que hacer algo pronto —la apremió Sasha, sin

pretender influir en ella—. O decides tenerlo o abortas ya. Pronto se cumplirán tres meses, y no te lo permitirán.

—Ya lo sé. Es que tengo la sensación de que voy a perder al bebé y a Max al mismo tiempo.

Era lógico. Sasha había hablado con Max. Él había reaccionado con vehemencia, no solo por motivos morales o religiosos sino porque amaba a Morgan y siempre había querido tener un hijo con ella. Además, suponía que aquella sería su única oportunidad, porque Morgan jamás permitiría que volviera a ocurrir, y tenía razón, pensó Sasha. Aun así, para Morgan era un auténtico trauma.

Durante tres semanas, Morgan vagó de un lado a otro del apartamento con la esperanza de que Max cambiara de opinión, pero él se negaba a hablar con ella y no contestaba a los e-mails ni a los mensajes de texto en los que ella intentaba exponerle su postura.

—Se está comportando como un auténtico imbécil —le dijo a Sasha.

—Se ha cerrado en banda, desde luego. La mayoría de los hombres no quieren tener el hijo en estas situaciones, pero él sí.

—Prefiere perderme a mí que al bebé —apostilló Morgan.

Max había llegado a ponerse en contacto con un abogado y había solicitado una orden judicial para impedirle abortar, porque también era hijo suyo. Sin embargo, se trataba del cuerpo de Morgan, y los tribunales tendrían eso en cuenta y no se interpondrían. Tenía derecho a decidir. Max estaba fuera de sí, y la echaba de menos, pero no quiso bajarse del burro. Se lo había dejado bien claro: si abortaba, habrían terminado.

Morgan estaba atravesando un momento emocional muy delicado y no paraba de llorar. Le quedaban solo unos días para decidirse. Sasha la acompañó al médico para estar a su lado en el momento decisivo. La pérdida de Max como consecuencia del aborto retrasaba su decisión. Pero ella le quería a él, no al bebé.

Le practicaron una ecografía rutinaria a color en 3D. El bebé estaba sano. Tenía el corazón fuerte y todo funcionaba perfectamente. Cuando lo vio, Morgan rompió a llorar. Habló con la doctora sobre la posibilidad de un aborto. Comentó que llamaría al día siguiente para programarlo. La doctora no la presionó en un sentido ni en el otro; se limitó a contestar que podía darle hora al día siguiente por la tarde para poner fin a su embarazo si era lo que deseaba.

Morgan no paró de llorar en todo el trayecto de vuelta a casa. Estaba convencida de que un bebé le destrozaría la vida. Recordaba su espantosa infancia, con una madre alcohólica y un padre irresponsable que la engañaba, la triste vida que habían llevado sus padres hasta su muerte, aún jóvenes: no habían disfrutado de sus hijos, Morgan y su hermano, a quienes no tenían nada que ofrecer. No, no deseaba formar parte de esa pesadilla, más vívida en su mente que el bebé en tres dimensiones.

En cuanto regresaron al apartamento, se acostó, después de devolver otra vez. A esas alturas se encontraba mal a todas horas, pero Sasha más bien lo atribuía a que no comía nada y al disgusto, que solo servía para empeorar las cosas. Había pasado por demasiados baches en los últimos tres meses, entre el cese de su trabajo y el embarazo no deseado.

Sasha se marchó a trabajar tras echarle un vistazo. Morgan se pasaba el día tumbada llorando. Alex y ella lo estuvieron comentando por la noche.

—Para ser sincera, no creo que deba tener el bebé —dijo Sasha—. Está traumatizada. Si una persona ve con tan malos ojos tener hijos no debería tenerlos.

—¿Y por qué no aborta?

—No quiere perder a Max. Si aborta, lo perderá. Él le ha ofrecido quedarse con la custodia si tiene el bebé, pero Morgan no quiere.

—Menuda locura —dijo Alex, sintiéndolo por ambos.

—Pues sí. Tener hijos no es tan sencillo para algunos. Para

otros se convierte en una obsesión. El tema del embarazo da mucho de sí. Es maravilloso cuando todo va bien y no da problemas, pero no siempre sucede así.

La situación de sus amigos era una de las más complicadas que había conocido. Morgan estaba tan desesperada debatiéndose entre las dos opciones, que Sasha temía que se planteara suicidarse; ambas la aterraban. Sasha intentó transmitírselo a Max cuando a principios de semana pasó por el restaurante para tomar juntos un café, pero él no quiso ni oír hablar del tema. Para él la cuestión era muy simple: o Morgan tenía el bebé y seguían juntos, o abortaba y lo dejaban correr.

—No es tan sencillo —comentó Sasha.

—Para mí sí —repuso Max poniendo fin a la conversación.

La fecha límite para que Morgan abortara era el lunes siguiente. El fin de semana anterior, Sasha tenía previsto viajar con Alex a Atlanta para que sus padres lo conocieran. No le apetecía demasiado. Prefería quedarse en Nueva York para hacer compañía a Morgan, pero no podían cancelar el viaje porque no tenían otro fin de semana libre hasta dos meses después, y para la boda faltaban tres, de modo que el viernes por la noche partieron con rumbo a Atlanta. El padre de Sasha se había brindado a alojarlos en su casa, pero la pareja quería estar algún rato a solas para desconectar de la presión de unos padres siempre en pie de guerra, de modo que se quedarían en un hotel.

La noche de su llegada cenaron en un restaurante elegido por la madre, que examinó a Alex como si se tratara de un objeto que fuera a adquirir y le formuló mil preguntas sobre sus padres, sobre todo sobre su madre y su carrera de abogada. Había buscado información sobre ella en internet y se había quedado impresionada, aunque no lo reconoció.

—Ya sabes que no creo en el matrimonio, ¿verdad? —Álex asintió. Se sentía bastante intimidado; era el hueso más duro de roer que había conocido jamás.

—Sí, lo sé, señora Hartman —respondió con suma educación.

—El sesenta por ciento de los matrimonios de hoy en día acaban en divorcio, y la proporción va en aumento. ¿Para qué molestarse? Se pierden propiedades, se pierde dinero, hay que pagar a un profesional... Es una inversión desastrosa. Se pierde menos dinero jugando al blackjack en Las Vegas; por lo menos allí hay posibilidades de tener una buena mano. En el matrimonio, aún jugando con suerte, todo te acaba explotando en la cara tarde o temprano. Uno engaña al otro, o lo hacen los dos. Se vuelven gordos, viejos o aburridos. Dejan de comunicarse. Empiezan a odiarse. Dejan de tener sexo. Al principio todo es excitante y romántico, pero dura cuatro días. Y si dura más, desearías que no durara. Seguid mi consejo: vivid juntos, sí, pero no os atéis económicamente ni os gastéis dinero en la boda ni tiréis vuestra vida por la borda casándoos. Creedme, es la mejor recomendación que os han hecho en la vida, y algún día me lo agradeceréis. Me paso el día escuchando historias horribles.

—Tal vez sea porque las buenas no llegan a oídos de una abogada matrimonialista —insistió Alex—. Mis padres se llevan bien, y llevan treinta y ocho años casados.

—Eso es un accidente. Como tener gemelos. No pasa a menudo. A lo mejor la realidad es otra; muchos padres esconden la verdad a sus hijos.

—No, creo que ellos se aman de verdad. —Y aspiraba a ese tipo de relación con Sasha.

Muriel Hartman se encogió de hombros y les dejó claro que no creía en el matrimonio. Era una mujer atractiva, aunque de rasgos duros. Sin embargo, tenía los ojos más cargados de furia y maldad que Alex había visto jamás, y unas líneas de expresión severas.

Sasha intentó salir lo antes posible del restaurante, y propuso tomar un almuerzo informal el domingo antes del vuelo de regreso, pero su madre contestó que había quedado para jugar al golf con dos amigas jueces y que no podía cancelar la cita.

—Imagino que mañana verás a tu padre y a esa cabeza hueca de su mujer —dijo con frialdad.

—Sí, así es —respondió Sasha entre dientes.

—Pues que lo disfrutes —añadió con sarcasmo—. Nos vemos en la boda —le dijo a Alex. Dicho esto, dio un frío abrazo a su hija, se subió al Jaguar y se alejó.

Alex parecía a punto de desplomarse en la acera.

—Menudo hueso —dijo mirando a Sasha—. ¿Cómo la soportabas de pequeña?

—Antes del divorcio no era tan dura. Mis padres fueron infelices muchos años, pero no lo demostraban. Entonces él la dejó, y mi madre se convirtió en la bruja de *El mago de Oz*, cara verde incluida. Por suerte, yo ya no vivía con ella. No paraba de echar pestes de mi padre. Creo que él le hirió el amor propio. Y cuando conoció a Charlotte, la que aún es su esposa, se volvió loca del todo. No le perdonó que empezara una nueva vida y fuera feliz junto a otra mujer. Y le sienta como un tiro que Charlotte sea mucho más joven y más guapa. Y además está furiosa porque han tenido más hijos. Ahora odia a todo el mundo; no sé cómo sus clientes la soportan. Tienes que desear mucho mal al hombre del que te estás divorciando para contratarla, porque los aniquila. Mi hermana insiste en que antes era más humana, aunque te aseguro que no lo recuerdo. Con Valentina se lleva mejor, pero yo ya no puedo más. —Sasha parecía exhausta. Alex la rodeó con el brazo—. Qué diferencia con respecto a tus padres, ¿eh? Ellos son de película, y los míos también, pero de película de miedo. Intento volver a casa lo menos posible porque lo paso fatal. Valentina odia a mi padre porque cree que mi madre se ha vuelto así por culpa de que la dejó, y dice que su esposa tiene la cabeza llena de pájaros. En parte sí, pero lo ama y es realmente agradable; además, es la vida que él quiere. Charlotte y yo no somos las mejores amigas del mundo, sin embargo me cae bien. Mi padre se ha esforzado para enterrar el hacha de guerra con mi madre, pero ella no se lo permite.

Muriel Hartman estaba enfadada con el mundo entero.

—Pues sí que lo pone difícil... —reconoció Alex de camino al hotel.

Atlanta era una ciudad agradable, pero no tenían tiempo para visitarla. Además, Sasha quería salir pitando en cuanto ponía los pics allí. Ni siquiera llamaba a sus amigas de juventud. Su madre había hecho pedazos su pasado.

Al día siguiente se encontraron con su padre en el club de campo para comer. Steve Hartman era un hombre atractivo. Costaba imaginárselo al lado de Muriel un día entero, y menos aún veintiséis años de matrimonio. No era un intelectual ni un académico, sino un empresario inteligente que había sabido hacer bien las cosas. Carecía de la perspicacia o la astucia de la madre de Sasha, pero era una persona amable y cariñosa, y a Alex le cayó bien.

Después del almuerzo lo acompañaron hasta Buckhead, la cara zona residencial de Atlanta donde vivía. Tenía una casa enorme de estilo sureño, más bien una finca, con pista de tenis y piscina de tamaño olímpico, y un camino de entrada bordeado de viejos árboles. Descalza sobre el césped había una joven encantadora que les sonrió y los saludó con la mano cuando el coche enfiló el camino. La acompañaban dos niñitas muy guapas. Nada más apearse del vehículo, Steve las miró extasiado, las aupó y besó a su mujer. En cuanto la joven pareja salió del coche de alquiler, Sasha reparó en el problema que se avecinaba, uno de los gordos: Charlotte volvía a estar embarazada, y su padre ni lo había mencionado. A Muriel le daría un patatús cuando lo descubriera el día de la boda: aquello era una prueba más de que su padre estaba felizmente casado con otra mujer. La madre de Sasha no había querido más hijos después de tener a las gemelas. En cambio su padre siempre los había deseado, y ahora los tenía. Muriel no le perdonaría jamás que hubiera salido adelante sin ella y que fuera dichoso.

—Felicidades —dijo Sasha después de abrazar a Charlotte señalando su abultado vientre. Llevaba un bonito vestido de tirantes—. Qué ilusión.

—Pues sí —admitió su padre sonriendo a su mujer de oreja a oreja.

Charlotte tenía treinta años, tal como Sasha le había dicho a Alex, dos menos que ella, por lo que la boda con su padre a los veintitrés había sentado fatal a todos al principio. Sin embargo, a Sasha ya no le importaba la diferencia de edad. Valentina opinaba que era vergonzoso, pero ahora estaba saliendo con Bert, un chico bastante más joven que ella aunque la diferencia no era tan exagerada. Su padre y Charlotte se llevaban casi treinta años. Pero si les iba bien, ¿qué importancia tenía?

—¿Cuándo sales de cuentas? —Sasha rezaba por que fuera antes de la boda.

—En agosto —respondió Charlotte con aquel acento del sur que sacaba de quicio a Valentina.

Si el bebé nacía en agosto, en la boda estaría embarazada de siete meses: la viva estampa del esplendor maternal del brazo de su padre. Sasha ahogó un chillido.

—¿Podrás viajar a Nueva York para la boda? —le preguntó con una sonrisa forzada.

—Mi doctora dice que podré viajar hasta los ocho meses de embarazo. Mis otras dos hijas nacieron cuando ya había salido de cuentas.

Sasha asintió con el corazón encogido. Eso suponía un problema más de cara a la boda. «Capilla de Elvis, allá vamos», pensó.

Se sentaron junto a la piscina mientras una criada de uniforme les servía limonada y té helado acompañado de galletas de limón. El padre de Sasha le ofreció a Alex un cóctel de menta o una copa de Pimm's, pero él declinó la invitación y prefirió un vaso de limonada, que estaba deliciosa. Mientras charlaban, las niñas nadaban en la piscina, hasta que una niñera se ocupó de secarlas y vestirlas. La madre de Sasha también había contado con ayuda para criar a las gemelas mientras estudiaba derecho, pero de manera más puntual y menos formal: jóvenes de la zona, canguros en edad universitaria o estudiantes extranjeras. La niñera de Steve y Charlotte era una inglesa titulada muy educada, igual que las niñas, que se encaramaron sobre Sasha y empezaron a llamarla «hermana mayor» mientras ella bromeaba y las perseguía por el jardín. Eran una monada, y tenían una vida de ensueño. Su madre había dejado la carrera de modelo para casarse con Steve, y nunca volvía la vista atrás. Su día a día consistía en ir de compras, hacerse la manicura, colaborar con alguna organización benéfica y salir a comer con sus amigas.

El padre de Sasha se interesó por el trabajo de Alex. Estuvieron hablando hasta la temprana hora de cenar, en la glorieta del jardín. Los novios se marcharon a las ocho. Sasha deseaba con toda su alma regresar a Nueva York. Aquel viaje no había tenido nada que ver con la visita a los padres de Alex. En Chicago lo habían pasado bien. Les unía la medicina, y la madre era la mujer más agradable que Sasha había conocido jamás y se preocupaba de veras por su bienestar.

—Gracias por tomártelo con tanta deportividad. Mis padres me agotan.

De camino al hotel, Sasha apoyó la cabeza en el asiento del coche y se sintió fuera de combate.

—Tu padre es muy agradable —repuso Alex.

Respecto a su madre estaban de acuerdo, y lo habían estado comentando la noche anterior. Steve y Charlotte parecían sacados de una película del Sur. Sasha creía que no eran de carne y hueso: en la finca nadie estaba nunca cansado, ni sucio; no había desorden ni palabrotas; tampoco se hablaba de los problemas ni de lo que a ella le importaba de verdad. Todo era muy superficial.

—A mi madre le dará un ataque cuando vea a Charlotte embarazada de nuevo en la boda. A estas alturas debería estar acostumbrada, después de casi ocho años divorciados. Creo que el cabreo le durará hasta que se muera. Y eso que no quería seguir casada con él. Eran muy infelices, los dos. Me parece que se le ha olvidado.

—Puede que sea una cuestión de orgullo. No ayuda nada que Charlotte sea más joven que tú; y es guapa que te mueres —soltó Alex con buen ojo.

—Sí, sí que es guapa. —Sasha suspiró.

Era demasiado tarde para coger un avión esa misma noche, pero Sasha cambió los billetes de vuelta para salir más temprano por la mañana. A las ocho dejaron el hotel y llegaron a Nueva York a la una del mediodía. Sasha estuvo a punto de besar el suelo.

—Bueno, se acabó —dijo cuando subieron a un taxi en el aeropuerto—. No tenemos que volver a verlos hasta la boda. ¿Estás ya listo para el siguiente combate? —Alex se echó a reír.

—No, desde luego. Y no me dejes nunca a solas con tu madre, me da mucho miedo.

—No te preocupes, no lo haré, te lo prometo. Tú a mí con ella tampoco. —Alex accedió.

Regresaron al apartamento para dejar las maletas. Todo el mundo había salido, incluso Morgan, que últimamente siempre estaba allí encerrada. Sasha esperaba que fuera una buena señal.

En aquel momento Morgan estaba sentada junto al río, pensando en su vida. No quería tener el bebé, pero se sentía responsable; el pequeño no tenía la culpa de que ella se hubiera quedado embarazada. Había tomado una decisión: lo tendría. Pero dejaría a Max. El hecho de que pretendiera romper la relación si no tenía aquel hijo le decía cuanto necesitaba saber. No quería que la amara por el niño, y si no estaba dispuesto a permanecer a su lado al margen de su decisión, significaba que no la amaba de veras. Tendría derecho a un régimen de visitas, e incluso compartirían la custodia del niño si él lo deseaba. Sin embargo, no la tendría a ella. La había perdido.

Le escribió una carta y se la dejó en el buzón. No pensaba regresar al restaurante, y no quería volver a verlo. Se había acabado. Ya se pondría en contacto con él en octubre, cuando naciera el bebé, puesto que eso era lo único que le importaba. Después se marchó a dar un largo paseo, sola.

21

Morgan se mantuvo firme en su decisión con respecto a Max, y también al bebé. Él refunfuñó al recibir la carta en el restaurante, e intentó llamarla, pero ella no contestaba. Le hizo llegar su ropa al restaurante. No habían cruzado palabra en cuatro semanas, desde el ultimátum de Max, y ahora se habían vuelto las tornas y era Morgan quien no quería hablar con él. Max se sentía impotente. Morgan le había cerrado su puerta, y no pensaba abrirla. Al final, Max, desesperado, llamó a Sasha.

—Tendríais que hablar —dijo la médica con buen criterio.

—Cree que no la amo, que solo quiero al bebé. —La amenaza de abandonarla si abortaba le había causado una herida demasiado profunda—. Quiero al bebé porque la amo, no son sentimientos independientes.

—Ahora está muy sensible —le explicó Sasha.

—No quiere verme.

—Y tú no has querido verla en cuatro semanas.

—Deseaba convencerla para que tuviera al bebé, no pensaba romper la relación.

—Dijiste que no querrías volver a verla nunca si abortaba. Ella ahora defiende su postura, y no quiere verte.

—¿Qué puedo hacer, Sash? Esto es un desastre.

—Ya lo sé. Tal vez darle tiempo.

—Quiero estar con ella, y ayudarla. El niño es de los dos, y yo la amo.

—Creo que está hecha polvo, entre todo el lío del trabajo y ahora esto —dijo Sasha con tristeza.

Morgan estaba muy callada en el apartamento, dormía mucho y salía a dar largos paseos todos los días. Físicamente se sentía mejor, pero Sasha notaba que estaba muy deprimida. También permanecía en silencio durante las cenas de los domingos, en las que Oliver era el encargado de cocinar. Se hacía todo muy raro sin Abby ni Max.

Morgan decidió esperar. Comentaría lo del embarazo más adelante, cuando se le notara. No se alegraba de su estado, y no pensaba fingir. A su hermano sí se lo dijo. Oliver y Greg se mostraron entusiasmados y prometieron no explicárselo a los demás. Morgan no estaba de humor para celebrarlo. Su vida estaba de luto, por la pérdida de Max y por el fin de su carrera profesional. Había llamado a un cazatalentos para cubrir un puesto de trabajo temporal de cuatro o cinco meses, pero de momento no tenía respuesta.

También habló con un abogado para que se pusiera en contacto con Max con el fin de acordar el régimen de visitas y negociar una posible custodia compartida más adelante. Max creía que bromeaba cuando se lo explicó en su carta, y se quiso morir cuando recibió noticias suyas a través de un abogado. Morgan no se andaba con tonterías. En la carta también decía que no sabía el sexo del bebé ni quería saberlo, y que le avisaría cuando naciera. A Max le resbalaban las lágrimas por las mejillas al leerlo. Morgan había dejado de formar parte de su vida, por mucho que fuera la madre de su hijo.

Max también habló con Oliver. Según dijo, su hermana era la mujer más tozuda que conocía. Le explicó que estaba francamente dolida y que insistía en que no quería saber nada de él. Tan solo le quedaba esperar a que naciera el bebé y ver si entonces se suavizaba, pero para eso faltaban más de cinco meses, y a Max le parecía una eternidad. Ni siquiera se concentraba en el trabajo, perdía los nervios con los empleados y se le quemaba la comida cada vez que cocinaba. Estaba obsesionado con Morgan y el bebé. Todavía conservaba la llave del apartamento, pero no se atrevía a usarla para hacerle una visita. Si lo hacía, sin duda ella avisaría a la policía para que lo detuvieran; era muy capaz. En cuanto a Morgan, no había vuelta atrás. Su relación con Max había terminado, y el mensaje había llegado a Max alto y claro.

Las muestras de zapatos de Claire llegaron de Italia la primera semana de abril. Eran preciosos. Al verlos soltó un chillido y se puso a bailar por la habitación mientras su madre reía. Además, llegaban justo a tiempo para la feria comercial de Las Vegas. Claire había contratado a una ayudante para que las acompañara y trabajara para ellas durante un tiempo cuando regresaran a Nueva York. Sus compañeras de piso seguían teniendo mucha paciencia con las cajas y los muestrarios que recibían en el apartamento. Con el permiso de Sasha y Morgan, Claire convirtió el dormitorio de Abby en un almacén, y su madre y ella dormían juntas. También había cajas en el salón. Contrató a una modelo para una tarde, que comprobó la talla y dijo que los zapatos eran muy cómodos y la altura de los tacones adecuada. Claire no cabía en sí de entusiasmo cuando subieron al avión con rumbo a Las Vegas.

Se alojaban en el MGM Grand. Pasaron la mayor parte del día en el palacio de congresos, junto con Claudia, la nueva ayudante. Sacaron el muestrario y lo colocaron en el expositor de manera que los modelos resultaran atractivos. Varios minoristas se acercaron para mirarlos. Entre ellos había compradores de varias cadenas importantes de grandes almacenes, que preguntaron sobre los estilos, la disponibilidad, el precio de venta al público, los plazos de entrega y la cantidad, que era el inconveniente de las grandes superficies. Claire tenía capacidad para servir a una tienda, pero no a diez, hasta que empezaran a producir a mayor escala, y esa era todavía su primera colección. Con todo, la reacción ante sus diseños fue positiva por parte del público. A los posibles comprado-res les encantaron.

El segundo día, Claire obtuvo la mayor de las satisfaccio-nes. En el otro extremo de la nave vio a Walter, que se acercó despacio y, con aire despreocupado, ojeó los zapatos dispues-tos sobre el mostrador. A Claire casi se le escapó una carcaja-da, y estaba a punto de decirles a su madre y a Claudia quién era, cuando él fue directo hacia ella.

—¿Para quién trabajas ahora? —dijo con voz de cascarra-bias. Claire le sonrió y señaló la marca con el logo que ella misma había diseñado. En la marca se leía claramente CLAIRE KELLY. Walter se quedó boquiabierto—. ¿Dónde los fabrican? —preguntó asombrado.

—En Italia —se limitó a decir, y se volvió hacia un cliente que acudía por segunda vez, en esta ocasión para efectuar un pedido. Walter se marchó enseguida, con el rabo entre las piernas.

Cuando terminó la feria, tenían una cantidad de pedidos nada despreciable, suficientes para poner en marcha el nego-cio y mantenerse a flote durante la primera temporada. Clai-re, su madre y la joven ayudante sonrieron y se felicitaron. La chica había sido una gran ayuda durante la feria, y Claire de-cidió mantenerla en plantilla. La experiencia de Las Vegas ha-bía resultado magnífica. Acababan de lanzar la marca de zapa-tos Claire Kelly, y en otoño estaría en algunas de las mejores cadenas de grandes almacenes del país.

—Gracias, mamá —le dijo cuando hacían las maletas—. Nunca podré agradecértelo lo suficiente.

Sarah se limitó a sonreírle y a darle un abrazo. Por eso se había trasladado a Nueva York. Le encantaba haber iniciado aquel negocio con su hija, y a Claire también. Jamás olvidaría la oportunidad que le había dado su madre, y le estaría eter-namente agradecida.

A principios de mayo, Morgan estaba embarazada de cuatro meses y le costaba mucho disimularlo. Aún no se lo había dicho a Claire ni a los demás. Tan solo lo sabían Sasha, Oliver y Greg. Le daba vergüenza que se enterara la madre de Claire. Todos sabían que Max y ella habían roto, pero se había negado a explicar los detalles o el motivo. Max y ella llevaban dos meses sin hablarse. Al final él no pudo resistirlo más, y una mañana se sentó en los escalones del edificio a esperar que ella apareciera. Sabía que lo haría tarde o temprano. Morgan salió al cabo de una hora para asistir a una clase de pilates para embarazadas. Tenía buen aspecto; estaba en forma y había ganado muy poco peso, aunque tenía la cara más redondita.

Se quedó de piedra al verlo allí y quiso volver dentro, pero él se interpuso.

—Morgan, esto es de locos. Dime algo —le suplicó. Parecía un demente allí plantado. No había pensado en nada ni en nadie más durante dos meses.

—¿Por qué? No tenemos nada que decirnos. Lo nuestro se acabó. —Era fría como un témpano.

—No, acaba de empezar —repuso señalando su vientre—. Las cosas pueden ser de otra manera. Te dije que no abortaras porque te amo y quería un hijo nuestro.

—No, tú no me amas. Me dijiste que si no tenía el niño, me dejarías. Solo te preocupa el niño. Pues nada, cuando nazca tendrás derecho a un régimen de visitas; a mí déjame en paz. —Su voz denotaba firmeza, rabia y mucho dolor—. No mostraste el menor respeto por lo que yo deseaba ni por mi derecho a tomar la decisión.

—Estaba molesto. Jamás te habría dejado. —Se le veía profundamente arrepentido.

—Te negaste a hablar conmigo durante tres semanas, cuando más necesitaba tu apoyo, y amenazaste con abandonarme.

—Me equivoqué. —Entonces Max le formuló la pregunta que llevaba un mes haciéndose a sí mismo—: ¿Por qué has decidido tenerlo?

—Porque me parecía mal no hacerlo. El error ha sido nuestro, no del bebé. He decidido asumir mis responsabilidades.

—¿Y te alegras? —preguntó apenado.

—No —respondió Morgan sin rodeos. Jamás le había mentido—. ¿Por qué iba a alegrarme? Yo te quería a ti, no al bebé. Nunca he tenido dudas al respecto. Ahora te he perdido a ti y tengo que cargar con un hijo que jamás he deseado.

De todos modos, velaría por él. Morgan era así. La culpa no la tenía el bebé sino ellos.

—No me has perdido —repuso Max con tristeza—. No puedes perderme aunque no me quieras a tu lado. —Morgan no respondió. Dio media vuelta con los ojos arrasados en lágrimas. Max lo advirtió y la rodeó con los brazos—. Siento haberlo hecho tan mal. —Probablemente debería haberla dejado que abortara. Ella siempre le había dicho que no quería tener hijos, y no había cambiado de opinión ni siquiera estando embarazada—. Lo siento, todo esto ha sido un tremendo error. ¿Qué puedo hacer para arreglarlo? —preguntó con obvia desesperación.

—No puedes hacer nada. Lo nuestro se acabó, y ahora tenemos que cargar con un hijo que nadie quería y que no debería existir.

—Imagino que muchos niños nacen de ese modo, y luego te roban el corazón.

—Es posible —reconoció, aunque aquel bebé no le había robado el corazón ni esperaba que lo hiciera. Morgan cumpliría con su deber, pero nadie podía obligarla a desear un hijo. Max lo había intentado, y el resultado había sido un desastre. Sin embargo, la decisión de tenerlo la había tomado ella sola. No podía culpar a Max y lo sabía—. Gracias por venir —dijo, e intentó abrirse paso rodeándolo, pero él no se lo permitió. Eran igual de tozudos.

—No pienso dejar que te vayas hasta que me permitas por lo menos intentarlo. Démonos una oportunidad. Si me odias, me marcharé.

—No te odio —repuso ella, cansada y disgustada—. Ya no sé lo que siento.

—Algo es algo, para empezar. —Max no la soltaba—. Por favor, Morgan, por favor, dame otra oportunidad.

Ella no contestó. Se lo quedó mirando, y entonces sintió un extraño calambre en las entrañas y se estremeció.

—¿Qué ha sido eso? —Él se había dado cuenta.

—Nada —mintió ella, y sintió otro calambre. No había notado nada parecido durante el embarazo, hasta la fecha. Eran una especie de espasmos menstruales.

—¿Hay algún problema? Dime la verdad. —Se aferró a ella, que volvió a estremecerse y se dobló hacia delante.

—No lo sé. De repente, me dan espasmos.

—¿Es por algo que has comido o por el bebé?

—Creo que por el bebé. —Se volvió y regresó dentro. Max la siguió, preocupado por si le había provocado el malestar. Subieron la escalera hasta el apartamento. Morgan entró en el cuarto de baño y cuando salió estaba lívida—. Estoy sangrando —exclamó con voz asustada.

—Vamos al hospital. No pienso dejarte sola.

Ella tampoco quería que se marchara, de modo que no se opuso. Tal vez se tratase de un aborto, lo cual implicaría una sencilla solución a sus problemas. Sin embargo, de repente no lo deseaba.

Bajaron juntos la escalera hasta la calle. Morgan tuvo que pararse dos veces a causa de los calambres y notaba humedad entre las piernas. Max paró un taxi y la ayudó a entrar. La tuvo cogida de la mano durante el trayecto al hospital. Desde el taxi Morgan llamó a Sasha, que estaba trabajando. La médica le indicó adónde tenía que ir y le dijo que se encontraría con ella.

Cuando llegaron al hospital, Sasha los estaba esperando. Se llevó a Morgan a una sala de reconocimiento, donde le preguntó si quería que la explorara otro médico, pero contestó que quería que lo hiciera ella; confiaba en Sasha más que en nadie. Mientras la exploraba con delicadeza, Morgan se echó a llorar.

—Esto me pasa por no querer tener el bebé —dijo con un hilo de voz—. Dios me está castigando.

—No, no es cierto. Son cosas que pasan. —Sasha vio que Morgan estaba sangrando, pero nada alarmante.

—Vamos a hacerte una ecografía para ver qué sucede —dijo con calma mientras se quitaba el guante.

Morgan no paraba de llorar. Notaba los movimientos del bebé desde hacía unos días y se le hacía muy raro; era como tener mariposas en el estómago.

Sasha la subió a una silla de ruedas y la condujo por el pasillo. Max las siguió muy preocupado.

—¿Qué está pasando?

—Aún no lo sabemos —respondió Sasha.

Le hicieron la ecografía de urgencia mientras Max esperaba fuera. El radiólogo pasó la sonda por el abultado vientre de Morgan. Vieron al bebé en la pantalla. Se movía y daba la impresión de estar tranquilo, y de pronto empezó a chuparse el pulgar. El radiólogo comentó que parecía que había un coágulo, pero pequeño.

—A veces ocurre —le explicó Sasha—. Y puede producir una hemorragia. Es posible que se reabsorba solo. El bebé debe de haberle dado una patada.

—¿Es por algo que he hecho? Voy a pilates todos los días para mantenerme en forma —explicó Morgan sintiéndose culpable.

—Deberías dejar de ir una semana o dos y tomarte las cosas con calma, a ver si el coágulo se deshace. No supone ningún peligro para el bebé.

Morgan cerró los ojos y empezó a sollozar.

—Creía que lo había matado yo porque no lo quería.

—¿Y cómo te sientes ahora? —le preguntó Sasha con delicadeza.

—Asustada. No quiero perderlo. —La médica asintió con una sonrisa.

—Eso suena bien. ¿Quieres que Max lo vea? —la tanteó. Le había sorprendido verlos juntos.

Morgan asintió, y Sasha fue a buscar a Max. Se conectaron a la pantalla grande en 3D para verlo mejor. El bebé seguía chupándose el pulgar cuando él entró en la sala. Tras echar un vistazo a la pantalla, rompió a llorar y se inclinó para besar a Morgan.

—Te quiero muchísimo. Siento haberme comportado como un imbécil.

—Yo también —dijo ella sonriéndole y llorando también—. No quiero perder al bebé. —Sentía la necesidad de explicárselo a todo el mundo para que no ocurriera. Aún había cierto riesgo, aunque Sasha no parecía preocupada.

—¿Queréis saber si es niño o niña? —preguntó a los dos, que asintieron al unísono, cogidos de la mano. Max no había visto en toda su vida nada tan bello como la mujer a la que amaba y el bebé en su interior. Mientras se miraban, Sasha señaló una sombra en la pantalla y sonrió—. Es un niño.

Max sonrió de oreja a oreja, y volvió a besar a Morgan, que lo miró con gesto cariñoso. Se les veía unos padres dichosos, no dos personas que habían roto su relación y llevaban dos meses sin hablarse. Sasha también se sentía feliz, por ellos.

A continuación Morgan se vistió. Sasha le dijo que podía volver a casa y que se tomara las cosas con calma durante una semana o dos.

—Nada de pilates hasta dentro de quince días. Ah, y ahora no queráis recuperar el sexo perdido, por favor —bromeó.

Sasha les entregó dos copias de la ecografía. La pareja le dio las gracias y salió del hospital sintiéndose en una nube.

En cuestión de horas la situación había cambiado por completo. Max había vuelto, y Morgan había superado el dolor y las dificultades. Pasaron el resto del día juntos en la tranquilidad del apartamento, De pronto a Max se le ocurrió una idea.

—¿Te gustaría volver a trabajar en el restaurante? Tengo

la contabilidad hecha un desastre desde que te fuiste. —Sonreía y la rodeaba con el brazo cuando se lo preguntó.

Morgan se echó a reír.

—¿Era eso lo que querías? —bromeó.

—Claro, el bebé es un aliciente colateral. Necesitaba que me ayudaras con los salarios y el dinero de caja.

Lo miró sonriendo y se besaron. Las cosas marchaban viento en popa. Entonces Morgan se separó de él y lo miró con expresión seria.

—No pienso casarme contigo, ¿eh? Eso lo estropearía todo. Podemos tener el bebé, pero no quiero que nos casemos.

—Mira que llegas a ser difícil, caray —repuso con sentido del humor—. ¿Podemos vivir juntos?

—Sí, pero sin casarnos. Eso aniquilaría el romanticismo de nuestra relación.

Para Morgan, el matrimonio equivalía a una pesadilla, como en el caso de sus padres.

—Eres más tozuda que una mula, pero te quiero. ¿Podremos casarnos después del décimo hijo? Me encantan las familias numerosas al estilo irlandés.

—De acuerdo, pero no antes del décimo. Si es así, lo pensaré.

Entre broma y broma, Morgan cayó en la cuenta de que tendrían que mudarse. No podían vivir en el loft con su hijo. Eso significaba que en el apartamento solo quedaría Claire. Al principio, Morgan había pensado vivir allí con el bebé, ya que habría sitio suficiente tras la marcha de Abby y la boda de Sasha en junio. Pero con Max serían demasiados y no le parecía justo para Claire. Además, una pareja con hijos necesitaba su propio hogar.

Claire y su madre regresaron de una visita a Bergdorf Goodman, la mar de satisfechas. Claire se sorprendió al ver a Max, tal como le había sucedido a Sasha poco antes.

—Vamos a tener un bebé —le espetó Morgan tan contenta. De repente, era una realidad.

—Es un niño —añadió Max.

—Pero no vamos a casarnos —puntualizó Morgan sonriendo.

—Eso aniquilaría el romanticismo de nuestra relación —se burló Max repitiendo las palabras de Morgan, y todos se echaron a reír.

—Felicidades —dijo Claire sorprendida—. ¿Cuándo nacerá?

—En octubre.

Claire imaginó el resto: tendrían que mudarse, y el apartamento quedaría a disposición de su madre y ella. Llevaría su negocio desde allí. Ahora estaba en situación de afrontar el alquiler sola, aunque echaría de menos a sus amigas. Qué rápido cambiaban las cosas; asustaba y a la vez daba pena. Quizá Abby volvería al cabo de un año, como había dicho, pero Claire no contaba con su regreso. De modo que, cuando llegara el verano, tan solo ella y su madre habitarían el loft.

22

A medida que avanzaba el mes de mayo, Prunella volvía cada vez más loca a Sasha. Habían mandado las invitaciones, sencillas y elegantes, con un grabado de Cartier. También habían elegido el menú tras una degustación en el apartamento y habían probado cinco tartas nupciales de tres pasteleros distintos. Max pensaba ofrecer el vino y el champán como regalo de boda.

Prunella les recomendó un fotógrafo, que insistió en que, aparte de las fotos, deberían grabar un vídeo. Había elegido manteles de encaje y servilletas de lino a petición de Sasha, y contaba con su propia colección de candelabros. La empresa encargada del catering llevaría la cristalería, la cubertería y la vajilla. Habían realizado una visita al ático de la Quinta Avenida donde iban a ofrecer el convite, y encontraron una pequeña iglesia cercana con disponibilidad para celebrar una boda a las seis de la tarde. El banquete empezaría a las ocho, y Sasha había conseguido decidir todo lo necesario en las pocas horas que podía ausentarse del trabajo. No habían tenido ni un solo fin de semana libre desde el viaje a Atlanta en el mes de marzo.

El vestido de novia lo encontró de una forma totalmente accidental, en una revista que había estado hojeando en la sala del personal médico. Era de sencillo raso blanco con un doble cuerpo de encaje que se podría quitar durante el banquete, y un velo también de encaje. Del cuerpo salía una cola larga preciosa. No tenía tiempo para asistir a las pruebas, así que fue Valentina en su lugar. Sasha quedó prendada del vestido en cuanto se vio en una foto que su hermana le envió por el móvil, aunque ella lo consideraba soso.

—¿Por qué no buscas algo más sexy, un poco escotado y con la espalda al aire?

Sin embargo, aquel vestido era perfecto para Sasha. Los de las damas de honor eran de un cálido tono ocre, con un sencillo corpiño sin tirantes que, en opinión de Valentina, habría quedado mejor en rojo. Todo era sencillo y de buen gusto. Los ramos de las damas de honor consistirían en pequeñas orquídeas también ocre, y el de Sasha sería de lirio de los valles. Se le había ocurrido que sus hermanitas formaran un cortejo de niñas con flores, pero eso habría ocasionado una batalla campal con su madre, y no merecía la pena.

Los hombres llevarían corbata negra, menos Alex, que la llevaría blanca a juego con el frac. Helen Scott le había dicho que se vestiría de azul marino. Muriel aún no lo había decidido pero había visto un vestido verde esmeralda que le gustaba, o tal vez uno dorado.

Por extraño que pareciera, todo estaba en marcha. Prunella resultó ser organizada y eficiente, tal como le habían dicho a Oliver. Sasha no la soportaba, pero tenía que reconocer que estaba haciendo un trabajo magnífico. A pesar de todo, la novia se sentía nerviosa. Quería que todo saliera bien el día del gran acontecimiento, pero lo cierto es que había tantas cosas que podían salir mal... Helen se ofreció varias veces para ayudarla, pero Prunella parecía tenerlo todo bajo control.

Un mes antes de la boda, las amigas de Sasha le organizaron una despedida de soltera. La novia no consiguió reservarse todo un fin de semana, pero sí el tiempo suficiente para una cena que tenía pinta de divertida. Abby prometió viajar desde Los Ángeles para asistir, y también invitaron a la madre de Claire. Tendría lugar en Soho House. Sasha tenía incluso un vestido especial para la cena, y otro negro corto muy sexy para la cena de ensayo que los padres de Alex iban a ofrecer la noche antes de la boda en el Metropolitan Club, al que pertenecían por ser miembros del club homónimo de Chicago.

Le estaba volviendo a crecer el pelo rubio, aunque seguía llevándolo corto para ir eliminando la parte teñida de oscuro. Antes de la boda, una peluquera recomendada por Valentina le haría un corte especial. Alex celebraría una fiesta de despedida de soltero la misma noche que Sasha, en un club nocturno privado del centro de la ciudad.

La despedida de soltera de Sasha fue todo un éxito. Abby se alojó en el apartamento con sus amigas. Claire había retirado las cajas de zapatos de su cama. Durante la cena Abby confesó que estaba saliendo con Josh y que adoraba a sus hijos. Morgan habló de su bebé. Max y ella habían empezado a buscar apartamento porque ella quería mudarse en verano, antes de estar demasiado gorda. Sasha y Alex aún no tenían el suyo, pero también lo estaban buscando. De todos modos, querían algo temporal, puesto que Sasha tenía previsto pedir un traslado para terminar el período de residencia en la Universidad de Chicago cuando Alex hubiera acabado el suyo en Nueva York. A ambos les pareció una buena idea instalarse en la ciudad natal de él. A Sasha le apetecía un montón vivir en Chicago, cerca del hermano y los padres de Alex.

Cada una habló de sus planes: la boda, el bebé, la película de Abby... Tenían miles de cosas que comentar.

Cuando regresaron al apartamento, se sentían relajadas y felices. Claire miró a su madre con pesadumbre.

—Me parece que nos quedaremos solas, mamá. Mis amigas van a mudarse.

Claire se sentía triste cada vez que lo pensaba. Su madre guardó silencio unos instantes. Las chicas se habían ido a la cama medio mareadas de tanto champán. Morgan era la única que no había bebido, pero también se había acostado. Sarah tomó la mano de Claire entre las suyas con cara de circunstancias. Estaban sentadas en el sofá a las dos de la madrugada.

—Yo también tengo planes. Tú ya no me necesitas aquí. La empresa ha arrancado bien y cuentas con la ayuda de Claudia, que es fantástica. Sabes llevar el negocio sin necesidad de mí. Te he acompañado por gusto y por apoyarte en los inicios, y seguiré prestándote ayuda económica, pero creo que ha llegado el momento de que vuelva a casa.

—¿A San Francisco? —Claire estaba anonadada—. Creía que te encantaba esto.

—Y me encanta. Han sido cinco meses fantásticos, es lo mejor que me ha pasado en la vida, aparte de tenerte a ti. Pero tu padre y yo hemos estado hablando. Está esforzándose de veras. Hace dos meses que dejó de beber y quiere que viajemos y empecemos a disfrutar juntos. Puede que no todo sea de color de rosa, pero lo amo y ambos tenemos ganas de intentarlo y ver qué tal nos va.

Claire se sentía a la vez triste y alegre. Le gustaba tanto tener a su madre allí... Había llenado un gran vacío en su vida, y le había ofrecido una oportunidad que jamás habría tenido de otro modo. Le estaría eternamente agradecida. Ahora le tocaba vivir sola en el loft. De pronto, sintió que eso significaba madurar de golpe.

—¿Cuándo te marcharás? —Claire tenía un aire nostálgico. Su madre la abrazó.

—Creo que después de la boda sería un buen momento; dentro de un mes.

Claire asintió. Tenía muchas cosas que organizar, pero los planes de su madre eran los más apropiados. Además, la mirada de Sarah se iluminaba cuando hablaba de hacer cosas con Jim. Por otra parte, sabía que no podía vivir aferrada a su madre para siempre. Los últimos cinco meses le habían servido para coger aire y recuperarse de los golpes sufridos con anterioridad.

—Deberías pensar un poco más en salir, ya sabes.

Ambas tenían claro a qué se refería, pero Claire siempre decía que no estaba preparada. Habían pasado seis meses desde que George le había dado la patada, y aún no se había recuperado. Su madre creía que tenía que intentarlo. Claire deseaba trabajar y trabajar, como hacía antes de conocer a George, y ahora con más motivo. No obstante, si su padre podía cambiar, tal vez ella también. Era una reflexión.

Aquella noche Claire y Sarah se acostaron en la cama que compartían. A Claire le entristeció pensar en la marcha de su madre. Cuando se dio la vuelta en la oscuridad, vio que Sarah estaba despierta.

—Te echaré de menos, mamá —dijo con un hilo de voz—. Gracias por todo. No habría salido adelante sin ti. Las cosas me iban de pena y tú las has arreglado haciéndome el mayor regalo de mi vida.

—Para eso están las madres —respondió Sarah, y le dio un beso en la mejilla.

Se durmieron con las manos entrelazadas. Era como volver a ser una niña, y Claire se sintió segura.

23

El día de la cena de ensayo, Sasha y sus damas de honor fueron a hacerse la manicura y la pedicura a un establecimiento recomendado por Valentina. A Sasha le cortaron el pelo al estilo bob, por fin todo rubio. Estaba impaciente por que llegara la noche para estrenar su minivestido de color negro. Las chicas estaban riendo y charlando en el centro de estética cuando el padre de Sasha la llamó. Habían llegado de Atlanta por la mañana, con sus hijas y la niñera. Muriel lo haría por la tarde, y los Scott habían llegado la noche anterior. Alex y Sasha habían pasado por el hotel para verlos y darles un abrazo. Se alojaban en el Plaza. Más tarde Ben salió con ellos y se acostaron tarde, pero lo pasaron bien.

—¿Qué ocurre, papá? —Sasha vio su nombre en la pantalla del móvil. Estaba oficialmente de vacaciones desde el día anterior y disponía de dos semanas para marcharse de luna de miel a París. No se le ocurría un destino más romántico que París en el mes de junio y con Alex.

—Tenemos un pequeño problema —contestó fingiendo calma.

—¿Qué ha pasado? —Sasha prestó atención al instante.

—Charlotte tiene contracciones, bastante fuertes, y solo está de siete meses. Aún no le toca, pero cree que está de parto.

—¿Ha llamado a su médico? —preguntó Sasha en plan profesional.

—Sí, pero no puede examinarla por teléfono. Cree que debería verla alguien, y para serte sincero, yo también. Los dolores son bastante fuertes; los tiene cada cinco minutos.

—¿Quieres que te recomiende a alguien? —Sasha adoptó al instante el papel de médico en lugar del de hija.

—¿Le echarías un vistazo?

—¿Charlotte quiere que lo haga? —preguntó Sasha, para ser justa.

—Sí, sí que quiere. Y yo también. ¿Estás ocupada?

Sasha se quedó de piedra: «¿Yo? ¿Ocupada? ¿Con la boda mañana y una cena para cien personas esta noche? Claro que no. Estaba aquí comiéndome unos caramelos y esperando a que llamaras».

—No te preocupes. Os veré en el hospital dentro de veinte minutos —dijo, recuperada. Tenía las uñas de las manos secas y llevaba sandalias para no estropearse el esmalte de los pies, el tono Ballerina de Chanel, un rosa pálido perlado. Cuando anunció a las demás que tenía que marcharse, le suplicaron que se quedara; iban a volver al apartamento a tomar champán.

—Charlotte tiene un problema y le he prometido a mi padre que le echaría un vistazo. —Lo dijo con expresión seria.

—¿Está embarazada? —preguntó Morgan sorprendida.

—De siete meses.

Claire puso los ojos en blanco.

—A tu madre le va a encantar.

—Sí, ya lo creo —convino Sasha, y salió del centro de estética para coger un taxi.

Al cabo de diez minutos entraba en el hospital con sus pantalones cortos y su camiseta, y se puso el uniforme. Su padre y Charlotte llegaron justo después. Sasha ayudó a Charlotte a subir a una silla de ruedas. Se doblaba del dolor. Tenía síntomas de estar de parto, y a los siete meses no era una buena señal.

Sasha los llevó a una sala de reconocimiento de la planta de partos y avisó a las enfermeras de que estaba allí.

—¿No ibas a casarte? —le preguntó una de ellas.

—La boda es mañana. En casa me estaba aburriendo. No dan nada por la tele —bromeó. Regresó con su padre y Charlotte, que estaba llorando asustada.

—¿Las niñas fueron prematuras? —Hablaba con calma.

—No, nacieron fuera de cuentas —respondió a la vez que sufría otra contracción.

—¿Qué has hecho hoy? ¿Has levantado peso? ¿La maleta? ¿A las niñas?

—No... Bueno... he cogido a Lizzie en brazos un momento, pero lo he hecho otras veces, y no pesa mucho.

Sasha asintió. No era una causa suficiente, a menos que tuviera predisposición a los partos prematuros, que no era el caso; y además era joven.

—¿Habéis mantenido relaciones? ¿Habéis estado jugando? —les preguntó, diciéndose que aquel no era su padre. Steve la miró avergonzado, mientras Charlotte soltaba una risita.

«Por favor.»

—¿Podría ser la causa? —Charlotte se sintió culpable. El padre de Sasha se aclaró la garganta.

—Sí. Los orgasmos pueden provocar el parto. Vamos a comprobar cómo estás.

Sasha les sonrió para tranquilizarlos como habría hecho con cualquier paciente. Steve permaneció al lado de su mujer mientras Sasha la examinaba. Sangraba un poco, sin duda, pero la bolsa estaba intacta y el cuello del útero permanecía cerrado, de modo que no había sucedido nada irreversible por el momento. Les informó de lo que había visto, y ambos respiraron aliviados.

—De todas formas, aún no ha pasado el peligro. Las contracciones seguirán si no hacemos nada para pararlas. Si no te importa, te pondré una inyección, a ver si así se interrumpen. Y quiero que estés en cama unos días.

—¡Pero me perderé la boda! —exclamó Charlotte desolada.

—¿Qué prefieres, comer tarta nupcial y tener un hijo prematuro esta noche o mañana, o tener un bebé sano dentro de dos meses? —le preguntó Sasha con delicadeza.

—Tener un bebé sano dentro de dos meses —contestó Charlotte con tristeza. Steve se inclinó para besarla—. Pero me había comprado un vestido rosa precioso para esta noche, y otro rojo para mañana.

—Estaré mucho más tranquila si te quedas en la cama y no tienes más contracciones —fue la respuesta sincera de Sasha.

—Yo también —confesó Steve con determinación mientras sostenía la mano de su mujer—. ¿Puedes ponerle la inyección? —Confiaba en su hija y le estaba agradecido por su ayuda. Se había portado de maravilla.

Sasha fue a por la inyección y volvió al cabo de unos minutos. Charlotte casi no la notó. Sasha pidió a una enfermera que conectara un monitor fetal. Todo estaba correcto. Vio que el bebé era grande. No esperaba gemelos, tan solo un bebé enorme.

Sasha regresó al puesto de enfermería para ver cómo iba todo.

—No eres capaz de alejarte de aquí mucho tiempo, ¿verdad? —bromearon las enfermeras. Sasha se dio cuenta de que ya eran las cinco y llamó a Alex para explicarle dónde estaba y prometerle que llegaría a tiempo a la cena. Tenía tiempo de sobra para vestirse.

Volvió junto a su madrastra para ver qué tal estaba. Las contracciones persistían pero estaban remitiendo. Esperó dos horas y le puso otra inyección, y a continuación la sedó; el calmante la ayudaría. Ya habían dado las siete, y llegaría tarde a la cena. Aún tenía que darse un baño y vestirse.

Las contracciones cesaron casi por completo a las ocho, después de la segunda inyección. Para entonces Charlotte estaba dormida. Sasha le dijo a su padre que su madrastra debería pasar la noche en el hospital. Al día siguiente podría volver al hotel, pero de momento prefería que las enfermeras la tuvieran controlada y monitorizada. Su padre estuvo de acuerdo.

—Creo que debería quedarme aquí con ella —susurró. Sasha asintió.

Las dos niñas estaban en el hotel con la niñera. Steve se perdería la cena de ensayo ofrecida por los Scott, pero al día siguiente, con suerte, llegaría a tiempo para entrar con su hija en la iglesia. A Sasha le pareció bien.

—Claro.

Eran las ocho y media. No podía pasar por casa para vestirse. Alex llevaba una hora enviándole mensajes y ella no hacía más que prometerle que llegaría a tiempo y decirle que no se preocupara. No podía faltar a la cena de ensayo de su propia boda, pero no tenía tiempo de ir a casa y cambiarse. Solo le quedaba una opción: presentarse tal cual. Mejor eso que perdérsela. De todos modos, sabía que no se sentarían a la mesa hasta las nueve.

Echó un último vistazo a Charlotte, que seguía durmiendo, y le indicó a su padre que la llamara si era necesario; a las enfermeras les dijo lo mismo. Después corrió hacia el ascensor vestida con el uniforme de médico, paró un taxi, le dio la dirección y le explicó que tenía una prisa tremenda. Durante el trayecto, reparó en que Charlotte acababa de resolver un grave problema: como no estaría presente en la cena ni en la boda, Muriel no vería que estaba embarazada ni se vería obligada a lidiar con su juventud y su belleza. Además, su madre solo tendría que soportar a su padre una noche, no dos, ya que una la pasaría en el hospital con Charlotte.

«¡Bien!», pensó para sí cuando el taxi se detenía frente al Metropolitan Club. Sasha pagó, se apeó y cruzó la puerta a toda pastilla. «¿Han avisado a un médico?», estuvo a punto de decirle al portero de librea para gastarle una broma, pero decidió comportarse bien y entró en la magnífica sala adornada con flores para la cena que habían organizado sus futuros suegros, vestida con el uniforme del hospital y las sandalias. Era la única opción para no presentarse a las diez, cuando ya hubieran terminado de cenar. Con el rabillo del ojo, captó la mirada de sorpresa de Alex y de sus compañeras de piso mientras buscaba a Helen para disculparse.

—Lo siento en el alma. La mujer de mi padre se ha puesto de parto antes de lo previsto y he estado en el hospital con ellos hasta ahora. No me ha dado tiempo de pasar por casa para cambiarme.

Helen le dedicó una amplia sonrisa y le dio un cálido abrazo.

—No le des más vueltas. Estás fantástica, me encanta tu pelo. ¿Cómo se encuentra la madre?

Helen era una mujer increíble, y Sasha volvió a abrazarla en el momento en que se acercaba Alex.

—Creo que bien. La han ingresado para pasar la noche.

—¿Qué ha ocurrido? —le preguntó Alex, nervioso y desconcertado al ver lo que llevaba puesto.

—Podía venir así o en pantalón corto, y me he decidido por esto. La otra opción era venir después de la cena. Charlotte se ha puesto de parto a los siete meses.

—¿Y te han llamado a ti? —No daba crédito, aunque a esas alturas ya no debería sorprenderle nada: ni la madre de Sasha, ni su hermana, ni los divorcios a la tremenda ni un parto prematuro.

—¿A quién quieres que llamaran en Nueva York?

—Podrían haber ido directamente a urgencias. Es nuestra cena de ensayo. —Al parecer se sentía un poco ofendido, pero a su madre no le importaba.

—Ya lo sé y lo siento. Te amo. Míralo de este modo: Charlotte no está aquí hoy y no podrá venir mañana a la boda porque le he pedido que haga reposo, así que mi madre no se pondrá tan histérica.

Alex rio. Sasha siempre miraba el lado bueno.

Entonces, tras pedirle permiso a Helen, Sasha se dirigió al

podio, desde donde el padre de Alex y algunos de los invitados pronunciarían sus discursos después de la cena. Cogió el micrófono y se dirigió a los asistentes.

—Buenas noches a todos. Soy la novia. Hasta mañana mi nombre es doctora Hartman. Quería decirles que, como bien saben mis amigos y mi familia, solo tengo ropa de esta clase —dijo señalando el uniforme. Todo el mundo se echó a reír—. Pero, por favor, no se preocupen. Mi hermana me prestará un vestido para mañana. Y muchas gracias al matrimonio Scott por esta cena tan maravillosa. —Dejó el micrófono en su sitio y corrió a su mesa para ocupar su sitio junto a Alex.

—Espero que no sea cierto. —Por un momento se puso serio.

—¿El qué?

—Que tu hermana te prestará un vestido para mañana.

Sasha se echó a reír.

—Espera y verás.

Esa noche Valentina llevaba un vestido muy corto espectacular, de color dorado. La acompañaba Bert, que se sentía orgulloso de ser su pareja.

Helen se había encargado de distribuir a los invitados. Había colocado a Muriel en su mesa y se ocupaba de darle conversación. Por lo que se veía, Muriel lo estaba pasando en grande. Al rato se acercó a Sasha con una mueca reprobatoria.

—¿Por qué no te has puesto un vestido?

—Me han retenido en el hospital por una emergencia —contestó a la ligera, y su madre se alejó sacudiendo la cabeza.

Los discursos fueron amenos y muy emotivos, sobre todo los de sus compañeras de piso y el del padre de Alex. El padre de Sasha hablaría en la boda, y también Ben, el padrino.

Alex y Sasha se despidieron después de la velada, para no verse hasta la boda. Ella había previsto pasar la noche en el loft con las chicas, y de camino a casa llamó al hospital para comprobar el estado de Charlotte. Le dijeron que estaba profundamente dormida y que las contracciones habían cesado. Además, habían dispuesto una cama supletoria para el padre de Sasha. Todo estaba en paz.

Así pues, Sasha regresó al apartamento de Hell's Kitchen para pasar su última noche de soltera con sus mejores amigas.

24

El 14 de junio, el gran día, amaneció con un cielo azul y dorado. No hacía frío ni calor, y Sasha estaba de los nervios. Steve y Charlotte habían regresado al hotel. Ella estaba descansando en la cama, según su padre.

La peluquera llegó a las tres para peinar a Sasha y a sus amigas, y las cuatro la maquillaron. Antes se había dado un baño. Sarah preparó sándwiches para todo el mundo, aunque la novia no pudo probar bocado. Estaba demasiado emocionada. Su madre se había ofrecido a acercarse para echarle una mano, pero Sasha no la necesitaba ni deseaba tenerla cerca, de modo que se lo quitó de la cabeza. Valentina sí había acudido, y estaba espectacular. Bert debía encontrarse con ella en la iglesia. Sorprendentemente, seguían juntos tres meses después de haber regresado de Arizona, y Valentina insistía en que era su media naranja. Por lo menos la ayudaba a no buscarse problemas. Ella lo había llevado a fiestas y a eventos, y él lo pasaba bien. Seguía trabajando para el Departamento de Policía de Nueva York y era la comidilla del cuerpo, con aquella novia supermodelo. Salían mucho en la prensa. Valentina parecía un poco más normal que antes y no estaba tan empeñada en llamar la atención. Él le había bajado los humos, y ella había añadido un poco de alegría y glamour a la vida de Bert. En «Page Six» hablaban de ellos a menudo, refiriéndose a él como el impresionante guardaespaldas de la supermodelo Valentina. Formaban una pareja de lo más despampanante.

Por fin llegó el gran momento. Las amigas de Sasha le pasaron el vestido de novia por la cabeza con ayuda de Sarah. Abby se subió a una silla para ayudarla. Iban con mucho cuidado para no estropearle el peinado ni el maquillaje. La peluquera sujetó el largo velo de encaje a su pelo corto. En cuanto Sasha estuvo vestida, Alex llamó para decirle lo mucho que la amaba, y charlaron unos minutos.

Sus amigas se habían ocupado también de que no le faltara «algo viejo, algo nuevo, algo azul y algo prestado», como mandaba la tradición: Sasha había envuelto el ramo de novia con un pañuelo de encaje de su abuela, el vestido era nuevo, Valentina le había entregado un tanga azul pálido de blonda y Sarah le había prestado un collar de perlas. Por un instante, a Sasha le supo mal que fuera la madre de Claire quien la estuviera ayudando a vestirse en lugar de Muriel, pero no quería que le estropearan el día y ella lo habría hecho; no quería correr ese riesgo.

Su padre la esperaba en la iglesia. Sasha acudió sola, en la limusina que le había alquilado. Las chicas la seguían en otra animándola y Prunella tenía previsto esperarlos en la rectoría, donde debían reunirse mientras los ayudantes del novio apremiaban a los invitados para que se sentaran en los bancos de la iglesia, que la florista había adornado con flores blancas. Prunella se hizo cargo de todo en cuanto llegaron. Colocó a los acompañantes en fila, en el orden correcto. Valentina cerraba el cortejo y las amigas de Sasha marchaban delante según su estatura: Abby, Claire y Morgan. En el momento en que Muriel y los Scott ocuparon sus lugares, el séquito inició la marcha. Las chicas se situaran en el altar junto a los ayudantes del novio, todos amigos de la facultad de medicina, con su hermano al lado como padrino. Hubo una breve pausa. Entonces, la novia y su padre enfilaron el pasillo hacia el altar con paso majestuoso. Sasha vio que Alex contenía la respiración a medida que ella avanzaba en su dirección. Era el mejor momento de su vida.

Pronunciaron los votos e intercambiaron los anillos, y fueron declarados marido y mujer. Alex la besó, y el resto de la ceremonia transcurrió como en una nebulosa hasta el momento del banquete y el baile, que Sasha inauguró con Alex. Luego bailó con su padre, que a continuación sacó a bailar a su madre. Sasha estuvo a punto de desmayarse, pero vio que Muriel sonreía y empezaban a bailar. Daba la impresión de que lo pasaban bien juntos.

Jim había volado desde San Francisco para acompañar a Sarah a la boda. Y Josh también estaba presente, junto a Abby, vestido nada más y nada menos que con un esmoquin, en lugar de su chaqueta de camuflaje. Ambos sonreían cogidos de la mano. Los padres de Abby, Joan y Harvey, también habían acudido a la boda. Y ahí estaba Max, orgulloso junto a Morgan. Bert no se separó ni un minuto de Valentina. Parecía más un guardaespaldas que su novio, pero no podía negarse que era guapo; más tarde Sasha descubrió que también era un buen bailarín. Su hermana lo miraba con deleite, y no provocó ningún escándalo durante la boda ni el convite, sino que se comportó inusualmente bien.

El ático de la Quinta Avenida era perfecto, y la noche, cálida y agradable, a la luz de las velas. Habían sentado a Ben Scott junto a Claire, puesto que los dos estaban solos y no tenían pareja. Sasha no estaba segura de que Ben fuera del agrado de Claire, pero los vio hablando y riendo la mayor parte de la velada, y bailaron varias veces.

—¿Por qué te trasladaste a Hell's Kitchen? —le preguntó él en cuanto ocuparon sus asientos. Claire se echó a reír.

—Porque era barato, y yo era pobre. Aún soy pobre, pero no tanto como antes. Y el barrio me chifla.

Ben quiso saber a qué se dedicaba, y ella le dijo que diseñaba zapatos y que acababa de iniciar un negocio. A él le pareció interesante y divertido, y entonces ella empezó a hablarle de la fábrica de Italia y de la feria de muestras de Las Vegas. Daba la impresión de que estaba encantado de escucharla.

—Se me va a hacer raro vivir en el apartamento a partir de ahora —comentó con aire nostálgico durante la cena—. Llevo nueve años compartiéndolo con mis compañeras. Una se fue en marzo, y las otras dos lo harán este verano.

—¿No te sientes preparada para vivir sola?

—No estoy segura —reconoció—. No lo he probado nunca, y no sé si soy lo bastante adulta —añadió vacilante.

—¿Has estado alguna vez en Chicago?

—No, nunca. —Aunque pensaba visitar a Sasha y Alex cuando se trasladaran allí.

—Un día tienes que venir. ¿Te gusta ir en barco?

—Me encanta. Soy de San Francisco, y de pequeña daba paseos por la bahía.

—¡Pues yo tengo un barco para ti! —dijo Ben riendo.

Estuvieron charlando toda la noche, siempre que no bailaban. Sasha le dio un codazo a Alex y señaló discretamente en su dirección.

—A lo mejor tenemos suerte —le susurró.

—Siempre he pensado que Claire sería ideal para Ben —confesó Alex a su esposa—. Pero no sabía cómo hacer que se conocieran.

La boda era una ocasión perfecta.

—Ahora tenemos que conseguir que Claire vaya a Chicago —dijo Sasha con aire pensativo.

—Bueno, él ya es mayorcito, y puede permitirse comprar un billete a Nueva York. Me pregunto si le habrá hablado ya del barco. —Se echaron a reír

Más tarde los recién casados fueron a saludar a la madre de Alex y luego a la de Sasha, que por una vez no tenía nada malo que decir. Sasha no daba crédito y se alejó bailando en brazos de Alex.

—Por cierto, se ve que tenemos un policía en la familia

—comentó él—. Te parecerá una locura, pero creo que a Valentina le sentará bien. ¿Te he dicho últimamente lo bien que me sientas tú a mí?

—Hace cinco minutos que no —bromeó Sasha—. Anda, repítemelo.

Entonces Alex la besó. Con el rabillo del ojo, Sasha vio a Prunella correr de un lado a otro supervisándolo todo. Estaba fantástica. Con aquel sobrio vestido negro y el pelo oscuro parecía un miembro de la familia Addams. Con todo, había llevado a cabo su trabajo a la perfección.

Después la pareja se acercó a hablar con Oliver y Greg, que aquella noche habían disfrutado de lo lindo. Oliver había bailado varias veces con su hermana y se metía con su barriga, que había crecido un montón durante el último mes. Morgan estaba orgullosa de su embarazo y por fin se había hecho a la idea, con la ayuda de Max. Mientras le prometiera que no se casarían nunca, aceptaría tener todos los hijos que él deseara.

Bien entrada la noche, Sasha seguía en pie acompañada de sus amigas. Recordaron los primeros tiempos y cuando Morgan y Sasha se mudaron al loft, y comentaron lo bien que se llevaban después de tantos años de convivencia.

—¿Qué haremos las unas sin las otras? —preguntó Sasha con tristeza.

—Supongo que viajar de una punta a otra del país para vernos —contestó Morgan.

—Josh y yo nos trasladaremos a Nueva York dentro de un año —les aseguró Abby, y quisieron creerla.

Claire miró a cada una de sus amigas y se dio cuenta de lo afortunadas que eran y de que, por extraño que pareciera, todas habían encontrado una pareja estupenda a pesar de los errores cometidos en el pasado: Josh era perfecto para Abby, y la ayudaría en su despegue profesional; Alex y Sasha estaban hechos el uno para el otro; Max era lo mejor que le había ocurrido a Morgan en toda su vida, y Claire había sobrevivido a la crueldad de George, y además Sasha vio que Ben aguardaba a una distancia prudencial del corrillo, para volver a bailar con ella. Todas estaban de acuerdo, el loft de Hell's Kitchen sería siempre su hogar de referencia.

—Podéis venir a casa siempre que queráis —les recordó Claire.

En aquel momento Ben reunió el coraje suficiente para arrancarla del grupo y arrastrarla hasta la pista de baile.

—Hablemos un poco de tu viaje a Chicago para ver nuestro barco. El Cuatro de Julio sería perfecto —propuso mientras se alejaban bailando.

Llegó el momento de cortar la tarta, y después de lanzar el ramo de novia. Prunella entregó a Sasha un segundo ramo para que no tuviera que desprenderse del auténtico. Las solteras se colocaron de manera ordenada bajo las órdenes de Prunella, mientras los hombres se hacían a un lado. Alex contemplaba a su esposa con adoración, aguardando a que llegara el momento de desaparecer con ella.

Sasha se subió a un pequeño taburete para lanzar bien el ramo, pero lo arrojó más arriba y con más fuerza de lo esperado, así que sobrevoló las cabezas de las mujeres y pasó de largo de donde estaba Claire, que intentaba hacerse con él. Entonces, sin pretenderlo, Greg levantó la mano de forma instintiva y lo cogió, mientras Oliver lo observaba sin dar crédito.

—Es que soy portero —se disculpó Greg. Todo el mundo se echó a reír, hasta que él, con galantería, le cedió el ramo a Claire.

Alex y Sasha se quedaron en la fiesta un rato más, y al final se marcharon entre una lluvia de pétalos de rosa que cubrió la Quinta Avenida. Allí los esperaba un carruaje que, tirado por un caballo blanco, los llevaría hasta el hotel Plaza, donde pasarían la noche de bodas para, al día siguiente, partir hacia París.

Los últimos rostros que Sasha divisó al volverse para despedirse con la mano fueron los de las tres mujeres que habían convivido con ella en Hell's Kitchen, acompañadas por sus parejas. Ben estaba junto a Claire, rodeándole los hombros con un brazo. Era una bonita estampa bajo el sonido de fondo de los cascos del caballo, que bajaba por la Quinta Avenida camino del hotel y de su porvenir. La noche resplandecía.

El loft de Hell's Kitchen había quedado grabado para siempre en sus corazones. Allí había empezado todo, y los lazos afectivos que allí habían nacido perdurarían por siempre jamás.